# 黄裳集

## 创作卷 I

锦帆集　锦帆集外　关于美国兵

山东人民出版社·济南
国家一级出版社　全国百佳图书出版单位

**学术顾问：** 李济生　杨　苡　黄永玉　姜德明
钟叔河　郑　重

**编辑小组：** 陈子善　胡长青　李　辉　陈麦青
陆　灏　吕　浩　励　俊　凌　济
容　洁　容　仪

黄裳晚年照片

摄于四十年代

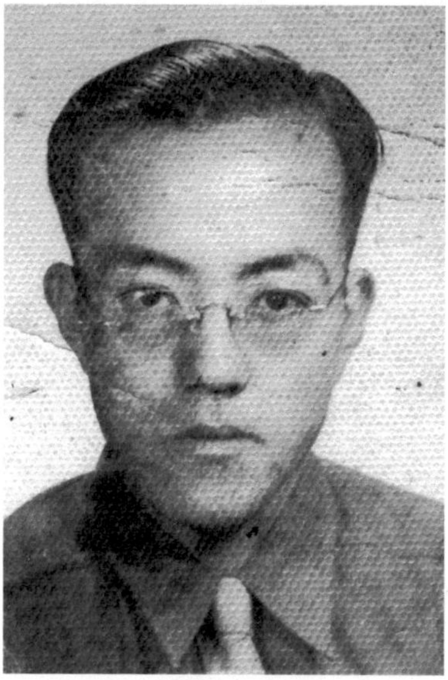

1944 年在军中

1948 年与黄宗江（中）、朱嘉珲（左）在上海

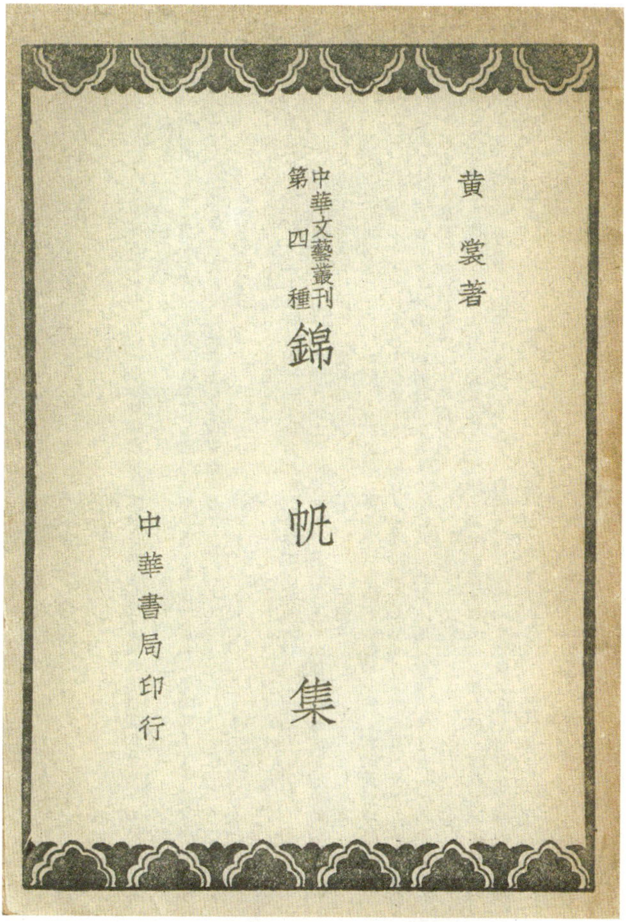


《锦帆集》初版封面

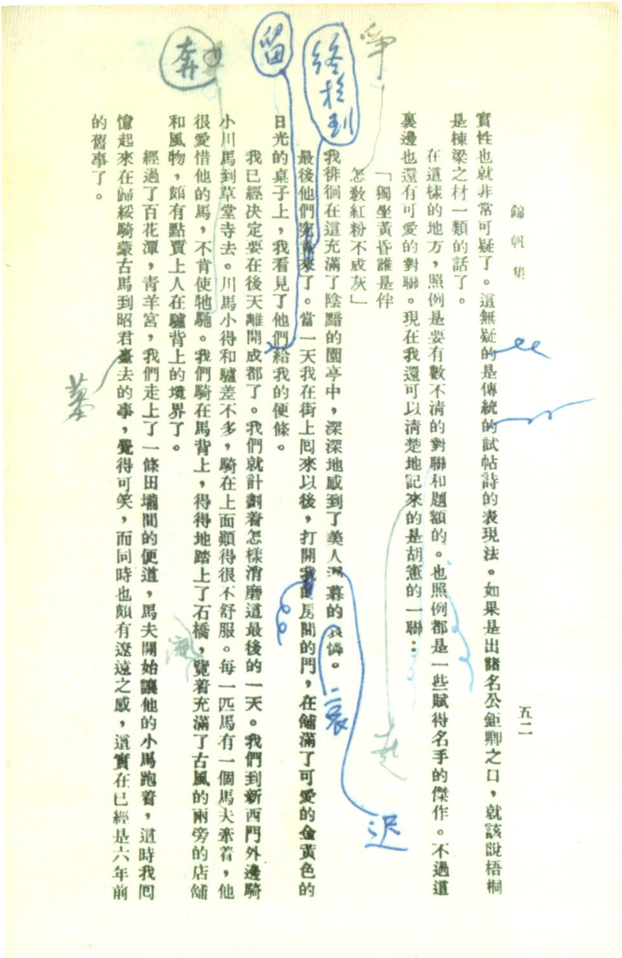


實性也就非常可疑了。這無疑的是傳統的試帖詩的表現法。如果是出諸名公鉅卿之口，就該說梧桐是棟梁之材一類的話了。

在這樣的地方，照例是要有數不清的對聯和題額的。也照例都是一些賦得名手的傑作。不過這裏邊也還有可愛的對聯。現在我還可以清楚地記來的是胡憲的一聯：

「獨坐黃昏誰是伴
怎敎紅粉不成灰」

我徘徊在這充滿了陰黯的園亭中，深深地感到了美人遲暮的哀憐。最後他們究竟來了。當一天我在街上囘來以後，打開我底房間的門，在舖滿了可愛的金黃色的日光的桌子上，我看見了他們給我的便條。

我已經決定要在後天離開成都了。我們就計劃着怎樣消磨這最後的一天。我們到新西門外邊騎小川馬到草堂寺去。川馬小得和驢差不多，騎在上面顯得很不舒服。每一匹馬有一個馬夫牽着，他很愛惜他的馬，不肯使牠馳。我們騎在馬背上，得得地踏上了石橋，覺着充滿了古風的兩旁的店舖和風物，頗有點賈上人在驢背上的境界了。

經過了百花潭，青羊宮，我們走上了一條田壠間的便道，馬夫開始讓他的小馬跑着，這時我回憶起來在歸綏騎蒙古馬到昭君臺去的事，覺得可笑，而同時也頗有遼遠之感，這實在已經是六年前的舊事了。

黄裳校改《锦帆集》书影

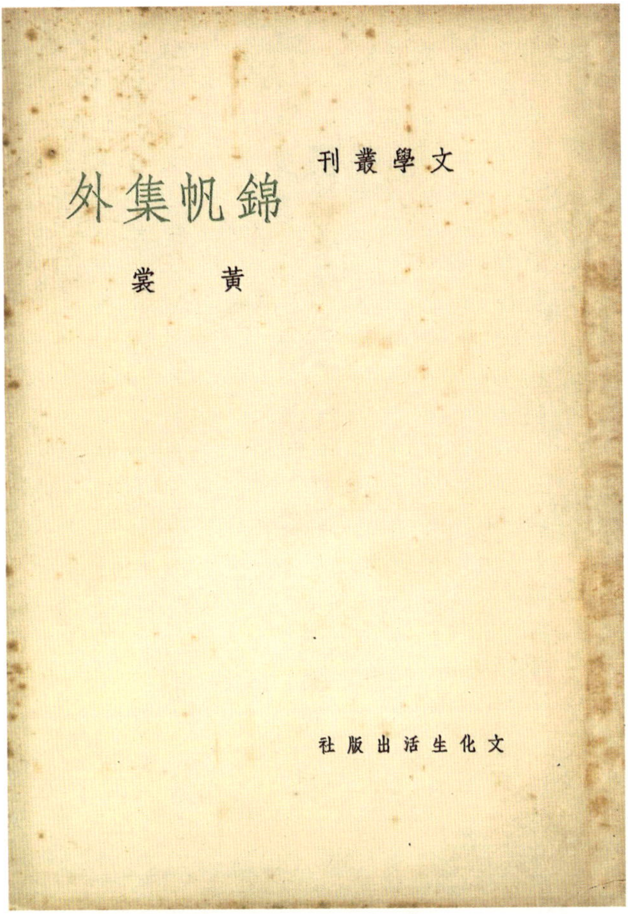


《锦帆集外》初版封面

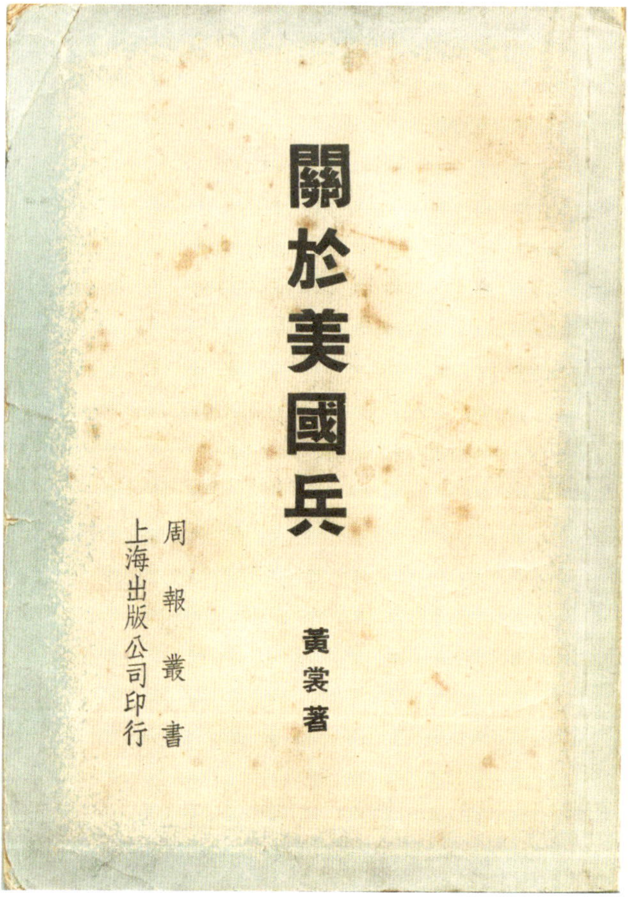


《关于美国兵》初版封面

# 出版说明

黄裳(1919—2012),原名容鼎昌,原籍山东青州,生于河北井陉,满族。中国现当代著名散文家、藏书家和版本学家。

2019年是黄裳百岁诞辰,本社将陆续出版多卷本《黄裳集》,以展示黄裳毕生辛勤笔耕的多方面的实绩。

《黄裳集》分创作卷、古籍研究卷、译文卷和书信卷四大部分。编辑体例如下:

一、作者生前已出版各书,大致按出版时间先后分门别类编入各卷。作者后期所出版各书,所收篇目有较多重复者,将酌情调整。

二、各书一般以初版本或影印手稿本为底本编入;如有作者本人的校订本,则以校订本为底本编入。

三、创作卷中的集外文,按发表时间先后编入;书信卷则以收信人为单位编入。

四、除了明显的错排或讹误,收入《黄裳集》的文字均保留作者创作或发表时的历史原貌和行文习惯,不按现代语言规范改动，以尽可能地存真。

黄裳在海内外拥有大量忠实读者，希望《黄裳集》的出版，能得到广大“黄迷”的批评和帮助，共襄盛举。

山东人民出版社

2019 年 6 月

# 目 录

## 锦帆集



## 锦帆集外

### I

Ⅱ

Ⅲ



## 关于美国兵

# 锦帆集

《锦帆集》，散文集，1946 年 11 月上海中华书局初版，列为“中华文艺丛刊”第四种。

1976 年夏，作者对初版本作了校订。校订本收入 1996 年 1 月沈阳辽宁教育出版社初版《音尘集》（列为“书趣文丛”第三辑之一）。

据初版校订本编入。

# 断片

## 一

冬天下午的霞飞路上，洒满了金黄色的太阳，软软的，晒得人心里烦烦的。透过了厚大衣，背上像有一个小手在轻轻的搔。

微风赶了一片法国梧桐的落叶在地上滚，发出窸窣的微声，跳过一条细细的水泥缝，跳过橙黄色的女孩子的新皮鞋面，终于溜到一个墙角里去了。

天气暖得像小春。

拖着迟缓的步子，两手插在大衣袋里，在路上荡着。在这样的天气，这样清静的马路上散步，是无论如何也走不快的。

天上一片橙蓝，偶尔有一两朵小白云花，像北平，就只缺少吹着唿哨的鸽子的银白色的翼子。寂静。

皮鞋底和水泥路接触，有轻脆的响声，像是有一只装了金属帽的手杖在敲。的托，的托，孤独，单调，听久了会使人发狂的。

散步的人像一个徘徊的梦游者，失去了情感，欲望。像是一个年深岁远失去了弹力的发条的钟摆，无力的荡着。也许马上会停止，也许还要荡上许多时候，谁知道呢？

## 二

转角处是公共汽车站。

等车的人甚多，拥挤着，像是都有什么事使他们焦急。快乐的面孔是很少的。想发现一两个赶两点半场电影的人，不十分容易。

卖票穿了黑呢子制服，背了白帆布袋子在人丛里挤，像是一个勇士在万马千军里冲着，冲着，最后钻进了那个停在站台边的浅色的甲虫的张开着的翼子，它正微微的抖动着，发出吼声，尾巴喷出一股淡淡的蓝烟。

罩着紫色皮背的椅子是很舒适的。随着车身的动荡而跳动，接受着眼前的色彩，图案，和跳跃着的东西。

突然，一点红色在眼前出现，在跳动，摇摆，背景是一片碧蓝色，像大海中一个挂了红帆的小船。

小红帆渐渐向上移，旁边是九只白色的桨，在起伏的碧色的澜漪里。

碧色尽头处有浅红色的嘴唇，细细的鼻子，两只充满了忧郁的黑黑的眼睛，弯弯的眉毛，她在凝视车窗外面的景物，露出一股不熟惯的神情，惊惧的眼色。

她手里拿着一个小小的红色的暖水袋。这是颇不入时的花样，这个城市里的最时髦的百货公司的橱窗里久已不陈设这种东西了。然而在她手里还是美丽的，带来了一股似曾相识的感情。很久没有吹过这样亲切的微寒的北国的风了。

从车窗外面照进来的明亮的阳光，使她微微目眩，颦蹙，小风吹着松松的鬓角，有点零乱，飘拂着，当试用小手去整理鬓发，车身轻微的振荡，使她立刻又回到皮拉手上去，似乎颇不习惯于这种都市的快速的调子。

车子在静安寺路口停了一下，她随了人群拥出了车身。

蓝色旗袍的影子过了马路，极轻盈地像一朵蓝花消逝到人丛里去，好像还微微的留下一点一点红颜色在摇晃。

## 三

一间小小的客厅。

装饰是素朴的。当前有一片窗子，一色厚玻璃，钢骨窗架，前边一望是一个小花园。草木葱茏。窗子上面是一色绿呢窗幔，拉拢来，就遮没了窗外的光线。

沿门处是一个沙发，罩了碎花的锦套。旁边有一个茶几，上面零碎的摆了几份报纸，有一本杂志落在地上。

茶几后面是一架落地红锦宫灯，有六角形的红绸灯罩，飘荡着疏落的穗子。对面放了一架钢琴，黑漆的顶盖上面零乱的放着几张乐谱。琴前面是一张预备弹琴的人坐的锦墩。

墙上贴着浅黄色的花纸，有几张舞台照，晚上，这个小房间里的光线是暗红的，带着点温暖，迷惘。墙角上一个小小的书架，下面两格整齐地放着一套黄皮脊的小书。

在这么个温暖的小天地里，星期天早晨七点钟是静静的。

沙发上拥着一个柔软的身子，紧紧的裹在灰红条呢的睡衣里。

她的一头黑黑的长发，散散地拂在双肩上，长长的眉毛下面是稍稍呆滞的大眼睛。移时，随着微微的笑，闪动了几下，这会表示深情也会表示顽皮的眼睛。

她轻轻地哼着一个歌，声音轻柔得像春天的风那么飘忽不定。她懒懒地哼，原来的调子的尾音全给她拖长了。

她站起来，两手插在袋里，学着男人的样子，耸耸肩，摇摆着走过去，无意地拿起了书架上摆着的一个泥人形。看看，又放下了，走过钢琴旁边，小手在键盘上一滑，送出一连串嘹哨似的声音。

充满了生活力的柔软的身子急骤地转弯，影子出现在一个大镜子里，她看着镜子里自己丰满的胸脯，又转身，回头来看自己的背影，轻轻的说了一句，对自己作了一个鬼脸。忽然又严肃起来，看着镜子里自己的双眼皮下美丽的眼睛，那样脉脉地看过去，充满了信赖的眼色。

房门口出现了一个梳着双鬟的女孩子。

"Y，你真懒，十点钟了还不梳头。"

Y的眼睛微微一扬，送过去一个不理会的眼色，懒懒地回答：

"算什么，反正今儿是礼拜。"

"等一会你就不招待客人。"

"可是的。你瞧可笑不可笑，我这里又不是什么沙龙，可是整天高朋满座，有些人真让我头痛。"

"这全是你这温柔的女主人的吸引力，才弄得这么热闹。”

“得了，一大半倒是大哥的客，就像我们小 N……”Y 的调皮的眼睛向 N 轻轻地一瞟，似笑非笑的。

“对了，全是大哥的客人，疯疯颠颠的剧作家，嘴里边念念有词的音乐家，某某疗养院主任的医学博士，某某药房的小开，还有你们的可爱的观众，我真佩服你大哥，九流三教，有这么许多朋友。”

Y 不理她，顺手拾起一本杂志来翻着。

说顺了口的 N 突然又发现了一桩奇迹似的从口袋里掏出一张小报。

“还有，权威的剧评家写的文章，《可爱的 × × ×》。”

N 正要检出一段来念，Y 探身从她手里抢过来，不自然地看那一段精彩的文章。文章里面还插了一张 Y 的特写照片。

“不用抢，精彩的句子我早就背出来了。曾因酒醉鞭名马，只为情多累美人，我们的美人真把才子累得不浅。”

“这些才子真让我头痛。”

Y 已经洗净了她的少女的扭捏，一年前，这会使她坐立不安的。她觉得只有拉出大哥来才是让 N 停下来的最好的方法。

“你猜大哥昨晚上跟我说了些什么，我想这大概是最需要知道的。”

“大哥对妹妹关心极了。你真有个好哥哥。昨天晚上你上街买东西还没有回来的时候，这里开了个座谈会，座上有 C 师傅，S 婆婆，还有常来的 T、M，他们从各方面研究你的性格，和你的前途，他们都同意说 Y 人真厉害。”

“我倒要知道我怎么个厉害法。”

“小 Y 待人多亲热，尤其是刚认识的朋友，准得给弄得晕晕的。”

“能说我不应当待朋友亲热吗？”Y 嘟起了嘴唇。“T 和 M 都是常来的客人，很少说话，总不见得就是晕头晕脑的。”

“人的表现不一定是一个样子的。”

两个女孩子似乎全有兴趣把问题谈得深一点，可是因为点什么，有些怯怯的，又并不愿意谈得更深一点了。

## 四

一天早上，一辆红色的公共汽车从黄浦滩开出，穿过城市的心脏，驶到迢迢的西隅去。天气那么好，秋天并没有给这个城市渗上什么显著的标识，除了那从大海里卷起来的一阵阵的海风，吹下来一阵阵的落叶，在马路上滚，和汽车轮子赛跑，被穿了红背心的扫街人收到他的扫帚下去。

这仅有的一点秋味，在温暖的太阳下，也给赶的没影没踪了。

车子里边还是挤满了人。在车门处的白白的镀镍的柱子边靠着个穿了蓝布旗袍，小小的一件黄麂皮甲克的少女，她微微的俯伏着身子。向车窗门外看，准备就在前面下去，忽然车子转动使她的轻轻的身子转了一下，她看见了坐在前边座上有认识的人，小嘴旁边添上了一丝微笑，弯弯的眉毛扬起了，眼睛里有着善良的光辉，水一样的。

她有一些踌躇，轻轻地说：

“T，今天晚上来看戏。”

话语是这么短短的。T好像正要找两句话说，车子停了，门打开，正站在门口的她挤在人里一起下去，扭回身子，又朝T笑了一笑，里面有着邀请的意思。

晚上他坐在戏院里看戏。

台下的灯光全暗。整个的戏院沉入黯黑的夜幕里，只有舞台上是另外一个天地。少女的卧室，粉红色的墙纸，粉红色的沙发，衬出了一种温暖、甜静的气氛，太阳光从小窗子里射入，是一个春天的早晨。

这是一出喜剧，说一个女孩子，怎样迷恋于舞台生活，想找一个机会演戏。她整天习惯于唱，唱，她唱得很多也很杂乱，凡是她日常从舞台看来，从无线电中听来的，都有机会在她的口中哼出来，她是那么一个天真而娇痴的女孩子。

浅红色的旗袍，白狐裘的外罩，裹在光泽透明的袜子里的两条纤细结实的腿支持着个摇摇的身子，她拖着轻盈而不安稳的步子在房里走着，像夏天早晨在荷塘莲叶上的露水珠，那么摇摇不定。

她开口唱了，生疏的调子，怯怯的声音，颤颤的，在平静得出奇的戏院里，像梵华林的一根颤抖着的弦，从薄薄的浅红唇中吐出来。

T在默默的看戏。喜剧的情节搅动了观众，笑声不时从他四面发出，然而他好像沉入了另外一种境界中，只是感到冷冷的悲哀，他的情感激动，使他不能安静的坐下去，他很想走到外面的花园里去吹一下冷风。

然而他却不能动，好像没有了站起来的力量。眼睛跟着台上的人物在旋转。

他陷入了沉思。默念着一句话："美丽总是忧愁的。"他想着这近乎传奇的几次遭遇，像水墨画一般的烟霭朦胧，却奇怪得很，好像什么都是记得的，并不遗漏了半点。

台上的女主人又换了身份。穿了雪白的护士的衣裳，白帽子前面有一块小小的黑色的圈，更显得亭亭的身材。好像破晓时寒风里面的一朵白莲花。外面吹着冷冷的秋风，台上的人都还穿了雪白的衣服，踏着跹跹的步子。……

戏散场时，他夹在人群里走出来。到门口时，他突然想起是应该停留一下的。他看着潮涌出来的观客，汽车黄包车的杂沓的声音，过了十分钟，一切又都回复了沉静，只剩下巡捕拖了沉重的步子在水门汀的道上寂寞的踱着。

下了装的 Y 从后台的小门出来，看见他有些意外的笑了，怯怯的说：

"你为什么不参加我们的晚会呢?"

他们坐在一部双人的三轮车上，一条厚厚的毯子围在膝头，T 分来了一个大提琴抱着。车子在寂寞的街角走着，吹着秋风，除了街灯，似乎更没有什么光，因为这晚上没有月亮。

整齐的灌木丛后面，依然会发出巡逻者手电筒的白光。钉了铁钉子后跟的皮靴踏在沥青路上清脆的响声，被遗留在后面了。

小楼上，窗帏后面，透出深红色的灯光，一股暖意袭来，自然地使他们坐得更靠紧一点。

车子在××村弄口停下来。

Y 招待客人进客厅里去。放下了大提琴，让坐。自己跑进房里去，一会换了衣裳出来，轻轻薄薄的丝棉袍子，正合身，翻口的绒鞋，完全是小主妇风度。

“东西买来了，可是全没有弄，说不得，只能请客人也帮忙动动手了。”

桌子上面零乱的放了面粉馅子、杯盘之类的东西，Y 跑来跑去的张罗，给 N 穿上了一件新做的蓝宁绸面袍子，又宽又长，将下摆翻起来，半腰处系了一根带子，活像是围裙，一时大家胡乱地动起手来。

男人的手毕竟不成，皮子作得太厚，馅子放得太多，一下锅就成了面糊，后来还是请到旁边去坐着去了。

聊天。

S 谈起燕京里的旧事来。谈起他看过的旧小说，好像一个小说史教授一样地讲着。他的有些熏黄了的手指一根根连续地燃着纸烟。

T 因为嗓子痛不抽烟。在迷离的烟氛里，激动地说着一位迟暮的文人，互换着他们对这位已经成了“幽灵”的人物的了解，时时露出慷慨的语气来，这在一般的年轻人看来应当是值得哗笑的事。不过 Y 却一边作着事，一边静静的听着，对于这种“合作”的态度，他们觉得是值得“欣赏”值得感谢的。

Y 在厨房里端来了一碗调得好好的梨膏。

“冷天吃这个好的。我这两天嗓子不好，也在吃这个。”

T 接过来慢慢地吃着，梨膏有些苦，苦里也隐着丝丝的甜味。

在茶几上拿起一册新出的 × × 周报，封面上正是 Y 在那出荒唐可笑的小戏里的特写。大而圆的黑眼睛，痴痴地望着。

## 五

冬天到了。在一家十三层楼房底下的一间茶间里。

这是一间黄色的房子。墙壁的颜色，门窗的帏幕，沙发的围套，都是黄色的，下午两点左右，从厚厚的玻璃窗里晒进来的日光，使这里温暖得有如一间花房。

这里只卖很简单的几样点心，也并不好，茶往往是淡淡的，可是环境特别静。很少有人来。一架“吃角子老虎”静静地蹲在那里。

每天来这里坐。冬天的下午是短短的，可是在这里格外觉得长些，带一两本书来看，对面就是 Y 演戏的戏院，不时有朋友来谈谈天，高兴时也可以去到后台去看她们上装，从梯子爬到纸扎的楼房上去作戏。

几年来，混在这都市的喧嚣中，如今才感到了它的可爱，江南春。

红茶杯里加了两块方糖，看茶杯面上飘起来的汽泡，糖慢慢地消蚀下去，渐渐地，化成三角形，一小片，像一团沙铺在碗底。

坐在沙发上，让思想游行。默数着还有几天，就要离开这个城市。

“还有半个月，十天了，九天……”

不免于小小的依恋，这花房，舞台，朋友们。想想应该写一个戏或者是一部长篇，而目前只不过是几篇散文，几幅笔触简单的水墨画。不过这也自然有它的韵致。等到什么时候，再回到这个城里来，有充分的时间，和较好的心情时，该是用浓浓的彩色、笔触重写这几幅画的时候了。

三十四、二、二十七。重改

# 白门秋柳

我们到南京时是一个风沙蔽天的日子。下关车站破烂得使人黯然。站外停着许多出差汽车。我们坐了其中的一部进城去。原想借这冒牌的“华胄”的风姿可以有点方便，不料车到挹江门时仍得下车接受检查，这职务是由“宪兵”执行的，严格得很，几乎连每一个箱子的角落都翻过了。又凑巧同行的×太太替他的兄弟带了许多行李，甚至脸盆、洗衣板之类都不遗漏。于是这检查就成为一种繁难的试验，我们得回答“宪兵”的每一个问题，每一件东西的出卖所、价格、用途，以及其他许多莫名其妙的问题。全凭问话者的高兴。我们得编造若干小故事予以满足，直至他们感到厌倦了为止，然后就拿起了另一件东西……

等到全部审查竣事以后，几乎每一个箱子都盖不上盖，只好把多出的衣物向车厢的角落里一塞算数。

接着我们就轮到接受另一种磨难了。所有比较像样一点的旅馆都没有了房间，南京的所以如此热闹，是那两天正在开着什么会，“冠盖满京华”了的缘故。南京的街道是那么宽而平衍，我们的破车子在萧条的街道上行驶，找寻着栖身的处所，最后是在朱雀路的一家旅馆门口歇下来。

这时已经是下午五点钟光景了。

我们开了两间房间。×太太自己住一间，我和W合住在一个很大的房间里。这屋子里充满着冷气，房中间的一个炭火盆渺小得可怜，表面是一层烬余的灰，灰下面的黯淡的红色就像是临终者脸上的光彩。这是怎样森寒的一间屋子。

×太太洗脸以后第一件事是命令当差检视适才翻得一塌糊涂的行李，有没有遗失什么，当她拣起每一件从上海带来的东西时，脸上就发出微笑来，好像欣幸着它们的生还。我们对这工作不能有什么帮助。却欣赏了她叫了来的南京的小笼包子、肴肉、咸板鸭。这些也真不愧是南京的名物，我们吃得饱饱的。看她的“复员”工作一时还没有完结的征象，就告诉她我们要到街上去看看了。

我们又站在这飞舞着风沙的城市的街头了。

多长多宽阔的路。除了北平以外，恐怕在别的地方很难看见这么宽广的街道了罢，然而又是多么空旷呢？对面的街上有一家书店，我们踱进去看。里边放着几本从上海来的杂志和北方来的《三六九》（戏剧刊物）。另外有一册南京本地出版的《人间味》。在屠刀下面的“文士”们似乎还很幽闲地吟咏着他们的“人间味”，这就使我想起“世间无一可食亦无一可言”的话来，这虽然是仙人的说话，也正可以显示今日的江南的无声的悲哀。在无声中，也还有这种发自墙缝间的悲哀的调子。

打开一张地图一看，才知道我们现在所在的地方离秦淮很近。就出了书店向夫子庙前走去，地图上标明着贡院的地方似乎已经变为什么机关之类了，有一片围墙围着。从一条小胡同里走进去，有不少家旧书店，进去看看，实在没有什么可买，想买一部《桃花扇》，却只有石印本和铅印的一折八扣本，翻到了几本《同声》，里边有冒鹤亭、俞陛云的文章，还有着杨椒山先生墨迹的影印本，后面有着“双照楼主人”的跋文。说明着清末他被关在北京的牢狱里时，曾经整日地徘徊在杨椒山先生手植桧的下面，因为他当日所住的监房正是杨继盛劾严嵩父子后系狱的地方，想不到住在陵园里的“双照楼主人”在呐喊着“共存共荣”之余，还有时间想到这些旧事。因为这杂志是由他出资办的，所以厚厚的一本书，定价只要一元。

再走过去就是有名的夫子庙。那一座黯黑的亭子，矗立在一片喧嚣里面，远远的看过去神龛里被香火熏得黯黑，如果这里面真是供着孔夫子的话，那厄运似乎真也不下于在陈国蔡国的时候罢？天色已经薄暮，远远望过去，在板桥的后面，是一座席棚式的小饭馆，题着“六朝小吃馆”。好雅致的名字。

小吃馆的前面就是那条旧板桥，有一部记载明末秦淮妓女生活的书，就题作《板桥杂记》。我和 W 立在这渐就倾颓的旧板桥上对着落日寒波，惆怅了许久。

桥右面有一棵只剩下几枝枯条的柳树在寒风里飘拂，旧日的河房，曾经作过妓楼的，也全凋落得不成样子了，那浸在水里的木桩，已经腐朽得将就折断。有名的画舫，寂寞的泊在河里，过去的悠长的岁月，已经剥蚀掉船身的美丽的彩色，只还剩下了宽阔的舱面，和那特异的篷架，使人一看就会联想到人们泛舟时可以作的许多事情，吃酒、打牌……这种零落的画舫似乎可以使人记起明末的许多事情，如《桃花扇》中所记；其实它们至多也不过是太平军后的遗物。当南京刚刚规复以后，当时的统帅，“理学名臣”的曾国藩为繁荣这劫后城市所颁布的第一条办法，就是恢复秦淮的画舫，想从女人的身上，取回已经逝去了的繁华。知道这故事的人恐怕已经很少了。

一路走着，我们沉醉于南京的市招的名色的多样性而有趣，纸店，装池店，甚至嫁妆店都在匆匆一望中使人流连；虽然市面是那么萧条，在暮色苍茫中走过市街，想想这已经沦陷了五年的城市，在满目尘沙中，很自然的想起了“黄昏胡骑尘满城”的诗句。

晚上在那间充满了冷气的大屋子里，坐下写一封信，告诉上海的朋友在我们的长途跋涉的第一段旅程中所得的印象。想起了昨夜的别宴，她们都上了装，还赶了来，那是一个凄凉的聚会，浅浅的红唇，失去了风姿的笑靥，那一种沉重的感情，真使人觉得难于负载了。

第二天早晨，从枕上看到窗玻璃上结着冰凌，北风一夜都没有停，炭炉里的微火，不知在什么时候早已熄了。太阳光微弱的黄焰，简直没有一点温暖。

×太太要到市场去买东西，要我们陪了去，几个人坐在一连串洋车上，从铺着石子的小巷里穿过，车子的底座上都装着响铃，在车夫如飞的脚步中叮当的响着，打碎了这古城的角落里死一样的寂静。久违了这种洋车的铃声，不想在这里还好好的保存着。

我们走过市场里的一家服装店，这一家里有十几个伙计，顾客却只有我们一起，所以全部的店员都跑来接待，从他们过分的殷勤中，更看出了商业的凋零。

从市场里出来，我们又浩浩荡荡地回到旅馆里去。×太太又要出门访友去了。留给我们的任务是替她看守房子，她还告诫了我们关于行旅人所应注意的事，我们的任务于是就成为很必要的了。

我和 W 寂寞的在炉边向火，剥着橘子吃，把橘皮投向炽热的炭上，让它烧出一种很像鸦片的香味来。

我们却打算着怎样在这仅有的一天的勾留中，看看这大城里的几个地方。

在下午四点钟左右，我和 W 到鸡鸣寺去。这是从极南到极北的一段路，在车夫的平稳的脚步中，我们坐在车上，浏览着街景，任北风从大衣领子里吹进去。南京的大陆性气候在冬天特别显著，这种气候给人的是一种僵冻的感觉，手部脸部都在北风里隐隐地痛，实在并不必要等风刮在脸上才有如割的感觉。

在北风中捱过了三刻钟，车子在一片陡坡前停下来。一片红墙婉蜒在高处，一段曲折的台阶，衬得山门高高的，远远的。慢慢地踱上台阶，抬头看见那个竖立着的小小的扁额，“敕建古鸡鸣寺”。山门两侧的红墙上，墨书着“大千世界，不二法门”两行字。一种娟秀的而又阔大的气势，很和谐地予人一种美的印象。

这是一座废寺。走上去却费了我们很长的时间。供着山神土地的殿宇里，门窗都失去了，神像也有的破碎不完，座前的石香炉里却还有不少香烬，应当是不久以前还有香客来过。我们经过每一个院落，每一条小径屈折地走上去，很可以领略这古建筑物结构的精巧。

因为是这样一个严冬的傍晚，寺里几乎没有一个人。自然更没有品茶的人了。我们走了许久寻找豁蒙楼，始终没有找到。绕过了寺后的和尚墓塔，还走进掘得深深还十分完整的堡垒，这应当是二十七年冬天战后的遗迹。这曲折的沟垒真是阴森得可怕，不时还可以发现许多兵士的遗物、稻草、标语，我们都有一种重过古战场的感觉。最后在堡垒的顶上向下看时，整个的南京城都在眼底了，眼前的一所宽广的建筑物的每一个房顶上，都飘拂着一面青天白日旗，可是上面多了个三角形的小黄条，这就是那一出丑恶的傀儡戏演出的地方。

我们拣了路上台城，疾速地走着，急遽的呼吸着干燥而寒冷的空气，肺部有着燃烧似的感觉。立在这一片六朝故垒的顶上，不得不油然地使你缅想着古昔。眼前是一望无际的江天，一片荒寒的白水，疏落地散布着几个小洲，在一片夕阳里，无数的水鸟飞起飞落，多荒凉的地方。这时风更紧了，呼呼的吹着，我们坐在平台上已经颓了的残垒上，打开了地图，它像一片金属似的在风里振动着响。我大声地叫喊，然而耳朵里只听到虎虎的风声。

重新站起来，让劲急的北风，戏弄着我们的衣襟头发。我感到自己是一个渺小的人，站在这么一个古老而空阔的地方。

我们想起了还在下面等着的车夫，不得不离开了台城走下去。找到了车夫以后，看看地图上远在西隅的扫叶楼，觉得是要有待于它日的重来了。不料车夫却答应了在日落以前赶到，就重新坐上车去。

这时已经是五点钟左右。车子在一些不知名的小巷里穿来穿去，看看那生活在卑陋的屋檐下面的人们时，不禁有着非常亲切的感情。这些靠着小本营生糊口的人们。他们的停滞在手工艺时代的技巧：装池，打铁，木作；从这些渺小的人们的手里，精致的雕琢出一些小器具。传到我们的手里时，使人不缺乏亲切之感，不是那些 Mass Production 的制成品所可及的。可是恐怕这一些仅存的技艺，也将要慢慢地消灭了。

车子离开了陋巷，又出现在一条宽阔的街上了。我打开地图看，回头去告诉 W 这是“随园”的遗址，这是曾经藏了丁丙善本的龙蟠里，光线越来越暗，路却越来越荒凉了。在路上我们看见了不少牵了马的兵，看那黄呢军服，尖尖的帽子，和圆圆的皮枪壳，以为是“皇军”的巡逻队，仔细看去，才知道也是一些“同胞”，他们用好奇的眼光看着我们这在薄暮时出城去的人，使我们也不禁惴惴然。

最后车子停在一片山坡的下面。这时虽然还没有全黑，太阳却早已落下去了。得了车夫的指示，我们跑向一个寺院的旁门。到了门口才知道门是关着的。门口贴了一个什么筹备处的条子。我就不管这些上去敲门了。心里却猜疑着会出来怎样的一个人物，一个大兵呢，还是一个副官？半天以后才传来了悠长微弱的声音。

“谁?”门随着开开了。一个穿了黑色袈裟的中年的和尚，一只手竖在胸前。

“二位居士的兴致真好。”我们惊异着在落日孤城里见了这样的人物，就告诉他我们明天就要离开南京，想用了这匆促的时间看看扫叶楼的意思。

我们被导引着从一道孤悬着的楼梯走上去，走进了一间小楼。这时天色已经完全昏黑了，楼里边看不见一点东西。只依稀看见四壁都是白垩了的，还挂着许多木刻的楹联。W走近去仔细看了其中一幅的下款，告诉我这是江亢虎的。我说：“那就不必看了罢。”

我们凭了窗槛下望一片迷蒙的莫愁湖，和那一片城堞。从和尚的口里，我们听到了关于石头城的许多故事，和胜棋楼也已经倾圮了的消息。他的黯淡的声音，缓慢地述说着一些兴亡的史迹。好像听见了低回地读着的一首挽歌辞。

最后他告诉了我们他的身世，是一个军人半路出家了的。他诉说着寺里的贫苦，全仗春秋两季卖茶的收入维持，而现在却是寒冬，难得看见一次游客。我们捐出了一点钱，他感激的收下了，点上了一个灯碗，引我们到他的禅房里去。在暗黄的浮光里，我们走进了一间森寒黑暗的屋子。他从零乱的壁橱里找出了一册寄售的谈金陵古迹的书相送。还有一幅他自己画的“兰草”，并不十分高明。这些我们都已经寄给上海的朋友了。

从扫叶楼出来，我们坐上原来的车子，回到夫子庙前去。车子沿了石头城的女墙跑着，很久很久，才看见稀疏的灯光。

这正巧是一个三角形，连接了这个城市的三个角落。我们毕竟又从荒凉黑暗里回到响着歌声弦管的秦淮河畔了。吃饭的地方是一家很大的馆子，一间间白漆木槅隔开了的房间里多半空着。我们找了一间坐下来以后，先要了一个火盆来烤手。谈着这几小时的游踪，那个和尚，翻着他送的那一本书。我想到离沪以前所作的一点小小的工作。搜集了不少材料，写了个以南唐历史作背景的戏。因为匆促没有能上演，这时大概还压在和平村一间房子里的一堆琴谱下面罢？

吃了点黄酒，走到街上时，从雪亮的电灯光下面的地摊买了黄黄的橘子剥了吃。那里去呢？去听听有名的秦淮的清唱罢。走上了一间楼厅，在进门的“皇军”处验了市民证，坐下来看戏了。清唱的那一种姿势使我很厌恶，想想这就是秦淮河畔，这些商女和这歌声。又想起了朋友 K 在一小张报道商情的报纸上编着的一个副刊。那正是“一二八”以后，上海几乎是万籁无声的了。那一张小报上却还经常的有短短的杂文在发表。有一次在记载电影女明星“晋京觐见”的消息之后，附了一句“不禁有烟笼寒水月笼沙之感”，被嗅觉灵敏的吧儿闻到，K 就被挤下来的事。坐在这悬满了“玉润珠圆”之类的锦额，映着雪亮的灯光，充满了嘈杂刺耳的弦管歌声的茶楼里，我重复着唐代诗人同样的感情。

第三天，就要离开这城市了。又是一个严寒的天气。早晨起来到邮局去发了一封航空信。看着地图，穿过许多窄得几乎容不下一辆人力车的小巷——其中有一条就是乌衣巷——这里全是一些狭小的房子，贫苦的人家。巷子的尽头，有一片池塘，旁边堆着从各处运来的垃圾。地图上却标明着“白鹭洲”，一个雅致的名字。这冬天的早晨，洲边上结了不少冰碴，有几个穿了短短的红绿棉衣的女孩子，伸着生满了冻疮的小手，突了冻红的小嘴，在唱着一些不成腔调的京戏。从那些颤抖着的生硬的巧腔，勉强的花哨里，似乎可以听见师父响亮的皮鞭子的声音。

等到这些女孩子的花腔熟练了，就让她们走到台上去，用那一种姿式表演，万一得到什么人的青睐，成了什么“总统”“亲王”，那么她的“师父”或“父亲”就可以得到一笔很大的财富。这正是一种颇有希望的“行业”，多少人都投资进去，让他们的——有许多是买来的——小女儿在这寒冷的早晨到这一湾臭水前面来喊嗓子。

这就是秦淮，一个从东晋以来就出名了的出产着美丽的歌女的地方。

一九四三年十月十二日

# 过徐州

在寒夜里，飞驶在津浦铁路上的列车里，躺在舒适的蓝色天鹅绒的卧铺上，看一本从一家日本店里买来的漱石的《我是猫》。听着有如从书生家的猫公的肚子里发出来似的火车的轨声，作了个不平安的梦。在昏昏中被 W 唤醒，去吃东西去。——为了消耗掉身上剩余的“军用手票”这些印着飞鹰图案的乳黄色道林纸片，一到徐州，就要变成废纸。在自己的国土上旅行，都好像坐着“国际列车”要穿过两个敌对的国家的边境了。这“大东亚共荣圈”里的形形色色，即使是傀儡罢，还得让它们分开得远远的。互相抛着嫉妒的眼神，妾妇的颜色。

穿过列车的联接处。迎面扑来夹杂着雪花的冷风，森森的一望无边的阴暗的大陆，列车行进的巨大响声，这些都随了车门嘭的一声给关在另一个世界里了。眼前是一片温暖，灯光，雪白的台布，花瓶里的鲜花，穿着洁白的制服的下女。

又要在这地狱里的天堂充一次“阔客”了。我们坐在一副台子上。花瓶里插着红色的花。计算着我们的钱，向下女要了两份丰富的晚餐，啤酒、汽水。我和 W 每人手上都带了两三个钻戒，镶着红色蓝色的钻石的。这是离开南京的前一晚，×太太从她的紫绒手饰匣里拣出来托我们戴到徐州的。实在那个匣子里的东西太易于使人疑惑她会是个“珠宝商人”，这列车上的检查是那么严，“车掌”的眼睛，贼溜溜的，一开车就注意着旅客的皮箱、行箧、皮包和面色……然而只要戴在手上则可以不管这些，虽然这是女人的饰物。

我开始注意四周的人物。几乎十分之六的台子，都坐着“友邦”人士。华人则寥寥无几。其中有一个五十多岁的老家伙。头部光光的，头发都斑白了。眼睛也光光的从不离开地看着手里抱着的大皮包，偶尔也瞟人一眼。枣红色的皮袍，黑直贡呢的马褂，上襟处露出一块圆圆的徽章。

另外一桌上坐着两个男人和一个女人。他们是刚从上海玩了一个月回家去的。男的穿着西装，似乎是小官，什么警察局队长之类的人物，女的穿了新装的黑皮大衣，小模小样，两手套在手筒里。用着不太纯正的京腔，琐碎地自言自语：

“车子怎么还不到呀！”

“今天十一点要是能赶到徐州，还能到表姐那儿吃一顿夜宵，洗一个澡，舒舒服服的睡一夜。”

“这是哪一站呀？要误了点可讨厌死了。住旅馆你有熟地方没有？就是赶到大表姐家，人也都睡了，还能喊张妈起来给煮面吃！”

那男的起初不作声。等女的继续的问下去时，就说：

“你哪来的那么些废话！”

看那样子，他大概是够疲倦的了。女的挨了骂，就鼓了嘴喝汽水。

我们对面的一桌坐了三个日本军官，一个女人和小孩。他们的桌子上零乱地摆了一桌子菜，还有几瓶太阳啤酒，一大瓶“清酒”。他们互相碰杯，一杯一杯的灌着。后来，两个军官站起来，立正。马刺清脆地响了一下。向另一个军官和女人微微鞠躬，离开了。

那个军官还一杯一杯地喝着，脸都红了。女人抱了小孩子，喂着饭。她穿着红锦和服，相当清秀，两条细细的眉毛平平的。带着每一个日本女人几乎都有的那一种悲哀的颜色。每逢她丈夫举起酒杯来时她就忧愁地看一眼，却不说什么。后来那军官又举起杯子了，她嘤嘤地说了一句什么，男人厌恶地“唔”了一声，就又灌下一杯去。

搴帘望出去，外面是一片黑色的世界，雪又大起来了。

约莫已经是午夜，那日本军官喝光了瓶子里最后一滴酒，车子开进了闪烁着灯火的徐州车站。

×太太被接到朋友家去住。我和W就由一个仆人带了去叩问一家家的旅店。几乎每一处都遭到了拒绝，那一家家小店的店主人带着恐慌的眼色，回绝了我们。最后我们被收留在一家旅店的客堂里。这是一个过道，没有门，北风迅速地吹过，店主人用几块板拼起一张铺来。拿了几床僵硬的，有着奇异的颜色的被来，我们把它们垫在底下。

和我们同房的是一个兵士。他迅速的整理好床铺，喝着从紫泥壶里倒出来褐色的茶汁，还让我们吃一杯，我们实在已经没有了谈天的兴致。睡下了，把脱下来的大衣、皮袍盖在身上，任凭北风从领口里钻进来，这实在是奇妙的境界。我们都当然睡不着，心里有着莫名其妙的心情，有些惴惴，在刺骨的严寒里幻想着会有一个个小生物从棉被里爬到身上来。

第二天我们换了一个地方，一间斗室。一个挂了乌黑色的帐子的床，占了屋子一半的地方去。床边放着两棵避寒的夹竹桃。屋里充满了阴暗，木窗格上糊着毛头纸。我们非常满意于这个温暖的小房间。

我们不想在徐州停留。却不得不等一个熟人送我们到商丘去。我们或可有一两天闲暇，也许马上得动身。我们知道了还要拍几张两寸的相片，就到一家照像馆里去。这里的照像馆似乎还保留了古风，画着西湖景色的背景、花盆、茶几，还很珍重的保存着。一个坐着一个跪了的“二我图”也仍旧被认为非常的艺术的作品。就在照像馆里，我们看见了徐州的“风景集锦”，燕子楼、云龙山、放鹤亭、快哉亭，这使我们临时决定了消磨这一天光阴的计划。

“燕子楼”是在一个角落里，一个空空的院落，很像一个农家的“场院”，里边有几棵凋落的树木，两块明朝的碑碣，已经有三分之二埋在土里了。在这院落里有一座并不古雅的小楼，不过是普通的简单的单幢庙宇。楼门被锁了起来，已经许久不许登临了。我们随了引导者开了楼门，从腐朽的木梯登楼，这楼上满地铺了稻草，四围的土壁上嵌着几块小小的石碣，刻着历代题咏的诗文。

这里，我想抄一点白居易的诗序，这恐怕是记载这段凄凉的故事的最古的文献了：

“徐州故张尚书（建封）有爱妓，曰盼盼。善歌舞，雅多风态。予为校书郎时，游徐泗间，张尚书宴予，酒酣，出盼盼以佐欢，欢甚。予因赠诗云：‘醉娇胜不得，风嫋牡丹花。’尽欢而去。迩后绝不相闻，迨兹仅一纪矣。昨日司勋员外郎张仲素绩之访予，因吟新诗，有燕子楼三首，词甚婉丽。诘其由，为盼盼作也。绩之从事武宁军累年，颇知盼盼始末。云尚书既没，归葬东洛，而彭城有张氏旧第，第中有小楼名燕子。盼盼念旧爱而不嫁，居是楼十余年，幽独块然，于今尚在。予爱绩之新咏，感彭城旧游，因同其题作三绝句。”

其第三首云：

“今春有客洛阳回，曾到尚书墓上来。见说白杨堪作柱，争教红粉不成灰。”

这诗和序的后半，都写得有一种凄凉的情味。使人读了惘然。

楼前是一道流水和几棵柳树，再出去是一片丛冢。我们从行人践踏出来的小道穿出，看见一片集市。这时正是阴历的腊月初旬，集市里陈列着各色的布匹，铜器。这些全是土制的花布。素朴的花样，颜色。厚重的质地，穿在身上，也真比轻飘的洋布暖和的多罢？少女的头上，围了蓝底白花的包头，罩着个冻得红红的脸，黑黑的大大的眼睛，一脸羞涩的憨笑。

亚父冢是一座高高的土堆。W 是演过范增的，对这土堆很有兴趣。爬上去看，徐州是在一个山圈里。陇海和津浦路的火车，像玩具似的在山缘蠕动，山腰里围着一条灰色的烟带。

冬天的下午。阴阴的天色。空气里含了过多的水蒸汽。我们从密布着的节孝牌坊里爬上云龙山去时，天上已经飘着小雪花了。那许多白玉石的美丽的建筑物，上面刻着红色的“圣旨”。述说着一些悲壮的事迹，这里几乎全是女人，她们不是在悲惨的情形中很年轻的死去，就是熬了更苦痛的日子活到老年。我觉得眼前是一部有着美丽的插图的中国妇女的生活史，上面写满了殷红的字迹。

山顶是一座古庙。——放鹤亭就在这里。从这里更可以远望，土黄色的公路，零落的碉堡，一片寂寞荒凉的古战场。

《水浒》里有那么一首可爱的歌谣：

“九里山前作战场，牧童拾起旧刀枪。顺风吹起乌江水，好似虞姬别霸王。”

在这样冬天的下午，在这样的地方，没有游人，甚至也没有逻者，如谢皋羽在《西台痛哭记》中所说。我轻轻的背着这首山歌，觉得无端的寂寞。这种感情，也真不是文人的作品如杜牧的那首“折戟沉沙”所可表现的。

院子里是一片碑林。放鹤亭（其实是一座大殿了）里有着拓本在出卖。这里边却也仅限于山上的碑石，很偶然地我买了一副伊秉绶的对联和赵子昂的八骏图。后者是一幅石刻。赵氏的画马是有名的，我却也看不出有怎样的佳妙，不过那石刻的作风，却保留着宋元版画的古朴。离沪前看过《中国版画史》，那里边所收却仅限于木刻，至于石刻，如汉武梁祠的画像，却还不曾见过较详的辑录（鲁迅的收集还没有出版）。这一幅石刻的拓本，也就更有些可喜了。

从后山下去。下了小半天的雪，薄薄地覆在岩上，路更滑得难走了。这只是一座空山，荒凉的庙宇，剥落了油漆永远敞不开的庙门，再有就是无名的荒冢。也不是没有例外。车夫指点给我们看一座华丽的墓园，说是过去的一位官吏替他的老太太修的，当时花了多少钱，费了多少人工，似乎现在还很深刻地留在人们的记忆里。然而看了那堆积在绿色的铁门上的雪花，发着亮光的白色的石头。一样的觉得阴寒、寂寞。

这使我想起“二十四孝”里记载的一个故事。那个每逢阴雨打雷的晚上就跑去伏在母亲墓上的人。想想在那样墨黑的落着急雨的夜晚。他该不是怕她的母亲听了雷声害怕，而是想给墓里的人赶开无边的寂寞的罢？

我们坐上车到了另外一座花园——快哉亭，现在是市商会。一群商人占据着这么一个“风雅”的地方。曲折的游廊的小阁子上，挂着一块块白色的小木牌，“会计室”……。苏东坡的那一篇有名的文章还收集在一些通行的选本里。我已经忘记了他曾经讲过一些什么话，站在这个寒伧的亭子前面，我实在并没有什么快乐。

一个干涸了的泥塘。几个人赤了脚从紫黑色的淤泥里，挖出了一些瘦小得十分可怜的藕节。

一家关着门的影戏院。在“警备司令”的虎头牌旁边挂着彩色的电影广告：“王氏四侠。”上面画着穿了黄天霸时代的衣饰的"英雄"和"美人"。

我们徘徊在这破烂的园子里，找不到一点生气，好像是留在火山爆发前夕的旁贝古城里，而这里又是那么破烂，远不及那个世纪末的名城的繁华的千万分之一。

出了园门，穿过几个路口，是一条铺满了灯光的街。我们走上了一家"吃茶屋"的楼厅。傍晚时，这家"茶屋"的电灯忽然坏了，在一张张小桌上点上了白烛。没有几个客人。整个的大厅埋在黑暗里。穿了白衣的下女，在闪闪的烛光里来去。在这里，我们吃着长久吃不到的炼乳。似乎是又回到上海的霞飞路上的一家咖啡馆里了。只是这里没有奶油的糕饼，而只是豆制的点心。

吃完了饭，在街上慢慢地走着。无意地踱进一家书店里去。这里边全是一些日文的书报。W 买了两套徐州风景的明信片，我买了一卷书卷纸。

我们又回到那一间"斗室"里了。房里已经生好了熊熊的炭火。泡好了一壶热茶，桌上摆着带回来的风干的红枣，绿色的萝卜，和在腊月二十八晚上用来封住灶王嘴巴的麦芽糖。

我打开了那个长长的卷子，给上海的朋友们写信。毛笔在轻软的和纸上画着，我述说了在徐州所看见的一些风景、人物，写满了三四枚黏好了的纸页。我写得那么快。该有好些故事现在都遗忘了。我已经失去了当时的那一种兴致，回想当时的情形，就更显出了目前思路的苦涩。在那一封信的末尾，我请求朋友们给好好地保留着它，等将来回去时再看看。天知道它的命运怎样了，我几时才能重新整理这一篇在徐州的见闻呢？

W 也写好了明信片。我们封好了信，贴好了邮票，和那两幅石刻拓片，一册红色封面的《我是猫》，都预备第二天托 × 先生给寄回上海去。明天早晨我们就要离开这里，我们似乎是在抛弃掉所有的旧东西，走上一条更新奇更有趣的路去。

我走到院子里去。雪已经停了。一天好月色，房檐上的积雪发着碧色的光芒。

十月二十日

# 宝鸡——广元

两年前从上海到内地来，走的是西路。自徐州、商丘、界首、漯河、洛阳而宝鸡。这一路虽然并不十分舒适，可是还没有十分的耽搁。不料到宝鸡后，竟发生了旅费的问题。离开上海时，听信人家的估计，说每人只要两千元就可以到重庆了，所以我和 H、C、S 四个人一共交出了八千元，托人汇至亳州；到亳州后拿到法币壹万元，在界首稍买了些东西，因为下雪，在界首漯河都有停留。洛阳的物价特别贵，我们又都是舒服惯了的，抱定了“穷家富路”的格言，在路上不愿意太省俭，等到在洛阳上车的时候才发现袋里的钱不多了。已经预定的游玩西安碑林、华清池的计划也打消了。就一直到了宝鸡。

到宝鸡时是一个夜里，大约有九十点钟了。刚刚下过雪，天气并不十分冷，路上却泥泞得可以。除了我们四个人之外，在路上还遇见了一位 F 太太，从上海带了两个孩子一个女儿到重庆去。从洛阳来我们都是同路的。我们这一个旅行团体的行李相当多，一共载满了十部黄包车，从车站出来，到宝鸡的唯一的一条大街上去。

一路上过惯了小土店、豆油灯的生活，第一个印象就觉得宝鸡的电灯亮得可爱。尤其是晚上，从车站望出来，一条街就像是一条火龙。出站以后，车子在雪泥没胫的路上拖着，随着使人清醒的夜风，闻了一阵阵扑鼻的酒香，使我觉得好像是走进一个浪漫的世界里去了。

我们为了省俭起见就住在青年会。F 家住在隔壁的一家旅馆里。后来 F 家的兄弟俩托辞说旅馆里环境不好也搬来了。只留下母亲妹妹住在旅馆里。这弟兄俩都是很可爱的孩子，老二尤其天真。一起玩玩颇不寂寞。

正好赶上过旧年，公路局的车子又非常难找，我们的旅费又成了问题，所以在这小小的山城里竟耽搁了十天。

C 他们的学校，委托当地的青年会办理学生内迁的救济事宜，所以他们在那里等候着补助费。F 家等着行李的便车，只有我等在那里是无意义的。连日曾和 H 设法到一个朋友的哥哥处去借钱得到了颇为尴尬的结果，后来还是由 F 太太请朋友证明了我的学生身份，才从青年会的战区青年救济的机关内得了一部分救济金，大约有五百元光景，只够从宝鸡到广元的车票费，行李费还得自己想办法。结果是由剩下来的旅费里先尽我用，等到了成都以后再说。记得交了行李费以后，我是只带了两百元上路的。这种冒险的旅行倒还是第一次。

在宝鸡的十天真是难过得很。每天吃饭的钱都是由会内暂支，这只有他们三个人可以领到，以三个人的钱供给四个人用，就不得不由 C 来统制。这时一反沿路的舒服生活，尽量节省，坐到饭馆里边看了菜单估计着要菜，然而还往往出毛病，因为店里的小账是不定的，同时米饭馒头的估价也不容易准确，有时一顿超过了预算，下次只能各吃一碗面了事。

除夕的晚上饭店都关了门，F太太特别在青年会订了一桌菜请我们过年。菜虽然并不好，不过大家吃得都很高兴，很有在家过年的味道。老二特别高兴，他那稍带了东北口音的话说得特别多，吃酒红了脸还躺在母亲怀里撒娇，听说他有肋膜炎的毛病，到重庆后暂时不念书，在歌乐山养病。始终没有机会去看他，不知现在已经好了没有。

宝鸡是个山城，卧龙山上有颇大的一座道院，是专员公署的所在地，春节特许民众进去烧香，我们也去瞻仰了一次。是张三丰飞升的地方，张三丰在近代的游侠里的地位相当高，是道家“武当派”的祖师，在河洛关陕一带的势力不小，香火也颇兴盛。观里有不少碑文传说着他的神话，还有许多明初遗碑。风景甚好，尤其是下望宝鸡故城和蜿蜒的陇海路，形势非常险要。山路陡得很，雪后更滑得难走，我们穿了胶底鞋上山，在路上滑倒了两三次。烧香的人很多，大殿里神龛中张祖师的金脸，在熊熊的烛光香焰中一闪一闪的光景，至今还很清楚地记着。

二月七日的早晨C他们在东岳庙改成的公路总局内送我上车，八时左右离开宝鸡。路上答应记一份日记给他们看，只记到广元就不曾继续下去了。这是写在一卷“书卷纸”上的，是经过徐州时在一家日本书店里所买。两年来随身带着，总想整理出来，没有机会。这次请朋友从昆明寄来，纸都已经皱得不成样子了。重新翻读，情感已经大变。想想写这些日记的场所，木造的旅馆楼房的八仙桌上，饭馆的菜油灯下，格外使人惆怅。就不加改动，保留原来的样子。

卅四、三、十重抄记

## 二月七日

早晨在宝鸡登车，和H他们离别，颇感到孤寂。

昨天晚上在青年会，听了那位干事的一场鬼话。什么四川的橘子一角钱可以买一百个；陕西的枣子，到了重庆就要用红绳拴起挂在店里的柜台上之类。末了他还警告我们，说车到秦岭，气温突然下降二十度，耳朵会有冻掉的危险。所以特别用围巾包了头部，戴了帽子，袖了手坐在车厢里期待着会冻掉耳朵的寒流。不知不觉车子已经是在秦岭上了。

这的确是一片伟大的山岭。积雪未消，覆在茶褐色的山头上，更增加了严肃之感。这是极其穷荒的一片山区，几乎看不到一点人烟，偶尔在山洞里发见一两个小石龛，里面供着狞恶的神像，看了使人森然，好像又回到原始时代。唐韩愈诗："云横秦岭家何在，雪拥蓝关马不前。"小时读之，并不觉得怎样。因为那时多半是躺在温暖的床上，听父亲吟哦。现在回忆，确有凄然之感。韩愈贬潮州，道出秦岭，以他那样热中的人物，中年遭到这样不如意事，自然满腹牢骚，充分露出那"下世的光景来"了。原诗的末两句，因为韩湘子的出现，颇有些神秘。试想韩湘突然出现于这雪后的秦岭之上，神话的意境，的确是相当浓厚的。

车子在山沿上奔驰，常有 S 形的大转弯。每一回顾，土黄色的公路，缠在暗赭色的山石上，好像系了带子。几重山岭拼在一起，山腰时有山田。更加上野烧过的黑色斑痕，凑成一幅极朴素大方的图案。

中午时候车子停在黄牛铺。这是一个狭狭的山道。远处有一两家卖吃食的小店。有一个小孩子来卖烧饼。一会就为车上的旅客抢光了。隔座一位老先生拿了十块钱去让他到小店里代买十个烧饼，一会，拿来了。我也交给他十块钱，这一次等了许久还不回来，后来车子开了，烧饼终于没有拿到。

车子时时抛锚。爬山坡时平均四分钟就得修理一次。司机在卖弄聪明，而实际并无聪明。结果车到双石铺即进站修理。大家起始以为还有希望再开，都在站里等候。司机在慢慢地擦油箱，那位老先生去问了一句，却惹起他的火来，被教训一顿。大家都说战时的司机气焰万丈，真不虚也。

后来终于宣布不开了。大家又忙着去找旅馆。箱子和行李，从高高的车顶上扔下来。提了行李到店房的途中，吃力之至。因为身上穿了大衣棉袍、皮袍……太多的衣服之故。

住在一家小店的最后面的一间房里，房外面就是山壁，有一个水坑，是山泉的所在。饮水都取给于此。上面还供着神位，烧着香，好像灶王龛一样。

双石铺是群山丛绕的一个小镇。镇内一峰突起，顶上有小庙，和两三株古柏。下车后即想去一看，结果因为看房子之故，未能如愿。心想如与 H 同来，一定先上山去看了，吃饭洗脸倒是次要的事。想到这里也真有些怅惘。

晚饭吃炒肉丝，半斤饼，只十元。便宜之至。又买了些小红福橘来吃，是汉中的名产。

夜觉微寒。是山城气候的特征。军队在附近休息者甚多。大锅煮饭，藉草而坐。晚上早睡，听了同行者的劝告，没有解铺盖，这是一路所没有的事，平常无论如何总是要舒舒服服的来一觉好睡的。

## 二月八日

早发。在车站门口吃了炸油饼两枚后即登车。

王渔洋在康熙年间曾奉命典四川乡试。他的行程，正与今日的路线相合。不过他那时是起旱，没有汽车，不过也自然看得仔细。

今天车过南星，王氏有《南星雨发》一诗载集中：

“骤雨南星道，秋阴草木风。涧寒伤马骨，云落失蚕丛。僭忆公孙帝，危知大禹功。中原何处所，梦落散关东。”

我们的车子爬了两重山岭，山上的松柏渐渐地多起来，已经不是秦岭的那一种穷山恶水了。车到庙台子暂停吃中饭。在车上时即听见老先生讲起留侯祠，所以马上赶去。出站后经过一段下坡路，经过一个新起的黄色的“寨门”，就到了一条小小的街，街上不少铺面，饭馆，在拥挤的各式店家门面之中，有一个不起眼的门额，有如乡下的“进士第”，门口照例挂了不少白地黑字的机关招牌，就是“留侯祠”了。

这一所道院的院落可真不少。禅房幽寂，匾额极多。不过大多是道光时的遗物。中国旅行社的招待所在南花园，房间极清洁，有名胜照片在出售。

向道士问路，一进进的走进去，到了后院。素壁上张了一幅布画，上面大大小小全是图章，恶俗之至。旁边有一个小牌子，写着禁止游人盖章。中国人的好名之癖真是不可及。右面又有一面禁止游人留题的木牌。可知那素壁上面，本来是有不少诗词的了，不料白粉一涂，遂令杰作湮灭，更是可惜了。

最后的一进园子里，有几丛高大的绿竹。院中有砖砌的两个大鱼池，水源源地从龙嘴里吐出来。流水游鱼，简直是江南的光景了。登石阶上去，经山上右侧有“拜石亭”。再上去就是“授书亭”。是黄石公的神话的故典，这是在一个峰项上，想想大概不是当日的那座圯桥罢！亭里面却供着几位清代官员的禄位碑，真是莫名其妙。从亭上后望，远远岭上的松树，亭亭的秀丽而蓊郁，再看车站的地方，一条小路夹在两重高山中间，真是可爱的地方。希望将来能和 M 到这儿来避暑一次。

匆匆赶回去，已经摇铃了。上了车，喘息未定，饭也没有吃。

车再行，风景更胜。进褒城境，一路都是两山夹水，河底清楚的铺满了石子，上面流着潺潺的绿水，汽车在傍山新开的公路上行驶，行过一条铁桥，又在对岸的山崖上了。心想富春江上的风光大概就是如此的罢？在高山的绝顶上有一所小白庙，旁边有着一丈来高的白皮松，直直的干子，只有顶上有一团绿阴，好像女人们用的小伞。真是美丽的山河。

路上有骆驼群甚多，是从甘肃运物资来的。

到褒城，站长宣布休息。看样子明天是不可能赶到广元的了。找好了旅馆，住在楼上的一间房里，楼房是新盖的，全体用木材，颇干净。房价每天九元，是比双石铺又要便宜一倍的了。墙上题诗甚多，题属有“大官人”“光身汉”等，兹录后者一绝：“对窗一朵花，有心去采她。恨无关金券，只好××它。”盖皆苦闷之表露，以之加入冯梦龙的山歌，也当是上好的作品。

褒城是周幽王的爱人褒姒的出生地。该是很不坏的地方。进城去看了一下，城小得很，而且大半倾圮了，败坏的城楼上悬了一口大铁钟。是康熙间的制作物。到北门城楼上，有警察宿在那里，上去一问，本地有什么名胜，他冷冷的答道：“没有！”只好走下来。附近有一座碑，是《重修褒城县记》，正德时物，恐怕已经是最古的遗物了。碑上说是为了防蜀乱而重修的，想见当时蜀地的不太平和此地的重要。

街上有卖元宵的，五角一枚。较宝鸡售一元者尤大，此地物价之低可见。

城外有唱野台子戏的，是《三娘教子》的后半——双官诰。推想该是秦腔，但和上次所听不大一样，那个该是山西梆子，而这个才是正宗的秦腔欤？

老生的扮相极古朴，表情也有一种“古趣”。的确是过去士大夫类型中正直的人物。小生戴了一顶王帽，也是京戏中所不经见的。

在一家小饭铺中晚餐。门上的顶批十分别致——“爆炒矮肉”。

## 二月九日

司机大概因为是在初五以前开车，所以不太高兴。除了在路上常出些小毛病，早早停车以外，还有不少别的解除寂寞的方法。昨天下午曾在某地带上两位女客，看样子该是拜年去的，穿得大红大紫的。今天更有两位贵客加入——是另一司机和他的新夫人（?）。他们挤着坐在一起，大声的笑着。后来是坐在后面的人头顶和车顶接触了两次以后，提出了抗议，才算安静下去的。

车出沔县，一路平衍。后来到了河渠工程的地方，几十里远近全是细细的伏流，一边是高山，一面则是土坡。汽车则在岗子上行驶着。这样过了一大段，路又慢慢险峻起来，汽车又在丛山中爬来爬去了。这里的山已经和秦岭那边的大两样，遍生了松柏。水则是青绿的。郦道元描写三峡风景的句子大可以借来一用，“素湍绿潭”，“绝巘怪柏”，都是有的。

车过五丁关，几道S形的山路爬过以后，从车窗下望，底下有几条土黄色的带子系在山腰上，远远的有运货的马车在带子上蠕动，小得像玩具。风景极像赵大年的《秋山行旅图》。山上有很多梯田，每层都溢满着水，青苗在水里偃伏着，多肥沃的土壤。

山势越发险峻了。到了“西秦第一关”的地方。两面的高山成V字形，涧底是乱石和杂树。浅浅的一道伏流，汽车在绝项的边缘上爬行，凭窗下望，实在有些心悸。一位同车的军人说，这实在比潼关还要险得多。

午后到“中子铺”，车子又停下来。司机宣称无论如何不能走了。——其实是能走的，不过要油，而司机大抵是视油如命的，那么，不走似乎是当然的了。

站上还停了一部车子。因为缺了一个螺丝，所以停在这儿已经五天了。那位怕费油的司机就硬从另外一部分拆下一个螺丝补在原来地方，让那山东老司机把他的一批客人开到广元，于是我们也就成了商品一样给调在另一部车上了。

这是一部柴油车。发动的时候一定要乘客推上一段路才可以。走起来如同有喘病的母牛一样，在土黄山路上龟步迟迟的蹭。下坡时使用煞车的声音听来怕人，是什么怪物在发疟子罢？果然，大概走了五里路，怒吼一声，停下了。

“买十块钱浇酒加上罢！”山东老司机说。

大家都笑了。好像都已经练就了乐观的工夫，无论遇见什么尴尬的情形，都能加以欣赏，而决不情感激动了。

大家都束手无策，坐在车上。据老司机说，最好的办法还是回到“中子铺”去寻救急车。不过这意见没有被采纳。坐在车上干急。最愤怒的要推一位戴了眼镜穿了皮袍的大学生和他的两位女友了。虽然同路了几天，我们并不认识。不过从他们的称呼上已经可以知道其中一位胖胖的黑黑的二十七八的女士的名字是 Rose Marry，另一位较小而戴了眼镜穿了红色绒线甲克的叫 Jessy。那位大学生每逢车子停下，必要下来买一点东西，如橘子、烧饼、芝麻糖之类，远远的用轻快而优美的步子跑过来，口里用了钟情的调子曼声的喊着Rose Marry或Jessy，一面把烧饼从车栏干边献上去。好像罗米欧到窗边看柔丽叶的姿势一般。同时“公主”也极其温柔的从他手里接下来。还非常不好意的说：“你不也上来吃点!”男的照例表示无关，又跑出去买别的东西去了。

现在Rose Marry就用了所有的恶毒而并不粗俗的话来骂这部车子了。

“真要死了。今天要到不了广元，误了车，姐丈又该急死了，真作孽!”

“我的电报在宝鸡就发出去了。说十号准到。到车站接不着人，该怎么办!”

在这些娇柔的申申的骂声中，车子又动了一动。马上大家的注意转了方向。原来十块钱烧酒发生了作用。不过还得推一下才成。

大学生提议除了女客外，男客一齐下车来推。我们就都跳下来。这是一条下山路，推了没多久，车子就动了。我们都愿意走，看着那疲倦的破车子喘息着驶下山去。Rose Marry在窗口挥着她的红围巾。

这里的风景是伟大的。一围乱山中间是一个大大的峡谷。公路就是利用人力在山上生凿出来的。河谷里面有河流，有田垅，还有一所小房子，整齐的摆在中间，在流水丛树的中间，安静，空旷，好像没有人住在里面。

在两个山垅间跨着一座危桥。有一个乡下女孩子在上面卖柿饼。一块钱可以买四串，她收了印得十分精致的新钞票放在袋子里时，露出天真的喜悦来。虽然穿了已经洗得发白的粗蓝布衣服，赤了脚穿着草鞋，头上蒙了蓝花布，可是美得很。

已经是黄昏了。红日只剩下一半在远山的缺口处，谷里染遍了女孩子脸庞上一样的晚霞。

我们又坐上车子，没有一会就到了“朝天关”，已经黑下来了。

这是入四川的一个险隘，离广元只有三四小时的路程。小小的街市上并无正式的栈房，我们分散到几家兼营旅舍的民家里去。房子是漆黑的。顶上的木板铺着稻草，客人就宿在这里。主人是两夫妇，商量请他们代做晚饭。

Rose Marry 皱了眉头说：

“请您给炒两个鸡子罢！”她大概觉得鸡蛋最简单而干净，同时也不太贵。我们就坐下来等吃晚饭。主人用稻草烧起灶来，满屋里都是烟。

等了很久，菜端上来，却是一大只封鸡。问他为什么没有做鸡蛋，他说：

“你们不是要吃鸡子吗！”原来这已是四川了。

坐下来吃鸡。不料第一筷子就给辣翻了。我猜那大概是用辣末腌起来再风干了的。只好走出去，呼吸晚风，到昏昏灯火的摊头上去吃了一碗元宵。舌头还是木强着的。

回来时看见一只封鸡，都已经差不多吃光了。

## 二月十日

早晨七时余动身。

今天车子走得相当平稳，没有出过什么毛病，心里也比较安定，离开广元仅有几十公里，无论如何，大抵总可以不成问题的了。

走过千佛岩，这里的佛像大都涂了红色，雕法极古朴，沿山崖几乎全是，听说造路时曾用炸药炸毁了若干，对于古艺术品如此处置，令人惘然。想起七年前到云岗的时候，看到的那些没有了脑袋的佛，和在古董铺里看见的一个个孤零零的佛头，觉得这都是颇残忍的事。

车子虽然慢慢的走，可是也不可能仔细看一下这些残佛，一时进了公路局的车站。这里车站的规模相当宏伟，大概因为是终点站的原故。

拿了在宝鸡拿到的一封介绍信，到内地会去看一位牧师。他是美国人，不过中国话说得非常好。当时在他的一所颇不错的四合瓦房住宅中，开了两间客房，让我们搬行李进去。这是一间颇大的客房，窗子都没有了。那位大学生在仆人处得到了情报，说前天还失落了东西，所以情愿搬到一间小小黑黑的门房里去。我也搬在他们的隔壁。还是睡在稻草上，把行李整理了一下走出门来，不知道从什么地方弄来的家伙，Rose Marry 已经在炒鸡蛋了。

走到街上去看，头一个印象是茶馆多得出奇，每一个茶馆里都满满的坐了躺着悠闲的人们。抽着竹制的水烟袋或旱烟袋，喝着沱茶。

吃完饭到公路局去问车，据说预定票位已经到了下月中旬，而行车的日期又没有一定，看样子是非做“黄鱼”不可了。

这个小小的城的前面是一条河，青绿的河水上面有不少竹筏子，我从一条竹桥上走过去，桥头微微的在抖，过了河以后回头看看这小城，好像在亳州时所见的情景一样。沿了石路走上去，走到远远的公路站口，问了一下搭车方法。承一位先生指引说前面不远处有一家茶馆，那里可以问关于买“黄鱼”票的办法。

这是一个简单的茶馆，一座草草盖起来的房子，门口放了几张桌椅。我要了一碗茶，坐在黄桷树下面的矮凳上，听老板说到成都去的商车，大约全要在这里停车检查后顺便兜揽几个“黄鱼”，他可以拍胸腔说没有问题，什么时候要走，只要把行李搬来就是了。

我静静的吃茶，看前面远远的一缕淡蓝色的远山，颇有些悠然。心里总算已经放下来了，虽然交了“黄鱼”票价以后，身边还只有几十元，如果车子不出毛病，两天后可以到成都，总不会发生什么问题的。

我静静的欣赏这野店吃茶的风趣，过去所没有试过的一种特异的方式。广元听说是武则天的故乡，脑子里又回忆着从笔记小说里看来的她的种种事迹，觉得她在看了骆宾王的《讨武氏檄》以后只微微一笑说“有才如此而不用，宰相之过也”的手段，实在是颇可佩服的。

# 成都散记

关于成都，我最初的记忆是从几位唐朝诗人的诗句里得来的。杜甫晚年曾经在这里流寓过一个不短的时期。他住在故人严武的军中。等到严武一死，他就只好再流浪，流浪，不久就客死在耒阳。在这位大诗人的晚年的作品中，我找不到什么光与色，除了那一种重重地压在人心上的衰飒的气氛。

其次就是那一位中国的堂璜（Don Juan），晚唐的诗人李商隐，也在诗歌里赞颂了成都。出现在他的诗里的是美酒，当垆的厨娘和妓女。这使我想起他生活着的时代，中原正是在大乱之后，然而在“蜀”这一隅，还是“升平的世界”。当时的人们所寻求的，除了鲜艳的肉和芳醇的酒以外，似乎就更没有什么了。“美酒成都堪送老”，他是预备在酒的麻醉中过了这一生的。

当我所搭的载重汽车从驷马桥驶进成都以后，已经是晚上八九点钟了。先是远远的就已经望见了隐在灯雾里的迷离的城市。在经过了两三小时的夜间行驶以后，心里是早就盼望着早早赶到了的。我站在卡车的前面，迎着早春的夜风，望着愈驶逾近的布满了华灯的街道，心里微微的感到了一些温暖，觉得是走进晚唐诗境里来了。

在车上时就已经受到了两位住在成都的商人善意的警告，说成都的旅馆是常常没有空房间的。担心着会有露宿的危险，所以车一停就跳上了黄包车。看那黄包车夫的行动真是悠闲得很，不过才两个转弯，就已经到了预先打听了来的那一家旅馆的门口，在最热闹的春熙路上。

侥幸我被接待到一间最后空着的楼上的房间里。这旅馆的布置和北平的旧式旅馆差不多，一进门是一个狭狭长长的过道，里边是一个大的天井，四周环绕着客房。我的房间在里边的第二进里，天井里种了两棵大芭蕉，当我走出我的房间凭倚在栏干边上的时候，正好摩着它的大而绿的叶子。

安放了行李，洗了脸，我就又走到街上来了。正在旅馆对面是一家茶楼，窗子开着，里边坐满了茶客，还有着急促的弦管的声音。我看他们一面品茗一面听歌的姿态真是悠闲得很，然而我却不想走上楼去。因为我不愿再看到那些歌女的姿态。我从很小的时候起就已经厌恶了这个。记得八九岁时随了大人到北方特有的“茶楼”里去，看见台前拉了一条绳子，一个个艳装的女人，侧了身子，一只手扶了那根绳子，在努力的喊出不自如的腔调来，两眼总是瞟着两边楼上的什么地方。这种姿态很使我不高兴，从此就不再走进那种茶楼里边去。成都的清唱不知道是怎样一种情形，中国究竟是一个广大的国家，虽然地方隔了那么远，我恐怕真会有类似的情形。倒还不如让我在街上踱着听着这悠扬的弦管，想象着这些风雅的人们在过着《燕子笺》《桃花扇》时代的那种生活的好罢。

街上的人还是那么多，可是商店都已经在上门板了。灯光渐渐的隐了下去，后来只剩下一个卖甜食的担子的油灯还在闪烁。那是一个老人，稀疏的白发，干净的青布棉袄，勤快的煮着那些甜甜的“吃的”。左面的担子上一排排着十几个碗，里边泡着莲米、西米、青梅、银耳……他的两只手熟练的从里边舀出莲子来，倒在左边的一个小铜锅子里去。放好了水，盖上盖子，一个垂了双髻的女孩子替他抽着风箱。一会儿，他又打开锅子，加两勺糖，再盖上，添两块枯枝，汤就开了。倒在小瓷碗里，加上一枚有着长长的柄的小铜调羹。我坐在暗暗的灯光里吃了一碗，默想着过去在哪儿看过的一张宋人画图——《货郎图》。那小车儿的装置就十分像眼前这一副。多么齐全地安置着那些小巧可也是必要的材料。这个老人和他的小孙女——应当是罢——是多么平安多么和谐的操作着。

我慢慢地吃完了莲子汤，胃里充满了温暖，慢慢地走回去。回头看看，小摊子的灯火还在寒风里摇曳，这时街上的人更少了。我想该不会更有什么主顾了罢？

由于疲倦，回来后就上床睡了。

夜里十一点多钟，忽然为一种歌声惊醒。这是一个女人的歌声，另由一个男人用胡琴和着。歌声非常激越凄凉。从直觉里觉得该是《凤阳歌》之类，是流浪人的歌声。胡琴的调子单调地回复着，女的自己还拍了板，更增加了音节上的凄切，我努力想听出她的词句来，可是终于听不出。

一时在枕上想到了很多事情。也都是值得悲哀的事情。

我记起了一个月前过的那些无聊日子，那时我看过的那一出戏，和在戏里扮作护士的一个女孩子，她那摇摇的身段，雪白的素服，小小的加了黑边的白帽子，和那帽檐下面的甜甜的眉眼。

当时她给了我一种悲哀的感觉。路上我时时想起这影子，在南京朱雀路的晚上曾经想起来过，现在就又想起来了。这几乎已经成为一种象征，使我每逢感到忧郁寂寞时总要归结于“悲哀”。这使我看人间的风景时失去了颜色，我想我们真不该有那么“一面之缘”。

我在成都的第二个早晨是一个难得的晴天，有着淡黄色日光的晴天。很早我就已经醒来了。算算口袋里只剩下仅够吃一顿简单的早点的钱，我不得不去到一个学校里去找一个旧日的朋友，有没有把握可也完全不能一定。那学校在成都的西南角上，学生则全部住在文庙里边。当我踏进那朱红漆的大门以后正巧遇见了 T，我们已经有六年没有见面了，然而一见却还能认得。从我们的衣服上看来，他似乎比我还窘，可是他究竟招待了我这个远道的朋友吃了一顿早点，用掉了他才拿到的一点救济金，这笔钱他是要用来维持一个月的。

得了 T 的引导，我在一个外国牧师那里拿到了一笔“旅费”，这点钱用来买车票到重庆是不够的，我还得等候随后赶来的朋友，自己先用这笔钱来看看这个城市了。

在一个下着小雨的下午，我踱进了武侯祠。

在红漆剥落的山门上挂着准许民众公开游览的牌示。因为这里是驻了军队的。这使我想起了在百花潭的门口徘徊着，终于不得进去；同时想瞻仰一下唐代大诗人杜甫的草堂的想望也失望了。这一种游山玩水的兴致，现在似乎已经没有那么浓厚了。可是当时却的确是因为得以踏进这个古柏参天的院子而欣喜着的。

这些苍翠槎枒的树木，在杜甫的诗里就已经出现过的了。是不是天宝以来的遗物呢，这我无从知道，然而它们的确给这所庙宇增添了阴森的古味。古柏丛中散布着一些卖面食的席棚，雨后零落的样子芜秽得很。有两座唐碑在碑亭里，这恐怕是文献足征的最古的遗物了罢？

再进去是汉昭烈帝的正殿。两庑里塑着蜀汉的文武官僚。大概是很近的塑物，也实在不大高明。我看那大概是以《三国演义》为蓝本的。五虎将的神态几乎完全一样，除了黄忠特有的白胡子以外，如果没有刻了名位事迹的牌子，我几乎分别不出他们的名字。

昭烈帝的塑像在正殿里，左右有关张陪祀着。在角隅里还有着北地王刘谌的塑像。可是怎么也找不到那位乐不思蜀的阿斗。祀其子而祧其父，这在中国的旧礼教上讲起来，似乎是说不过去的事，然而在这里也就可以看出一点人心取舍的标准来，《三国志》引《汉晋春秋》曰：

“后主将从谯周之策，北地王谌怒曰：若理穷力屈，祸败必及。便当父子君臣，背城一战，同死社稷，以见先帝可也。后主不纳，遂送玺绶。是日谌哭于昭烈之庙，先杀妻子，而后自杀，左右无不为涕泣者。”

这在民间戏曲里即是有名的《哭祖庙》。这里的祖庙不知是不是现在的武侯祠，因为庙门本来是还题着“汉昭烈祠”的。

最后一进是武侯的享殿。武侯的塑像全作道家装。这应该是《三国演义》的功劳。把诸葛亮在民众的眼里提高到神的地位，与吕洞宾成了一流人物。其实他本来是一位儒家，从隐逸的地位走出来，想借了蜀汉做一些事。虽然“羽扇纶巾”，宋朝的苏轼就已经这么说过；后来魏晋人的服履风度，我想也应当从他那里受到相当的影响。

这里也照例有着“灵签”，由道士管理着。我也求了一根，花了一块钱从旁边买到一张批词。现在已经忘了上边所说的语句，不过只记得里边说的是吉祥的话而已。

从武侯的享殿走出来，到隔壁昭烈帝衣冠冢去，要经过一个水阁的小院，那里也有卖茶卖酒的。小院后面有一段短短的弯曲的围墙，墙后面全是碗口粗细的大竹子。地方非常幽静，使人想像着古时的隐士，芒鞋竹杖，在这样的院落里徘徊。

在如雾的细雨中我走出了“丞相祠堂”。

我坐了黄包车在凹凸不平的路上走着。经过了有名的“万里桥”；三国时费祎使吴，对送行的人说：“万里之行，始于此矣。”从此就开始了他的穷年累月的长途。那块万里桥的石碣，上面贴满了红红绿绿的什么堂之类的广告纸。那有名的锦江，也只剩下了浅浅的伏流，水的颜色也变黑了，可以和南京的秦淮媲美了。

小时候看由《警世通言》改编过来的《今古奇观》，深深的沉醉到那美丽的故事里去。在《女秀才移花接木》那一章的序幕里，知道了薛涛的故事，和她那有名的“五色笺”。我曾经走遍了祠堂街、玉带桥和其余有名的几条文化街，想在纸店里买点笺纸，而带回来的却只是失望。他们所有的只是一些刻着粗糙的人物山水画的信纸和已经成了宝贝的洋纸的美丽笺之类，这和北平的纸店里所复刻的《十竹斋笺谱》一比，就不禁使人叹息风流的歇绝了。

一切旧的渐渐毁灭下去，新的坚实的工业文化还没有影子，成都却已渐染上了浓厚的浅薄的商业色彩，成为洋货的集散地，和一些有钱和有闲者消费的场所。在这里，我对那还多少保持了古代文化的成都的生活方式，和其他的一切深深的有着依恋的心情。

我去望江楼的那一天，也是一个阴晦的日子。

像江南所有的花园一样，一进门就是夹道的翠竹，和铺了石子的小径。只转了一个弯就可以看到那块题着“薛涛井”的石碣了。这块碑虽然不过是清朝的东西，那井还应当是唐代的遗址罢？

这园子里全部的建筑都是同光时代的遗物。崇丽阁的阁门是锁着的。那高大古老的建筑里锁了一楼阴黯。我试着去推一下那上了锁的楼门，它发出了奇怪的声音来，从雕着精细花纹的木格子里看去，那一层层的木制楼梯上，铺满了灰尘。蝙蝠和燕子在这里找到了它们最好的巢居。

我在“吟诗楼”上坐下来休息。楼前面是一株只剩下了枯条的衰柳，锦江里的水浅得几乎已经可以见底了，对面是一片黑色的房子，使人感到了非常的压迫。

在回廊的另一面有着薛涛的石刻小像，上面叙述着她一生的事迹。这使我记起了那颇为浪漫的故事。那是说在她很小的时候，她的父亲出了“梧桐”的诗题，她就作了“枝迎南北鸟，叶送往来风”的句子。根据了这个，她的父亲就断定了她未来的飘零的身世。这故事虽然浪漫，然而那真实性也就非常可疑了。这无疑是传统试帖诗的表现法。如果是出诸名公巨卿之口，就该说梧桐是栋梁之材一类的话了。

在这样的地方，照例是要有数不清的对联和题额的。也照例都是一些赋得名手的杰作。不过这里边也还有可爱的对联。现在我还可以清楚地记起来的是胡宪的一联：

“独坐黄昏谁是伴

争教红粉不成灰”

我徘徊在这充满了阴黯的园亭中，深深地感到了美人迟暮的哀怜。

最后他们究竟来了。当一天我在街上回来以后，打开我的房间的门，在铺满了可爱的金黄色的日光的桌子上，我看见了他们给我的便条。

我已经决定要在后天离开成都了。我们就计划着怎样消磨这最后的一天。我们到新西门外边骑小川马到草堂寺去。川马小得和驴差不多，骑在上面颠得很不舒服。每一匹马有一个马夫牵着，他爱惜他的马，不肯使它奔驰。我们骑在马背上，得得地踏上了石桥，浏览着充满了古风的两旁的店铺和风物，颇有点贾上人在驴背上的境界了。

经过了百花潭，青羊宫，我们走上了一条田垅间的便道，马夫开始让他的小马跑着，这时我回忆起来在归绥骑蒙古马到昭君墓去的事，觉得可笑，而同时也颇有辽远之感，这实在已经是六年前的旧事了。

草堂寺埋在一丛荒秽里，那有着飞檐的亭阁，已经剥落得不成样子，使人想起《水浒传》里叙述鲁智深走进瓦官寺里去的情景。这里就连那煮粟米粥吃的老和尚也找不到。埋在荒草里的墓塔的碑石上生满了绿色的苔痕，石壁上的浮雕也都盖满了泥污，我们终究离开了这无人的古寺，又骑在那小川马的背上去了。

下午我们去过了一种完全异样的生活，坐在一家据“指南”里说是正宗的川戏的剧院里。当我走进这木造的大厅以后，很快的使我恢复了十几年前在北京听戏时的印象，虽然这印象已经是那么淡，淡，几乎已经没有了些微的痕迹。不过当我一坐上那窄得像一条木棍似的凳子上，堂倌随即送过一壶茶，而且把包茶叶的纸系在茶壶盖上以后，我的深深的埋藏着的记忆，又忽然活动起来。好像又坐在那已经有了几十百年历史的戏楼里，望着那曾经歌舞过多少名优，演出过各色戏曲，徽腔皮簧的舞台出神了。

这舞台还保持着它古昔的风味，在电灯旁边还骄傲地排着两盏煤气灯，它们发出的光也的确要比淡黄色的电灯亮得多。

关于川戏，我的知识是很浅薄的。它似乎与皮簧不无关系，因为有许多调子的名称是一样的。关于它的流变，考查起来，应当颇有趣味。不过现在我仅以一个“素人”的资格，来领略一种新的声光色的印象而已。

每一出川戏差不多都有一个颇美丽的名字。很像昆曲里的折名。其中有一出是述说妲己和文王的儿子伯邑考的故事的。那女主角利用了繁复的动作刻划她的心理的变化，有不少美丽的身段。这实在是一种发展得很完整的歌剧。

最后的一出戏是宋末的崖山之役，陆秀夫背了幼帝赴海的故事。这出戏里有不少战争的场面，更有不少描写民众流离的地方。在这里充分地表现着川戏在音乐上的特色，主角唱过一句以后，就有和音起于舞台的四周，更夹杂着一种叫作“海螺”的管乐声，激越、悲凉，流亡的民众的无告的神色，被无情地如实地写出了。

四川是从古以来就常有战乱发生的地方，这悲苦的经验被写进戏剧里，音乐里，如此深刻，如此广泛的活在每一个蜀人的歌音里，成为一种悲哀的调子。这使我联想起那啼血的子规，和江上的橹声，船夫的歌声，觉得这些似乎是发自同一的源泉，同一的悲哀的源泉。

第二天我就离开了这个城市，T 送我到车站去。那是一个叫作“牛市口”的地方。这一次是客车了，我被安置在车子中间的座位上，没有左右前后动转的自由，可是在驶过蚕丛的蜀道时，却必然地会有与车篷接触的机缘。然而我究竟安心多了。车窗外虽然又是阴沉沉的天色，却不必忧愁再重温被雨打得透湿的那一种不愉快的经验。

# 音尘

跋涉了千山万水，到底来到了水碧山青的蜀——古时称作巴子国的地方。关于“巴”，在古书里似乎可以寻到不少故实，也都很容易引起人的感伤的。平常人常说三巴，这里到底是哪一巴，还弄不清楚。总之，一定是其中之一了。李白诗：“早晚下三巴，欲将书报家。”我记得才下车就已经发过一封家信的了。不过什么时候才可以传到迢迢远人的手里呢？谁知道。李商隐诗，“巴山夜雨涨秋池”，不错，昨天晚上正下过了一夜雨，可惜在我住的房子里是听不到雨声的。仅在今天早晨起来以后，看了门口润湿的路，知道是曾经夜雨过的罢了。时节虽非秋令，不过在这天之涯水之角的地方，经过一夜的雨，晚风吹在身上，的确也有了点凉意。更何况遥遥隔岸的水纹，正涨上了断岸残岩的旧痕。……

几千里的旅程终止了以后，不禁感到了一种松弛，同时也引起了另一种兴奋。说来可笑，这次动身之前，在翻着李商隐的集子时，偶然看见了这样一句诗，“年少因何有旅愁”。好像正是为我这二十世纪的堂吉诃德说的，于是感到了一种喜悦，就高高兴兴的上路了。不消说，当时是还存着一番“雄心壮志”的，初意却也并不在什么“卜肆”与“酒炉”，虽然浣花溪纸也是要访求的一个对象。不料事实远离了理想，投奔“故人”，遭逢了冷落；去找寻旧巢呢，又被否认了资格。只好在这斜风细雨的早春之晨，踽踽地夹了衣物，跑到了江边。又正巧遇到船开了。最后是坐在江边茶馆靠外的一副座头上，要了二两酒，慢慢嚼着并不十分甜的黑芝麻糖。

往常每每憾惜着自己没有瑰奇的想象，谁知就是这并不瑰奇的理想，也还遭逢了覆败。心想，这世界该是个十分奇特的所在。于是又记起了一个朋友从远方寄来的信上所说：

“世界好像充满了错误，我们自己就是错误的子孙。”

想想我们就生活在这样的地方，焉得而不感到 Suffering。世界上的事，应当没有比把炽红的铁浸入冷水更残酷了的罢，可是铁匠们默默地这样做着，一点都不觉得有什么奇怪。

还是回头来看看江水罢。

自从汽车驶过褒城以后，水的颜色就由墨黑变成浅绿了。一个个小艇在碧色的涟漪上飘着，真是有如一叶呀！对岸的山层，覆着一行行的嫩绿。浅黄色的公路，好像是一条束在山腰间的带子。岸边的水成岩，露着深深浅浅的水痕。深黑浅灰，编成了奇突的笔触，斧削的残迹。作为背景的远山是黛色的，扁而弯的一痕，是美人脸上的蛾眉罢？

环境是静的。除了当垆的老板娘的笑语声，远处酒店里吃酒人的猜拳声以外，就再没有什么响动了。这世界是多么空虚，我期待着一缕从水那面飘来的幽窎的箫声，好把这环境衬得更其凄凉。

忽然在水面上传来了一股应和着橹声的船夫的歌声。音调是那么低黯，那么凄凉。十几个人分成两排站在船的两侧，用同样的旋律摇着橹，唱着歌。这样的一幅图画，看了却总不能使我联想到“龙舟竞渡”来。不，完全没有那一种活跃的竞争的气氛。使我想起的倒是从哪里看来的那被梏了脚的船上的囚犯们的一幅图画，完全失去了反抗的意志的。这是一种述说咏叹自己命运的声音，永远不会消失的悲哀的声音。

我捡起了手边的一册诗集。就在这集子的附录里有着一篇题作《尺八夜》的散文，里边引了一段永井荷风的话：

“呜呼！我爱浮世绘。苦海十年为亲卖身的游女的绘姿使我泣。凭倚竹窗茫然看着流水的艺妓的姿态使我喜。卖宵夜面的纸灯，寂寞地停留的河边的夜景使我醉。雨夜啼月的杜鹃，阵雨中散落的秋天木叶，落花飘风的钟声，途中日暮的山路的雪，凡是无常无告无望的，使人无端嗟叹此世只是一梦的，这样的一切东西，于我都是可亲，于我都是可怀。”

离沪之前，朋友 S 为我饯行，在灯火管制的一角市楼里寂寞地吃着饭。平时免不了有说有笑的，这时却只是严肃地相对。只说着算是“临别赠言”的话，劝我不可再浪漫下去。他这话是很正经地说的，我衷心的感谢着。却不能说什么，只在心里回复地想着“海内存知己，天涯若比邻”的诗句。

我们走下市楼。虽然才不过七点半钟，离 S 去 L 戏院上戏还早，街上却已经仅有寥落的行人和萧疏的灯火了。S 慢慢的念着上面的那一段话，沉重得很。我现在仿佛还听见 S 的嗟叹声。

昨夜和 L 在这万山丛绕中的一片石塘边小坐。看着他的惘惘的眸子，于极静中却感到了心潮的起伏。真是“心事如潮不自持”呀，这我曾经拿来嘲笑过 S 的一句话，后来为着好玩，就又凑成了一首全诗。里边有一联是：

“为爱湖山成小别，岂堪风雨饯春迟。”

这自然是有一种“典故”的。现在想想当时的心情，真不免觉得有点可笑了。然而这一种寂寞之感，倒也不是没有理由的。我想起了我曾经消磨过不少黄昏的那个剧场的后台，那些 Green Room 里的电灯才真是亮，亮得人想睡觉。Ballet 终场以后，一个个女优都下了台。窄窄的舞台入口处挤满了人。我看见适才扮着仙女的那个女孩子，她的搽了粉的脸和头部胸部，黑漆黏成似的睫毛下面，掩藏着的浅黑色的眸子闪烁着，飘然消逝在化装室里了。

Green Room 里的无线电寂寞地奏着悲哀的调子。女孩子们跹跹地起舞，似乎可以听见从那红嘴唇角溜下来的笑声，掉在地上碎了。看着那穿了素服的纤纤的身段，摇摇地，不禁微微地引起了点伤感。两个月以前，我的感情粗糙得快不能使这些景致在我心里生根。可是时间能使人变窄，我渐渐熟习于到这里来享受一份寂寞，从明眸、笑语下面领略一份寂寞。这终于变成了我的生活的一部分。虽然在施舍者是不自知的。正如在枝头啸着的鸟，晓风里摇曳的柔条，一切可以称做美的事物……都不是自明的，都有待于领受，解释，才能有一种意义。

我终究不过仅仅止步于欣赏，也许是留给我的时间太匆促了。

在落满了法国梧桐叶子的人行道上，我拾起了一支燃着的卷烟，在尾部染着浅浅的口红的，我又让它睡在落叶里去冒着蓝烟去了。

月明如水，楼影参差，幽静的路上绝少行人。高楼的窗子里掩映着红纱灯光，散布着一点温馨。在这幽悄的环境中，我喜欢在这样的晚上一个人走回家去。

我终于对这地方有了更深的留恋。这种感情是在很短的时间里生长起来的。在一个冬天的下午，我独自在铺满了阳光的L路上散步的时候，忽然动念要写一篇文章，来解释我近来的情感。我想好了不少光景的闪烁，音响的安置，题目也想好了，“闲情”，然而却苦于未着一字。

等到寂寞将要从我的心里溢出来的时候，就想着飘然远引了。终于在一个黑夜里，接受了一个微笑以后，让一辆银色的车子，载着我离开了那个地方。

从此一切都渐渐地辽远了，真的很辽远了。如果不是今天在江边一个人默想，我几乎没有重复这些回忆的机会，这正可证明我的感情又恢复了原来的粗糙。……

这是两月前写的一篇小文。当时本来想写几篇纪行的文字，这一篇就算是“代跋”。后来遇到同来的W，我说希望将来能重过一下过去的生活，不料他却冷冷地回答我说这是不可能的了。我当时颇感到惘然。写文章的兴致也淡了下去。今天忽然又有兴致重加整理，写定。算是对我想写的几篇文章和想过的生活的遥遥的期待。

三月二十五日写　六月十七夜重改

# 江上杂记

## 一

××：很久没有写信，原因很多。除了忙以外，没有一个安静的地方也是一个大原因。你恐怕不能想像我们这里过的是怎样的生活，唯一的特点是“乱”，似乎比你们那间客厅还要乱一点。和我同房间的是几个××人。对于××人，老实说，我一向是并无恶感的。可是不知如何，这次似乎又是例外。我无法描写他们的一举一动，因为这几乎都是言语道断的。这几位之中最风雅的一位是被称为诗人的。每天用了湘乡曾文正公的调子念诗，念他祖父和他自己的“杰作”。过去曾在一本什么书上读过，一位德国老教授在游历中国时住在旅馆里，整日为嘈杂的人声吵得睡不着觉，虽然用了棉絮塞了耳朵可是终于没有用。我现在不敢自夸，修养的功力是远较那位德国老教授为深的。在旅馆里，人声鼎沸的旅馆里，我照样能提笔写东西。然而对于这位诗人的吟诗，和其他几位的高谈阔论却实在没有抵抗的能力。因此可以推知，我自己的房间对我的意义不过是旅馆，这似乎与古人有点相近了。李白说天地是万物之逆旅，这是达人之言，吾辈岂敢妄攀。然而事实总是事实，我现在所采取的，正是达人的行径。这实在是“乏善足陈”中“聊堪告慰”的。

元旦日去南温泉，道经土桥，在那依山带水的一条狭狭的街里，看见一个茶馆，非常喜欢。可惜匆匆未能久坐。今天吃完饭，带了纸笔渡江，想去找寻上次坐过的那个地方，领略一点悠闲，写一封信，然而，多巧呢，我赶上了市集。在这个小镇唯一的一条街上，挤满了人们，手里拿着烟叶子，嘴里衔着长长的木杆烟袋的人们。这烟管是用一根长长的生满了骨突的树枝作成的。上面漆了黑亮的漆，镶了雪白的铜烟嘴的。你看我多狼狈，手里拿了两个大大的广柑，另外一包书，手套，没有地方坐。这时候前面一副座头上演了一出小戏，一个年轻些的正和一位生了山羊胡子的老者在“揖让”。——这里我想补说一点关于本地人的礼貌的说明。有一次我独坐一副座头，光临了两位不相识的人物。他们开始用四川话向我围攻了，看姿态又并非寻衅。我是莫名其妙地惴惴然，后来才知道他们两位是想要请我坐在高处的——等他们坐定以后开始叫茶，向一个驼背的小孩子——其实未必年轻了——买纸烟，这个矮小的驼背后生，头上戴了一顶绒线帽子，手里托着箕斗，里边放着花花绿绿各式纸烟和一些葵花子。不知怎样一来，他们忽然争执起来了。大概是那位买纸烟的还了价，歪戴灰线帽的驼子就用了种种的话来讥刺他们。可惜我听不懂他们的话，从驼子不屑的脸上看，大概是非常精彩的。末了那位还价的从腰里掏出一叠票子来，放在桌上，表示并非买不起。驼子也从怀里摸出了一卷，比那位的还要厚一些。这一幕争执延长了十几分钟，茶房走过来，驼子向他诉说了情形的始末，斜眼茶房在他箕斗里抓了几个瓜子扔在嘴里，笑笑推驼子出去了。

我的写信的计划，不用说，是完全失败了的。我看了一眼这个可爱的茶馆，现在是埋在一片喧嚣里，只好走出去，我想等我再找到一个安静点的地方时，再给你描写一下这个可爱的茶馆风光。

好！现在我是坐在另外一个茶馆里，虽然并不怎么清静，然而写字总还是可以的。

这个可爱的茶馆其实可以说是一个茶楼。因为后面即是深深的河流，远远地可以看见一角瀑布，瀑布从远山上悬下来，好像几幅珠帘。悬崖上面是几株黄桷树，河流从远远的地方流来，流过浅浅的沙滩，石板桥下面的石壑，等到经过茶楼下面时，已经是看不出流动痕迹的伏流了。河边有几个洗衣服的女人，跪在那里，在天然的砧石上洗衣服，我不禁想起一句戏词来，“青山绿水难描画”，因为这水实在是绿，长长的水草摇动着，好像如云的鬓发在风里飘拂。茶楼的阑干是弓形的，涂了黑色，有着简单的图案花，对面是一片万字窗格子，上面糊了毛边纸。阑干上面摆了几盆兰花，正开着。也许是新看了故宫画展的马湘兰的画的关系罢，对这几盆兰花特别喜欢，好像是把那几幅“月娇马守真制”的着色兰花搬到这里来了似的。几片雪白的花瓣里边夹杂了几点黄蕊，我摘了一朵夹在书里，过了几天，一翻书就有一股喷鼻的淡香。

我在茶馆对过的酒店里吃过一次酒——大曲。大曲是可爱的，我特别喜欢它那爽脆的风味。吃完了饭时就有些晕晕然。从石板路上晃下来，把那朵兰花扣在右襟的扣缝里。记得苏东坡有一首诗："人老簪花不自由，花应羞上老人头。醉扶归去人应笑，十里珠帘半上钩。"苏老先生真有好兴致，现在的年轻人就还缺乏勇气把花插在头上，至于十里珠帘赢得那么许多笑靥的盛况，更是比不上了。

四川的水田真是有如一局局的棋盘，这时水面上就都覆着与土色相同的水萍，不露出一点水面来。石板路从水田里伸出来，前边远远的地方是一个庄子，我想起了《水浒》上面的那些庄院。山角处的宅院，被水田围绕着。斜斜的瓦房，高高的门楼，前面是一排石阶，和一些竹丛。大门里的"福"字有些看不清楚，房后高处旗杆上斜斜地挂了一面旗子，我除了在《水浒全图》以外，就没有看见过这样斜斜的旗子。我似乎可以想像写着"替天行道"的杏黄旗，挂在潦儿洼里的一面可爱的旗子。

我从茶馆里碰壁出来以后，就挤在人群里赶了一次集。回想最近一次赶集，也已经是十年以前的事了。北平的厂甸，护国寺，我还不能忘记左手拿了糖葫芦，嘴里吹了响玻璃的高兴。这里有另外的一套，墙角站着一个穿着不折不扣的百衲衣的老道，乱乱的头发，卷了一个圈，用一根牛骨簪插着，从脖子后面伸出一根松枝来，拴着一只小鞋，和一个用毛缠起来的布人，布人身上有一个红辣椒。老道手里拿着一个紫色木雕的梭子，右手拿了一块牛角，从里面挖出一些黄色粉末来。嘴里喝了一声："买这药……"十分严肃，然后慢慢说这药的功用。你要在这里时，准会给他吓一跳的。

茶馆不少，北方南方的都有。外面都挂着"开堂"。粉蒸牛肉，在上海时常吃，是盛在蒸笼里端上来的。这里的粉蒸牛肉是装在月饼大小的小蒸笼里。这种小蒸笼一叠有几十只，高高的竖在锅里，从顶上冒着热气，像是几根烟筒。对这地道的粉蒸牛肉，还没有敢尝试，实在是怕被辣翻的原故。还有一样东西叫"金钩抄手"，翻成普通话即是"虾米馄饨"，本地人吃的时候，浅浅的碗里倒有半碗是红油，曾在旁边看过一下，有余悸焉。

鱼在这里是希物，虽然不至于像青海人，在筵席上端上摆样子的木鱼来，也差不多。像样点的饭馆，门口往往摆了一个木盆，里边是三寸左右的小鲫鱼，上边贴着"眼观手不动"的小纸条。香烛店十分兴盛，我颇欣赏那一对对的花烛，上面画了各种美丽的图案的，很想买两对回去，在晚上点起来写文章，应当别有风味。

四川人的爱吃辣，实在也并不在湖南人之下。地摊上最多的是这种货色：大概总有四五样，我所能叫出来者，也仅是辣椒末、胡椒、豆瓣而已。韩康卖药在我想像中应当就是这么一种情形罢？至于前面所说的那个道人，似乎神气太凶了一点儿，韩康必不如是。虽然《十竹斋笺谱》上的韩公也是作道家装的。

在一个"洋货摊"上我发现了久违了的"印度帽"。路过周口时，我们曾都买了一顶戴起来，大有印度诗哲泰戈尔的神情。一直到成都，还戴了在街上摆来摆去，现在却没有那种兴致了。

回来时经过一条石板路，下面是突然落下去三四丈的水田。在这水田里边有一所房子，似乎是与人世隔绝的样子。我很喜欢这种办法，如果能置办了相当的食用品，笼居数月，大概颇有意思。纳兰容若词云“偕隐足风流”，我是挺喜欢的。

过去在画上看山市，总不明白是怎么一回事，现在自己从高高的街上，曲曲折折的走下江边去，经过一座座悬空的危楼，茶馆、酒店，在江边回头一望，又好像是在看画了。江边有一艘停在那里的木船，上面摆了几张木方桌，卖茶，不禁想起上海的“水上饭店”来。过江的摆渡上，坐满了人，船夫一手掌舵，一手摇橹，在急流的江水里摇去，江面大约有十几丈宽，船夫一个人摇着整个的筏子，他的那一副古铜色的脸，涂满了风霜的颜色的，眯了眼向前望着宽阔的江水。身体不停地作着前后的运动，真不禁使人感到他过的是怎样的一种寂寞的生活呢。他送了一船船的人回到温暖的家里去，他自己却好像永远在这烟波江上摇，摇。站在船头收渡钱的是他的小儿子，才五六岁罢，已经在帮忙作着种种的事情了。看他那赤着的脚，在船边上跑来跑去，再看看摇了橹的他的父亲，正是明显的两代的对照，一幅生活在水面上的人们的图画。

风大了，把围巾吹到背后去。我站在这长江渡口船的船头，一个人站着，想着种种的事情，觉得生活的多变真是使人料不到的。一年前今天夜里，十点钟，从一家戏院门口，坐了一辆银色的车子离开了那个地方。一年后，变得跟水十分亲近了。几乎整日出没在这烟波江上。想想远离了的朋友，温暖的家，我默然，不说一句话。我近来老实得多，不愿意再说什么感伤的话了。

末了我想告诉你一点“剧坛近事”，这里又在上演《董小宛》了。在现在重看《董小宛》，应该是颇有意思的，三百年前的江南故事，似乎并不陈旧。吴梅村诗里的董白，《忆语》里边的小宛，飘零的身世，也正是那时的“乱世佳人”罢？

三十三年一月九日，重庆九龙坡

## 二

现在我又坐在凤凰楼里写信了。今天是正月初二，往年在家里，正是吃和玩的时候。去年在宝鸡，天下雪，我们几个人跑上山去，在那陡陡的山坡上，差点摔了跤。今年过年，更没有意思。昨天年初一，过江去玩了一下。小小的山市的几家铺面，全关门了，贴了红纸的门联。那家有趣的茶馆也不开。几盆兰花也都憔悴了。从外面看去只是那老掌柜一人巍然坐在那里。后来是在一个“园外茶楼”里坐了半天。这远不及那家的有意思，临街，然而幸亏他，我们才得歇脚。凭阑下望，看见一个七十岁左右的老人，头上留着短短的如银的白发，穿了一身蓝布裤褂，左手拄了拐杖，右手托了一个小盘子，上面竖了小木牌，写着“格言劝善”。还插了几根香。他用蹒跚的步子，慢慢地踱着。用拐杖探着崎岖的石子路，偶尔在什么地方停一下，嘴里不住地念着有韵脚的句子，我听不出他说的什么话，好像也并没有什么人来听。几个踢毽子的小孩子让开了路，等他的缓慢的步子走过去以后，就又开始玩起来了。偶尔有几个穿大红大绿的少奶奶们从花布手巾里拿出一张票子来放在盘子上，他微微一点头，算是谢谢。我觉得这老人的心情很寂寞，他默默地走他的路，念着只有他自己听得见的话语，好像抱着一种“反正寂寞之上，没有更上的寂寞”的心情。这正是我觉得十分佩服的地方。就像我现在就不能驱遣寂寞，还用写信来记录一些无聊的小事情。

在这个全部用竹子搭起来的楼里，目前正充满着麻雀的叫声。有好几个，几乎要在我面前的桌子上踱步了。这“麻雀的天堂”。我今天预备告诉你一点城里面的事。关于 T 的，关于我们在一起的事。这当然是你所喜欢听的。

对于这个山城，明白地说，我是喜欢的。真奇怪，我真不懂一位在成都的朋友，他说无论如何也不会再到这里来。最大的原因，是这里的无休止的台阶。你去过鸡鸣寺吗？走过那孕育了土色的台阶吗？你一定会爱那几步台阶的。然而这里的台阶可完全不是那样的。简直可以说是可怕的。如果你要从江岸上坡，那总有几百级罢？走了半天，还是多少级在上面。所以这里有那么许多滑杆，人们坐在上面让抬夫抬上来，好像是放在抬盒里面的鸡鸭，看了真让人不舒服。

在这样的石板路上，如果再一下雨，可就变成了可怕的路，上面敷着一层泥浆。我走路又快而不当心，后裤管上总会弄得一塌糊涂。所以我怕透了这儿的雨天。在这山城里，没有住处该是许多人最大的苦恼。我似乎已经在一封信里告诉过你了。我初来时是住在一家店里的。那时他们还要利用那间房间在白天来办公。所以每天早晨吃完了早点，我就不得不出去。怎样消磨这一天的光阴，这应当是一种技术。而那时我的唯一的办法是到附近一个看报的地方去坐着。这地方我以前也已经在 MD 君的小说里遇见过的，是作为一对男女约定的见面地方而出现的。果然在那门外的布告牌上，贴了许多小小的纸条，一些约会的便条，可是我则仅是在这里消磨漫漫的长日。那时重庆对于我是没有什么可爱的，因为我还不能明白我分配时间的方法。可是这情形后来渐渐变了。我时常进城看戏，而这里的话剧又是那么长，五幕八景算是很平常的事情。因此我常常要在夜间一点钟左右走回住处去，小旅馆或是朋友的家。在夜半的石板路上走着时，看着穿过街头的老鼠，听着单调的柝声，去敲着打不开的门，这几乎减低了我进城最大的兴致。等 T 自己有了一间房子以后，情形就好多了。

现在我来描写一下这间小房子给你听。

这是在一条窄窄的小巷子里面，当然也还是石板路。下了一个高高的台阶以后，巷子一折，这里边全是古老的宅子。在一个并不太大也不寒伧的门上，有四个字，“长乐旧家”。走进院子，天井里还残存着四个石灰桩子，预备种花的。影壁上的一个圆边的福字，已经残损了一大半了。再进去是深深的充满了黑暗的厅房，从危楼的木梯上走上去，第二层亮台上，半倾斜的屋顶，在这上面你可以看四围的风景了。一片断瓦颓垣。这又往往是在“雨丝风片”的天气里，可没有什么“云霞翠轩”。对面的“南阳别墅”里边长满了盈庭的野草。前面是一所庙，“天宝下院”，小小的。我曾和 T 走进去过，不过只有一间大殿，和三尊三世佛而已，和尚没有一个。

T 那间房间，是还要从狭狭的楼梯摸下去才可以走到的。这不禁使我想起了阿仑坡小说里面出现过的黑暗的地下室。一扇门上贴着“此路不通”，里面，就是这间小房了。靠窗是一个古老的紫檀台儿，深深的抽屉，白铜的锁匙，还有就是一架宽宽的床。在我看来，已经是非常舒服的睡处，软和得很。

在深夜，电灯光下，是可以做一点事情的。从上面空出的地方，可以看见黑夜天空里面的繁星，和破而黑的墙壁。T 说要买点什么来贴在墙壁上。桌子上乱堆了一堆书，其中有一本牛津版的《莎翁全集》。T 没事时就拿起来，仿照约翰巴里穆的舞台词的调子念一两段。书堆上面是那个照片框子，里边是薇小姐的照片。玻璃早碎了，换上了一片玻璃纸。里边又有几片红叶。还有一张 Ingrid Burgman 的大照片，没有想出法子来挂起。

你知道我们是爱坐咖啡馆的，在家时是 DD’S 的常客。这里是没有咖啡的，可是像 DD’S 那样的地方，却还不是没有。

有一家在这里顶热闹的街上。人家常说这种茶室是应当暗暗的，可是它却亮得好。有难得的太阳时，可以晒太阳，阴天时电灯亮得使人高兴。你该觉得这话有点可笑罢！然而，真的，我爱亮。在家时我尝试在咖啡馆里写文章，那种吃角子老虎的响声似乎的确有刺激的力量，然而终于不成功。这里只能看看人。这里有着各色的人物标本，在你的面前走过，如果能一一写下来，我相信一定能成为杰作的。我可以说，这里是“上流”或“半上流”社会的集中地。这分类的方法颇不通，我只是以衣着来作标准。穿了白狐外套，丝袜，高跟鞋的Prostitute，我也算她是“上流人物”。前几次，看见一个女人，北京味的，很像这里一家照像馆里的一张彩色人像。她右手支在台子上，手指间夹着烟卷，一吸就喷出来的姿式极动人。好像可以从盈盈的眉眼和嘴唇的动作里想象出一些话语来。这种种动作，我相信一定要经过长久的训练才能熟练，她简直是在表演。

昨天是元旦，就又在这里看到了“倾城而出”的仕女的盛况。

父亲带了四个女儿坐在我们前面的一张台子上。几个女孩子吃冰激凌，高兴地说笑，从那还是孩子的脸上娇娇的笑，闭了嘴做怪样子，可以看出她们的高兴。她们都穿了花花绿绿的华服，只有在女性身上，可以看到世界上最奇异的颜色的配合。然而这并不一定全是美丽的，可是她们都穿得很美，这该是妈妈打扮的结果。她们动身了，又换来了两位，我想他们是商人，却拿出了裱好了的扇面册页来鉴赏，不知道他们是否成了交。

吃的东西有牛奶和柠檬茶，奶油也有。因为限价的缘故，只有小小的一片，实在只能引起人的食欲而已。奶油蛋糕也有，不过那多半是腊味的。

另外还有一家，我也非常喜欢。那是只有一间小小的套间，黄色的墙纸，只有三个小桌子，房里暗极。每个小桌子上有一个小蜡烛，烛光闪闪地怪有味的。这儿的东西也比较精致，不过知道的人少，常常是只有两个人占据了整个的小房间。静静地说话，实在是很好的地方。不过我也不常去，因为没有可谈的朋友。如果和男朋友同去，好像是在计划什么惊心动魄的事，似乎也不大好。

还有一个可以消磨长夜的地方即是酒楼。这种酒楼是不卖热炒的，只预备一些咸花生、豆腐干之类的东西。楼下整齐地排列着大大小小的酒缸，最有名的当然是大曲。橘精、葡萄酒也都不错。吃酒论杯，有人在一个小条桌上面竖起一叠瓷杯子来，还是一口一口地慢慢地吃着。这种“酒徒”的姿态最可欣赏。我则很不行，甜甜的葡萄酒固然可以毫不踌躇地一杯杯地吃下去，不过这似乎因为是“洋酒”，所以要用高脚的玻璃杯来盛，无法叠将起来。大曲则吃两杯还可以，再下去就要“三杯不下楼”了。所以只能表演吃花生，往往一杯酒未完，而面前的小碟子已经叠起四五个来了。一次和T来吃，他也很不行，一杯未完已经面红耳赤，他说了不少关于人生最重要的一件事的理论。因为他是真正实践过的，所以就很有价值罢！我就静静地听着。他又给我看了写给J

和你的信。这一次吃得最痛快，两个人摇摇地撞回了宿舍，他马上睡下；我昏昏地上汽车回九龙坡。我是到家才被晃醒；他呢，后来听说是被人叫起来的，差点误了上戏。这虽然是并不十分光荣的历史，然而也还有复述的价值，现在我们都已经颇有进步，离“酒徒”不远了。

吃完酒，嘴里辣辣的，干干的。这时最好的恩物则是“广柑”——一种黄颜色的果子，汁水多极了。然而酸得颇不讨厌，比“绿宝”还好。饱吃广柑，该是我们最大的乐事，这里我想套大苏一句诗。

“日食广柑三百颗，不妨长作四川人。”

三十三年二月一日

## 三

××：生活不安定极了。近天来，一直陷入一种迷惑中。好像一直到临出发的前一天晚上，还不知道明天要去的目的地，也许明天一早就要到几万里外的一个完全陌生的地方去。也许不走，还要在这个地方呆下去。这种心情，过去真是不曾经验过的。说到临别，似乎应当有一种惜别的举动。不错，也有许多人给我饯行过了。不过，在这当中，我不能无一种虚无之感。万一明天不去呢，岂不是演了天大的一出喜剧？所以，当一位朋友把一本精致的纪念册——上面还肯定了我要去的一个辽远的地方的名字——“××赴×临别纪念”——递给我的时候，我心里有的就是上面的那一种感想。

昨天晚上，一个人坐茶馆，无聊已极。天气暖起来了，在茶楼的竹帘隙里，我看见了一轮满月，刚升起来。红红的，周围的蓝天被衬得格外的蓝，茶馆里人多得很，谈话的声音鼎沸着。可是好像都与我不相关。我一个人，心里无名的“烦”。结果，哼戏，哼《坐宫》。我明白了一点事情。为什么杨四郎和他的公主住在那么美满的环境里——那是皇宫，过着那么“美满”的生活，还要有烦闷，还要由公主来猜一猜。人是那么一种奇怪的动物，有许多事不易了解。《红楼梦》里说春天来了，贾宝玉就要感到不自在，莫名其妙的一种不自在。紧张惯了不觉得难过，就是在紧张之后，另外开始一种紧张之前的一刹那。一天，一个晚上，好像闲得很，这时极容易发生“不自在”之感。所以我宁愿附议某学者的建议，干脆发明一种药品，使人变成一种机器，没有思想，只有动作，倒也干净利落，不是吗?

话说得太远了，还是回到《四郎探母》上来罢。公主虽然在夸口，说她母后的军机大事，由她一猜，还能猜个八九不离十，可是在猜四郎的心事时，究竟是失败了。她提出的几点，也不能说不扼要，“莫不是夫妻们鱼水少欢”，“莫不是抱瑟琶，另向别谈”，究竟还不能脱“女人本位”。同时，她究竟还有一个时刻不离的小宝宝，分去了她最大的注意力。这使她与四郎的生活分离了。她当然无不满足，她怎么能了解驸马爷的不自在呢?至于末了的终于猜中了，那不过是写戏的人把发展归结到本题上去而已。据我看，那并非驸马爷真正的不自在的地方。

《四郎探母》终于不失为中国戏里的杰作。我看戏十多年——似乎有写“十年梨园梦影录”的资格了——《四郎探母》也听了若干次，昨夜，才又格外的了解了一点，于是我更爱它了。

今天早上起来，好天气，难得。蔚蓝的朝霞后面是一轮初日，云淡风轻，麻雀叫得人心里乱乱的。好像有这么一日之闲。朋友们到南温泉去了，我到哪里去呢？拿了墨水纸笔过江，坐在那个可以望见远山，黄桷树，瀑布，浅溪的楼里去。眼前的景物使我迷惘了。我是如何地感到了“生之欢悦”呢？我要援引纪德的一些话，来说明我现在的情感。

“人是为幸福而生的。全自然都如此教训。都是求欢乐的努力使得草木萌发，使得蜂房注满蜜，人心注满仁慈。”

“飘荡的微风，抚摩了花朵，我用了全心来听你，世界第一朝的清歌。早晨的清兴，初生的光明，沾的花瓣……不要太延伫，顺从最温柔的劝言，就此让未来，轻轻地把你给浸遍。看来得如此偷偷的，太阳的温暖地抚循，纵然最生怯的灵魂，也不由不委身于情。”

“人生尽会比人所公认的更美，智慧不在理性而在爱。啊！我一直到今日为止，生活得过于谨慎了。听新的法则，先必须没有法则。解放啊！直到我的欲望所能及的地方。我要去，我所爱的你呀，跟我来吧，我要把你带到那边去。愿你能走得更远。”

也许我抄得太多了。也许纪德文字的原意和我现在的感想不太一样。然而无关，一切美的事物，都有待于新的诠释，才能发生一种新的意义。至少我来引用这些话，今天，在我是别有其意义的。不用多说，我喜欢这，这春天给带来的一切。给我一种新的生活力，这不奇怪吗？当我十九岁的那个春天，也是这样的一个下午，我一个人坐在沙发里，晒太阳，看书，心里充满了“无常之感”，要不得的年轻的 sentimental。现在，我悔改了，我声明我厌弃那些“忧愁”。

公主在第二幕里出现以后，她的旗袍，她的高高的两扮头（那种旗女的髻装）。她的身段，风飘的衣袂，她的话语，“桃花开牡丹放花红一片，艳阳天春光好，百鸟声喧”。她的轻微的叹气——可惜的是，这些给那个抱了布孩子的丫头的出现给破坏了。

这两天城里在大演《董小宛》。我没有时间去看。昨天在朋友案头拿到一册剧本，翻开来看，真不禁使我生气。说一句不客气的话，我似乎倒宁愿去看周信芳的《董小宛》去，我竟不能卒读这个剧本，因为里边实在太多荒谬之处。举例来说，第一幕开盒子会，顾横波吩咐兰儿：“我要痛痛快快的热闹一下，兰儿，你告诉门子，我今天是不接待客人的。”根据幼稚的想象，顾小姐的派头，似乎不致如此的罢？至于后面硬请小宛说出许多连鸨儿都说不出来的话，更是令人“发指”。总之，这戏和我脑子里所想象的，完全是两件事。南明史事是我所喜欢的，写剧本也曾有此野心，然而仅凭《板桥杂记》和《明季稗史》就想动手，却无此大胆。而更基本的一点，如上所说，这些人的 sense，似乎全有问题，才是最致命的地方。

为什么说这些话，因为前几天曾经想写一篇“论浪漫”，曾经发意于此。据《董小宛》的作者说，这戏是他的“家事”，因之戏本身的目的，便在表扬冒辟疆先生的大义，甚至使小宛夫人的结局也是骂贼而亡，我觉得这是残忍的。

对于明末的东林，我始终无甚好感。四公子中侯方域自然是最丢人的一个。李香君的脱籍，虽然是由于杨文骢的帮忙，然而后面出钱的却还是为东林所痛斥的阮胡子。然而侯生却眼开眼闭的接受了。这样的新人物，的确就是浪漫也还不漂亮，更无论后来的堂堂出仕了。小宛的脱籍，是钱牧斋的力量，而这位牧斋宗伯，后来却作了新朝的礼部侍郎。虽然在乙酉之后，在《同人集》《有学集》中找不出与辟疆先生来往的诗文酬唱。这也未便是由于宗伯的“愧对故人”，我想大概是因为某种原因刊落的罢？至于龚芝麓的无耻，却抬出顾横波来痛骂一顿，似乎也有些冤枉。中国人似乎一向视女人为祸水，成事不足坏事有余，有什么事总是向女人身上一推了事。龚芝麓的“奈小妾不肯何”真是标准的无耻之论。郁达夫诗：“尚书白发老江湖，卅二芙蓉句不磨。莫怪临危难授命，只因无奈顾横波。”实在骂得很痛快。

不知从何时起，中国人对浪漫的解释大变了。代表人物可以举出小杜来吧！“十年一觉扬州梦，赢得青楼薄幸名。”被视为浪漫的代表作。推而广之，唐伯虎、章秋谷，自然都是一派，殊有滔滔者天下皆是之意了。和这个相同的，还有许多事也使我怅然。如“荡子”在古诗中，不过是游子的意思，现在却变成了“淫棍”。“风流”本来是形容一种优美的丰度的，变成了“行为不检”的省称。明末的秦淮河上自然也被认为标准的“浪漫时代”，而四公子的艳迹，就永远为天下仕女所称羡了。

也许东方人真是缺乏幽默之感的罢？那么浪漫在中国之不被了解，也许正是当然的事。我以为浪漫即是大幽默。世界上的事有许多是要以幽默的态度来应付的。唐伯虎虽然不脱“才子气”，然而在中国的旧文人中，还算是懂得幽默的。最近看故宫画展，其中有唐的一幅画，画的是南唐的故事，这事在我是颇熟习的，因而也更觉得它的有趣。

这是一幅《陶谷赠词》。这故事很出名，记得明人杂剧中也有一出叫作《陶学士醉写风光好》的，也是说的同一故事。宋太祖的气量是颇小的，当他还没有到征服南唐的时机时，先派了一个以正人君子著名的陶谷去聘问。陶一向是“容色凛然，崖岸高峻”的，然而这却为韩熙载所看破，以为他并非“端介正人”，“其守可隳”的。于是就用“美人计”来引诱。“遣歌人秦弱兰诈为驿卒女以给之。”结果这位陶学士竟上了圈套。唐氏原图，就画的是陶氏和弱兰的缱绻之态。弱兰弹琵琶唱歌，陶则曲一膝，以手按拍。神气实在非常可掬。后来后主宴陶于澄心堂，陶还要露出大国威严来，装模作样，等弱兰出来侑酒，“谷惭笑捧腹”，大为尴尬，弄得“倒吐茵席”，大失上国威仪，后来竟因此事而不得大用。

唐伯虎在画上题诗一首：“一宿因缘逆旅中，短词聊以识泥鸿。当时我作陶承旨，何必樽前面发红。”极尽调侃之能事。

这里唐寅的话说得很是幽默。本来这种事是不必怕难为情的，然而一向以正人君子露面的陶学士，却不懂这个。难免为《三笑姻缘》的主角所笑了。

然而浪漫竟是与“胡调”同义么？这当然不是的。我以为应当讲求“浪漫的严肃”。像龚定庵的“偶赋凌云偶倦飞”的态度是要不得的，这只是“儇薄”，如王静安所说。为中国人所误认的浪漫，正是“儇薄”。

说一句笑话，浪漫是有家庭遗传的根性的。突然地有一个浪漫的子孙，是大偶然。我和T说过，一些门第非常好的朋友，是不能了解浪漫的，因为世家生活正是世界上最被认为正当的生活。他们的无缘过浪漫生活，实在是命定的事。我们怎样能希望他们来了解呢！如果不“攒眉而去”，就已经是有“宿慧”，值得佩服的了。

今天例外，吃了点大曲之后，大谈浪漫，请不要笑，还是抄东坡小札作结：

“江上微雨，饮酒薄醉，书不能谨！”

二十二日在土桥，有好好的太阳

# “江湖”后记

××：这似乎很可以成为一种理由。我到了昆明，发信的地方有了变化；你回到“老家”，也似乎是一种改变，让我掉一个花样罢，改改称呼，好像也新鲜一点。

我们现在似乎是生在一个如此的世界里，到处用得着回忆，到处用得着怀念。半年前一个晚上，在那个山城的石板路上，黑暗的路灯光下，我同 W 走回家去。他告诉我他的那个新戏已经差不多写好了，取名“江湖”，要我给他想几个题在扉页的句子。最初我就有这样一种感想，就是我们还留在那么一种年轻的感伤的圈子中。这话说得不十分明白，不过你总可以了解我的意思，我是说我们还没有洗净年轻人的癖好，爱那些浪漫感伤的东西，而那些东西又都是那么脆弱的。

前两个星期的一个晚上，W 又和我说，他的那个戏实在还不能叫作“江湖”，想改称“台”。因为戏里边大概说的是台前台后的故事。不配占了那么一个好名字——“江湖”，因为范围实在太小了。

这一次是我反对改换名字了。没有什么理由，我觉得还是“江湖”好些。

我又想起半年前那个晚上，临时想起来的几句 MOTTO：

“江湖秋水多。”

“永忆江湖归白发。”

“涸辙之鲋，相濡以沫，相濡以湿，不若相忘于江湖。”

我想这几句选得非常适当，很可以表现出 W 的心情来。第一句是怀人的，那个戏主要的意思是在纪念几个朋友。第二句很可以传达出对江湖的恋恋之情，可以用他自己常挂在口头的两句戏词来加以诠释：

“少年子弟江湖老，红粉佳人白发新。”

我喜欢的还是庄子的那几句话。我觉得这几句话说得悲壮得很，博大得很。我从这里边感到了人世永恒的悲哀。人是如此有情，可是看起来又是如此的无情。而这实在是哲人最明智的处世方法，真是无可奈何的事。

我二十岁的那一年，在家里没有事的时候，在静静的下午，很喜欢搬一个沙发到院子里的花池旁边晒太阳看书，等到日影斜挂在东面的墙上时，就会感到一种“无常之恸”。我努力不再想下去，实在是再想下去也真没有办法控制自己的感情了。我很自卑自己的怯弱，可是像一片伤痕一样，我从不敢揭去那层表皮，露出赤红的血肉来。

二十岁始终还是我幸福的一年，因为这时还闲得很，不曾走入“江湖”，有很多机会来作无涯的空想。可是我也真很幸运的结束了那些有闲的日子，走进“江湖”，被一些喜怒哀乐所控制，无暇再去空想。不然一旦无法控制时，也许早就作了狂人了。从此以后，我就尝试用这世界上种种的花样来造成生命上的花絮，我总是控制着不使它碰到那顶点，这个我作得不很成功，这也是无法的事，我实在还太年轻。不过我觉得我很能了解庄周的那种凄凉的心情，我常常在适当的时机把自己的热情压下去，保持一个和平的境界，如庄周所说，这是最好的境界。你当然明白，他说的是反话，然而事实上往往证明了还是如此好些。

这些话说得有些灰色吧，其实环境不算寂寞，我现在是坐在有着明亮的电灯的酒吧里面，有不少客人，谈话的声音，香烟的气味，说明这实在是一个很温暖的小天地。虽然这是在万山丛叠之中。这些小房子盖在一片山坡的底下，沿着这山坡走来的时候，可以望见远远的西山，一片悬崖，像是突然削平了似的。西山在傍晚是黯蓝色，围着它的，一片澄碧的湖水——滇池。这是一个寂寞的地方，从早晨到晚上，看云，听风，晒着可爱的太阳，你会体认出“日长如小年”这句话的意义。一切离现社会很远，使人联想到古时人的生活。

我现在住在一所高高大大的房子中，房顶是用铅皮铺的，一清早就会被麻雀的鸣声吵醒，听着那高兴的细碎的叫声，真会觉得这是麻雀的天堂。睁开眼，从高高的玻璃窗子望出去，一天朝霞，粉红色的。披上衣裳跑到外面去看，满天都是细碎的云彩，渐渐由粉红变成黯红，不胜其压抑之感。后山是一片赭色，小时听大人说，这该是有大风暴或者什么灾害之前的天象。有时候，是一片碧蓝的天，有几片亮亮的金黄云环，衬了高高的白皮松，红土墙的小房子，这时会觉得异常的空虚与平静。

早晨的寒冷有如深秋时节的阴寒，只要太阳一出来，就完全给解除了。太阳照在身上，好像小电炉一般。这两天我已经跑遍了附近的山路，小桥流水，已经半颓了的城门洞，架在桥上。小小的池塘，水面上覆满了赤红色的水萍。山路崎岖处，崖边生满了野蔷薇，开着繁密的白色小花。随了风，一阵阵的淡香，那长长的柔条，生满了紫红色的小小尖刺和锯齿形的小小的叶子的，常常挂在你的衣袂上。野花真多，还有一种白色的小花，像梅花，我不知道它的名字，龚自珍诗，“官梅只当野梅看”，就叫它野梅罢，也是开遍了山崖的。

立在山上东望，是一片平芜，远处小山起伏，都是浅红淡青色的，多美丽鲜艳的颜色。平芜上灌木成丛，如果一片浮云遮住了日光，远山丛林会变了深蓝黯赭，真好像是色彩的游戏，给人多少惊异。

昆明这两天正在刮风，颇有北平的风沙之意。刮得干干的，久处在江南西蜀的人，刚来到这儿，颇有些不舒服，雨季好像还没有来，不过已经略略领略了它的风味了，雨来得无形无迹，在好好的日光底下，会落下一阵急雨来。呆在铅皮屋顶的房子里，听着那一阵金属的声音，心里颇不安宁。等一会出去看看，沙地上一点看不出下过雨的痕迹。

现在我说一点城里的事。城里一条最够味的路是金碧路，这名字多富丽。在这条路的中间，有两个像四牌楼那样的牌坊。一个是“金马”，一个是“碧鸡”。牌额旁边写着立坊者的街名，有岑毓英、唐继尧的名字，在这古旧的牌坊下面走过，也许有着一些遐想，缅怀古时穿了锦绣冠服的及第士子，骑在披了红绸的马上，在这牌坊下走过的风光。现在我却在这铺满了风沙的街头，从汽车门里，看见一个穿了纯白礼服的新娘，给伴娘搀出来，匆匆走进照相馆的楼上去。

在这个古城里，有着最新式的银行街，却也有还保持了古味的店铺，它那低下马路下面的门面，剥落的古式的楼窗，布满了风尘的匾额，都令我想起那已经渺茫了的旧日的繁华。有一家“茶局”，在作着一百周年纪念，半价出售着普洱、沱茶……一家古旧的茶食店，雕了细花的门额上，有一个隶书的横披，很像伊秉绶的字，写着“刘天香楼”。这名字使我记起《石头记》上的那段故事——无因的联想——只有在精致的小点心中，才寄托着一个古老城市里居住着的人们用的消磨长日的饮食方式的精粹。

这城市还不缺少古老可爱的宅第。一个朋友就住在一所旧式的房子中，那家人家本来是一所商行，在小小的四合瓦房的院落中，散漫的有一些花池，开着各种春花——月季、茶花、杜鹃。房子的檐下有许多金地木刻匾额对联，虽然是用来祝贺一家商行的，可是全不恶俗。厅堂上有着清洁的明窗净几，屋中十分明爽。这样可爱的房子，很引起了我对十几年前北平故居的忆念。

在一条僻静的街上，墙角里，我发现了一块倾侧的碑石，上面写着“清御史钱南园先生故里”。这就是那位写得一笔颇为矜庄的字的老先生的故居。

城西有一个游赏的地方——翠湖，我和朋友在一个清早去玩。翠湖的地方不算小，进门处是一个白石的节孝牌坊。湖水为几条堤岸所分开，听说因为久不浚治的关系，湖底日浅，不免显出一片荒秽来。我们走进一个亭子里去看金鱼，在一片混浊的池水中，看不见鱼的影子。在一个小孩子那里买了些炒米撒下去，鱼都起来了。有颇长大的金鱼和黑色的鱼。

我们又走进旁边一个昆华图书馆里去。这也是一所可爱的古式房子，有一所颇大的藏书楼。十点半的早晨，庭院里没有一个人。我们在这里徘徊了半天，看楼上的匾额，忽然在进门处出现了一个枯瘦的老人的影子——他大约是门房——听见他懒懒地说："还早咧！十点钟才看书。"从他的朦胧的眼角里，知道他还没有享受够这安静可爱的春朝。

朋友已告诉我在这个城里唯一消遣去处是看电影。下午我们坐在南屏的楼上。这戏院有如上海的大光明，不过较小些。听说是内地最好的戏院。这戏院所在的一条街是一条充满了珍贵货物和女人的街。在晚上是非常热闹的，我们在这街上吃了一家纯粹北方风味的小馆子。饭后一起到金碧路 C 的住所去。一间静静的楼上的大房子，我们对坐在一张写字台旁。捻亮了绿罩的台灯。喝茶，抽烟，谈着十年不见的彼此的生活。从灯影下面，我看着 C 的年轻的面影，比十年前老成多了。他拿出来他的诗稿，用漂亮的小字抄在信笺上的。其中有一首诗是"Intermezzo"，你还记得罢，那一张《寒夜琴挑》的片子，他告诉我这是他看了那张片子以后作的，是四年前的事了。关于那个电影里的女主角，你当然也是知道的。他也告诉了我他的欣赏的观点。呀！

“海内存知己，天涯若比邻。”

三十三年四月十二日在滇池东岸

# 后记

从小就喜欢李商隐的诗，记得还是从《石头记》上看到那句“留得残荷听雨声”，才开始找了他的集子来看的。诗人笔下的像闪烁在夕阳里海滩上的贝壳的光彩使我迷惑了。如梦如烟，我并不曾完全了解他的用典、遣辞，和隐藏在篇章后面的意思，后来也曾找到朱鹤龄钱谦益的笺本来看，也零碎地看了不少考证的文章，关于《锦琴》……的，可是后来全丢开了。一九四二年冬天，离开上海的时候，还用荣宝斋的笺纸抄了他一首“年少因何有旅愁……”送给 W，以后我们就到四川来了。

到重庆以后，写了几篇小文，给 W 看了，他说很喜欢，来信说：“黄裳可以有集矣。”想想应当取一个什么名字呢？就又想起李商隐的“锦帆应是到天涯”，他是说的隋朝的那个浪漫皇帝的故事。“春风举国裁宫锦，半作幛泥半作帆。”我的这次流浪又哪能比得上，然而，终于用了。

那时我住在离重庆十几公里长江上游的一个小镇上。乡居寂寞得很。到时是初春，常常和朋友到江边渡口的小竹棚里，喝着用小小玻璃瓶装的橘精酒，吃豆腐干，喝苦苦的沱茶。看看鼓吹过江的上坟船，听听充满了寂寞哀愁的船夫的歌声，同时心里也总想着忘不了的一些人和事。写好的几篇东西送出去竟是那么困难，又不禁有些轻微的愤懑。（这在现在想来也真是幼稚得很的事。）后来雨季来了，一连两月没有晴天，就只好呆在房子里，偶尔也到“凤凰楼”里去喝茶，在摇摇的灯光里听着么师呜呜的萧声，写文章的心思淡下去了。给一个人写了几封信，诉说的也还是一些无聊的小事情。这时我正知道了关于 Y 的一些事，一些想不到的事。在水市巷的一所轰炸后的楼房下面，看到了几封信，信里有几句话，我抄了下来，在日记里：

“我珍惜我小小的力量、生命和爱，我要把它们给我爱的人们。我不愿意作什么大事业，想替你们作极小的事。我读书，我弹琴，努力的求知识，学许多的事情，都是为要做你们最好的伴侣。”

在三十三年的春天，我已飞到了充满了阳光的昆明。又写了一封信，就是“江湖后记”。那时 Y 又从北平回上海去了。C 来信说：“××重入江湖，不知仍带着她那本 Bible 否?”

后来又到湘北去，不满一月回到桂林，生活十分不安，写东西的心情自然是没有了。W 寄来一本小戏，开头是一个女孩子唱《游龙戏凤》里的“自幼儿生长在梅龙镇，兄妹卖酒度光阴。我哥哥……”又好像从纸上飘出来柔弱的声音，我听见过的稔熟的声音。那点“江湖”的引诱，使我计划写一个戏，刚完成了第一幕，我不得不离开桂林了。

回到昆明十天后，就飞到了印度。在一个角落里过了八个月平静的生活。好像是真正到了异域，很少得到朋友的信，也很难看见国内的书报，更不必说迢迢从海上寄来的信了。带了一份在荒岛上的心情，极单调无聊地过日子。一天，忽然得到W从孟买来的厚厚的一封信，说他就要到米亚米去了，当一个水兵。那封信是要转给国内的一些朋友们的，一封连环的寄给许多人说他在旅行中感想的信，我真佩服他的好兴致。信里说临走时曾经整理了一下箱子里我们的那些零碎的“遗稿”，如果我要时可以寄给我，这就又让我想起了《锦帆集》，碰巧有机会可以结集，也就不管它是如何零乱芜杂，决定交出去。

在雷多又住了一个月，住在森林里的帐篷中。对河是漫天的原始森林，晚上常常可以听见野兽的啸声，我也分辨不出它们是虎还是狼。白天穿过森林，下河洗澡，听一个小兵指示泥里豹子的足迹。在滚滚的急流里飘浮着，心里只剩下了茫然的平静。

现在我是又坐在一个昆明的茶楼上了。看着窗外的斜风细雨，打了伞在青石道上走着的女孩子。松子、桃片、黄黄的竹子的水烟筒，如此亲切又如此辽远，我能说些什么呢？我甚至怀疑是否还存留着旧日的情感，当我重翻那些文章的时候。

离开家，离开亲爱的人们已经两年半了。久久无消息，不知道她们现在生活得怎样。无已的怀念。衷心希望回家，到Y的“绣楼”上听雨，念着“红楼隔雨相望冷，珠箔飘镫独自归”的诗句。如果时间不太久的话，让这本小书作一个小桥，使我不致太困难回到那个境界和那种情怀。

黄裳　三十四年，七，九，昆明

# 锦帆集外

《锦帆集外》，散文集，1948 年 4 月上海文化生活出版社初版，列为“文学丛刊”第九集之一。

据初版本编入。

# 江上杂记

## 一

小妹：

很久没有写信给你了。现在我正坐在作事地方的办公桌上，无事可做，想想还是写信给你，告诉你一点事情。重庆的夏天真热，昨天听说已经到了一百十度，屋子里虽然有电扇，可是吹来的全是热风。我这里下午就有太阳晒进来，只好搬家。还得看那一位的桌子有空才能搬过去坐，简直成了吉卜西人了。现在是九点钟光景，这里倒还可爱，不时有小风吹进来，骄阳晒在草地上，告诉我天气是多么好。远远望过去是歌乐山，山顶上生满了小松树，好像民国十几年的时尚，女人在脑门前留了一片前刘海似的。麻雀时常飞到开了的窗子上停一下，我注意到它们全是张了嘴的。这在我过去的经验并不如此，难道说是因为天气热的关系吗？

我想现在S路该是可爱的，法国梧桐早已长满了叶子，给马路留下了两行荫凉。我有一个时期每天清早到学校的图书馆去，总经过那里，虽然是夏天，也并不热。看一看你的窗子，总是关着的，那时你大概还没有醒。现在你那儿该还是清凉的罢？可是这里却这么热。

离沪之前一个月，常和 S 去吃成都川茶馆，那时想想该也有点感情的关系，可是那天你们给饯行，谁提议到锦江去，给他嘲笑了一下：“人家要到四川去，你请人家吃川菜，人家吃的日子多着呢！”后来自己想想也不禁哑然，那天结果是吃了洪长兴的烧羊肉，站着吃，吃得饱饱的。后来和 T 到 DD'S 去吃点凉的，还闹了大笑话。他记住了一个冷饮的英文名字（从旁边听来的），就照样叫了出去，下女却拿了一份炒鸭蛋面包来，真是够丰满的一份。后来算是解释清楚，她去换了两只高脚杯子，里边盛了淡黄色的酒，各有一个吸管，顶上插了一颗红樱桃，这不用说是为女士们预备的。我们这两位男士只得赶快喝掉，再叫别的。你看够不够窘的？

话说得多了，我现在想先告诉你一点关于吃的事情。或如“师父”所云，“食道”的研究。这一次旅行，因为有“师父”在一起，所以一路上颇吃了些好东西，在河南吃了黄河鲤，洛阳吃了中州菜。最可笑的是在常家湾，一块风沙蔽天的地方，我们想吃甜的，结果由堂倌贡献意见，叫了一样“拔丝馍”（馍读去声），仿拔丝山药之例，把馒头切成一块块的小方块，用糖来炸了吃的。

这些都是路上的花絮，到了四川以后，我们就尝试川菜了。不知道是否上海的川菜变了味还是怎么，头一次就碰了个大钉子，那是在“朝天关”（将到广元的一站）一家民家夜饭，主人把过年的风鸡拿下来给我们作菜吃，不料第一筷就把我辣倒了，原来鸡是用辣椒末浸透了的。偌大一只鸡只好不去领教，到外面吃了汤元算数。

从此就对叫菜怀了戒心。每逢叫菜必先讲好“免辣”，有些本来无辣的菜也如此，因此引起了堂倌的暗笑。

到成都，已经进入四川文化中心区，当然研究“食道”也以这里为最适当的地方了。“师父”他们是先根据了一本成都指南的指示，对每一个代表地方性的小食店都去尝试过。记得有一次到望江楼去，经过东马路，有一个城隍庙。据导游说，那里的豆瓣是有名的，我们就在席棚下面坐下来，要了三碗，眼看堂倌把一勺勺的红色黑色的作料加进去。我因为有过先前的经验，所以敬谢不敏，但“师父”和T却硬了头皮把它们喝下去了。他们告诉我这“颇有道理”，不过我是不相信的。

前几天“师父”从成都来信，说及花会事：“此地花会（青羊宫）开始，已游三次，有如北京之厂甸。规模宏大，城内名馆如赖汤元、吴抄手、涨秋等皆有分号，号有物产展览会，颇示川省物资之富也。”这里边所提到的几家小食名馆都值得一提，赖汤元在春熙路转角，所卖即鸡油汤元，吃法较为特别，预备了芝麻酱和糖，混了放在小白铜碟子里，把汤元蘸了来吃，别有滋味。不过我仅能欣赏糖与芝麻酱，鸡油味则不大好，真可谓“买椟还珠”了。赖汤元只有小小的一家门面，座上客常满，更还有在门外立等的。我们去吃时不过一元半五只，实在是价廉物美。即在赖汤元对过一家艾饽饽，我颇喜欢吃，这本是北平的名产，你想必吃过。

至于“抄手”，即我们所谓“云吞”，这种东西大概还有不少种特别写法，那个算是标准，也不能知道。吴抄手之妙，妙在哪里，也未能说，或者是清辣得好罢？反正我一看那浇上去的红色辣油，即便心悸，好处便也无从欣赏了。

李义山诗，“美酒成都堪送老”，成都的佳酿，我也还未能吃到。不过所谓“绵竹大曲”，却实在不错，师父的来信中也数数提到：“昨晚请新来同学吃饭，大喝大曲，今晨尚有醺然醉意。”“前日尽六两大曲，回宿舍后，头晕晕颇有酒意。”你可以想见他的那份醺然的味儿了。小时不能喝也不敢喝白干，仅用筷子在酒钟里沾一下，尝尝酒味而已。近半年来则颇能欣赏大曲，觉得葡萄酒之类甜甜的糖水儿是没有道理的。不过这也仅限于好大曲，若是加了酒精的劣品，也还是不敢承教。

此地的酒店只能卖酒，不能吃菜（花生米、豆腐干不在此例），而饭店里则不许卖酒，成都则不然。大曲有许多种，我平常吃的是红糟曲酒，还有一种更好的陈年曲酒，味儿更浓。酒店里卖酒的杯子有许多种，普通酒大抵用素白瓷杯来盛，或有加蓝花的，红糟曲酒酒杯则是细瓷而有花草图案的，陈年曲酒则用玻璃杯子。吃毕算账时，只要看吃完的空杯子，就可以知道价目。还有一种橘精酒，是泸县的名产，在随便什么野外或江边的茶馆里，都有着一瓶瓶的橘精酒在出售。瓶甚小，大约只盛四两，用高粱梗子塞了瓶口，上贴印花。在临江去处的茶馆里，我常常去叫几瓶来喝，看看江景，也颇有意思。只是近来水位大涨，我常去的那一个茶馆，已经搬走了。沧海桑田，在这儿大约每年可以看到两次变换。

成都的菜馆除了外江的如大三元、冠生园之外，本地馆子则无不有一个雅致的名字，如在陕西街上的一家“不醉无归小酒家”即是。那块匾写得也飘逸之至，小小的两间门面里边倒也相当大。绿漆门，还有屏风，和街市的喧嚣完全隔绝了。“不醉无归”，多么平安的一块小天地，“师父”来信中说：“最近且吃‘不醉无归’小酒家一次，的是不错，唯贵得惊人耳。(百元左右一人)”在成都，普通十元可以吃一顿饭了，所以说贵。“师父”且曾对四川菜加一总论，他说：“成都食道似已无可述，集近日研究结果，四川本地菜仍是无大道理，其味以强烈刺激为主，无淮阳菜之 Delicate 也。”

这应当是饱食豆瓣后的实话，是确实可以相信的。

四川水果委实可以称赏，这里似乎已经是副热带的气候了，所以可以看到棕榈树、广柑、橙子都有，广柑便宜时每只一元左右，最近则因久已下市，所以贵到十元一只，无法问津了。还有奉化真种的水蜜桃，也不错，但也太贵。

重庆有两处温泉，一个在北碚，是北温泉，另一个则是南温泉。北温泉还没有去过，南温泉则已与 T 去玩了一次。我们沿了大路走去，到堤坎，那地方的瀑布非常可爱，路边有一个石像，磨顶，衣服则是明制，神情活现，雕得很不坏，但不知道是什么人。

从堤坎到南泉大约有五里水路，我们雇了一只船，只十元，可谓便宜。一路经过花溪等处，风景的确不错，舟行在两山夹着的河水内，悬想当有九溪十八涧之妙。路上经过一块大石头，上边长满了青苔，破破烂烂，真像一颗中空的古树，还有一个地方，峭壁上刻着某烈妇殉身处的字样，当日她就是从那高高的岩石上跳下来的。这使我想起绿珠坠楼的故事，四川的节烈之风似乎甚盛，又因为石头方便，到处都有旌表的牌坊，这舍身处就是南泉的十景之一。

温泉是就石基刻成的浴室，也有游泳池，我们在那里浮沉了半日，还有几位女士同泳，池子太小，几乎没有回环的余地。

从游泳池出来，到冠生园去吃了饭，有牛奶和点心等，本来还想到建文峰去看一下，这是明太祖的孙子为燕王永乐赶出来，逃窜南荒的传说中的遗址。本来建文的生死是一个谜，有许多神话，应当是当初怀念建文的臣民造出来的，也不一定。不过昆曲中有《惨睹八阳》，那“收拾起大地山河一担装”的词句十分动人，袁四公子寒云就很喜欢这出戏，也许他还有什么深意也不一定，我只是颇喜欢这由帝子变成的和尚，“一瓢一笠到襄阳”，天下行脚，和我们的心情有些相近罢了。我们因为疲倦不曾去，仍旧由原来的水路乘船回来，飘飘的，大有“春水船如天上坐”之意了。

回来坐“滑杆”，这是一种山轿，藤椅子两边穿了两根长竹杆，由两人抬了走，是走山路最舒服的“代步”，等滑杆到了长江边时，我已经有些睡意了。

昨夜在芭蕉院里乘凉，看见弯弯的下弦月，不禁忆起了小时爱读的《宋人话本》中的《冯玉梅团圆》里所引的一首民歌，“月子弯弯照九州，几家欢乐几家愁。几家夫妇同罗帐，几个飘零在外头。”此歌虽俚，然感人至深。关于此歌，

《云麓漫钞》中是曾经讲起过的。

《云麓漫钞》是南宋初时人的著述，当时正是建炎之后，时逢离乱，我们想象吴中舟师在月夜荡桨于姑苏的河港里，或者是一片空蒙的水，或者是曲港菰蒲，曼声作歌，声音凄楚，是怎么的一个境界。

更阑人静，我也要睡了，因为明天还要早起。

夜安

七月三十一日

## 二

小妹：

在北碚匆匆过了一月，正是一整个三月。信却只写了一封，不知你已收到否？重庆近来少雨，这在多雨的巴子国是很少见的。因之，在碚总算过了一段相当舒适的日子。曾经去了两次北温泉，又欣赏了两次嘉陵江的绿。这种碧绿的江水是久已有名的了，在古人的诗句里我们可以想起“蜀江水碧蜀山青”来，近人汪辟疆也有“嘉陵水色女儿肤，比似春蓴碧不殊”的诗句。一天晚上，吃过晚饭，几个朋友到“江天茶馆”喝茶去，说说道道到了十点多钟，踏着一天好月色回来，到了房里却不想就睡，因为月色实在太好了。我又一个人走出去，沿了江滨乱走，从高高的石级层上慢慢的走下去。这一排白石台阶，有人数过，大概是一百三十级，一直延长到江边的乱石的堆里。从这堆零乱的石块上踏过，跳到江心里的一块石头上去，在旁边的水潭里，有着摇摇的水草和蠕动着的一个个黑黑的蝌蚪，摇摆着它们的尾巴，这些尾巴是要在春天的第一次雷声中，才会掉下去的。

坐在这石块上，抱了膝，暗绿的嘉陵江就在面前流过去，发出一阵阵的涛声来，远处的山峦，却被围在一片雾影里了，月亮似乎很高而小，对江的灯火暗暗的，不时有一两个摆渡的黑黑的影子摇过来，木桨打水的声音震破了周围的寂静。我又随意念了几句：

> 峦影空蒙星影稀，月华临浣失裳衣。
> 黛颦每忆芳春晚，秋水应随艇子归。
> 书里斠寻仍脉脉，梦中重见更依依。
> 嘉陵江水真醇碧，许绾纤纤锦带围。

请不要见笑罢，这些零乱芜杂的“梦话”。因为我走回去的时候；同房的人都已经睡熟了，我自己也迷迷蒙蒙似在梦中。

对于北碚，我实在更想多加些赞颂，现在我只想说这是一个可爱的小地方，当我还没有感觉到厌倦时就离开了它了。因此，北碚在我是可爱的，而且，在这里，我又看到了许多“似曾相识”的影子。我近来很相信“缘”了。今年春天少雨，我觉得似乎也有些遗憾，然而总还有机会让我欣赏雨景。那时，我坐在一个小楼上，一片明窗净几，窗外是雨丝风片，一片碎石子的小径洗得非常干净，竹篱边的一丛丛的桃花、山茶，被雨一洗，显得格外的明艳，可是也有些零落了。江水表面上是一片乳白，柳枝斜斜的。

我很觉得可惜，在这样的环境里，竟不能作些事。当时的心境乱乱的，真不知道要做什么的好。虽然也不无计划，因为城里重演《处女的心》，使我对那“自幼儿生长在梅龙镇，兄妹卖酒度光阴。我哥哥……”又发生了浓厚的兴趣。我曾经想改编《骊珠梦》。关于李凤姐，我是颇有些缘份的。十年前，春假旅行，在大同曾瞻仰久胜楼，居庸关亲临白凤冢，对这一代美人早就有些“表扬之心”。两年前，在上海写小文章，也曾对明武宗的事迹少少调查。等我把这个小计划告诉了几个朋友时，得到杲良在成都来信，抄来了许多《武宗本纪》的材料。W也和我谈过一些，还特别用了他的善于突发的奇想，给我的计划披上了瑰丽的外衣。我希望最近有暇，能给凤姑娘好好的描绘一下。

我又想起一件事，在碚时曾听了一次×先生的演讲。关于×先生，我的印象和我的想象很合得来，他是一个白白胖胖的绅士派头的那么一位读书人。他讲得一口北平话，有些轻俏，引起了我的“听相声”的经验。因之他的讲演，也颇能引起人们的笑声。我只记一点有趣的事罢。他说，西洋某诗人曾有一句诗，“嘴唇只在不吻着的时候才能唱歌。”他引申其义说，“每一个人，不管他做不做诗，当他恋爱的时候，他就是一个诗人。”说完后沉默半晌，“我也有这个经验。”胖胖的面孔很正经，我以为说这话的态度很可取。

末了，我还是说一点自己的事罢。过两天，我就要飞到昆明去了。我虽不想援引某名人的话以自重，然而却也有些同样的感想。我想写这些信的工作应该暂时告一结束了，因为更有新的好玩的事情可做。也许再写，不过题目是要换一个的了。

我似乎惆怅得很，想起了我离家前买的那两册布满了朱红的圈点的《李义山诗》，在那黯黄的书页上，有两句句子：“玉珰笺札何由达，万里云罗一雁飞。”

请来信，由 W 转。

匆匆

三月二十一日

## 残篇

小妹：

几天来的燠热，都为昨晚的一雨洗净了。现在坐在窗下，吹着凉入衣袂的风，心境萧然，也真想静下来作一点事了。院里的几颗芭蕉，经过上几次暴风雨，真摧折得厉害，不过近来似乎又发了起来。还有几株小的，也长大了。芭蕉这种植物和雨似乎是离不开的，而且往往又是秋雨。“帘外芭蕉三两颗，夜长人奈何?”“何处合成愁？离人心上秋。纵芭蕉不雨也飕飕。”小时候从水墨画上看到浓淡的笔触，就很对这种植物发生一种憧憬，然而北方是很少有这种植物的。只是到别人的庭院里去看一次，而且又生得那么小，那么可怜相。这次到成都，住在一家旅馆里，旅馆是木造的楼房，有两进，围着个大开井，上面搭了天篷，天篷下面就种了几棵大芭蕉，站在楼上的廊子里就可以摩着它的叶子。虽然雨是不会滴到它的叶子上的，然而也颇使我惆怅，作了几夜忧郁的梦，想像着从那大叶子上会发出纵琤的声音来，低语着什么。

这时在绿竹帘外，正落着阑珊的小雨，一片空濛，如烟如雾，这样天气江南也是常有的，晚唐诗人李商隐不独是一个雕琢文字的天才，还是个创造境界的能手。我很喜欢他一首诗："怅卧新春白袷衣，白门寥落意多违。红楼隔雨相望冷，珠箔飘灯独自归。远路应愁春晼晚，残宵犹得梦依稀。玉珰笺札何由达，万里云罗一雁飞。"在沪时，坐了廿二路车回到偏在西隅的家里去，每逢这种落着小雨的天气，经过几行绿树一角红楼的地方，就常想起这一首诗来。好像看见了那个古代的风流的诗人，穿了白袷的春衣，坐在隔雨的红楼上，凭阑怅望着对面的美人，充满了寂寞的情怀。

四川的雨是不希奇的，有时反而有些多得可厌了。然而这在夏天，就变成了珍物，平常是"苦雨"的，一到现在就变成了"喜雨"了。

我就在这芭蕉庭院里，听着雨，作作梦，或者是翻翻新书报聊以消遣。

前两天这里有大雷雨。真是够大的风暴，为我所从来不曾看到过的。小时读唐许浑诗："溪云初起日沉阁，山雨欲来风满楼。"非常喜欢，然而还不过是出诸想像而已，最近才算领略了这境界。我们现在正是山居，那一天云层低得很，电闪好像就发生在眉宇间，雷声紧跟着响，震人心魄，阵雨倾落，院里的芭蕉都被摧折得不像样子，远远的蓄水池里响着由各处汇集了流去的水，如听重泉。不禁想起了那些"夏日山居”之类的画来。中国旧时水墨画最妙的地方，据我看，应当是泼墨。或者找一个代表来说，即是“米家山”，这是说米芾所画的山水，代表夏山欲雨的那一种景像，实在妙极。低低的云，只要用饱含了水份的笔触在中国特有的宣纸上一渲染，水份自然就会在那细致的纸纹间向外浸，结果就成了那种样子，和真的夏天的云无一了。在久热之后，有这样一阵雷雨，也真能殊清积热，这时平常热得不堪的衾枕也都清凉，可以有一夜好好的休息。古人形容夏天的帐子是纸帐，不知当时是否真有这么一种帐子，虽然中国古时所造的纸都是韧得很的，不无可能，然而世间真会有这么一种“纸帐”么？我想帐或当作障，是在小小的木屋间的窗户上糊上纸，以防蚊蚁的罢？可是在夜雨的晚上，睡在床上，放下帐子，照了雪亮的灯光，竟真有些纸帐的意味了。

半夜，疾风暴雨还不曾停，窗户都吹开了。第一次去关，被斜风骤雨吹得身上都湿了。第二次穿了雨衣戴了帽子，冒了冲进来的风雨去关上窗户，地下却已经流着小河了。

雨后的门口的地上，隐隐的流着水，好像伏流，也有如干涸了的黄河。院里的小树竟有不少给拔了起来，路上的急就的土屋竟一片一片的落了泥块，想想这风雨的效果真不小。

这样的雨，连绵不断的下着，天气变得凉起来了。这在我们有两个好处，一个是可以凉凉快快的睡觉不必像前两天那样的汗流夹背；另外一个则是可以不必跑来跑去，作“强迫避暑”的勾当，如我的一位朋友所说。

昨夜无灯，我们四五个人坐在蜡烛光下谈天到夜深，雨一夜下着没有停，芭蕉叶子淅沥的响着，心里真是说不出的惆怅，想起那么两句诗来：

雨到深秋易作霖，萧萧难会此时心。

寂寞的秋夜，尤其是秋雨的夜晚。

附记：前两天翻小箱子，在一堆乱七八糟之中找到一篇黄色的竹纸，已经离破碎不远。在重庆时曾经写过好几封信，陆续寄沪，只有这一篇不知何故不曾寄出。重读一过，将一些过了时的话删掉，剩下来的记述当时的环境与心情的处所似乎仍可留存，因投“笔会”，并记。

## 茶馆

四川的茶馆，实在是不平凡的地方。普通讲到茶馆，似乎并不觉得怎么希奇，上海、苏州、北京的中山公园……就都有的。然而这些如果与四川的茶馆相比，总不免有小巫之感。而且茶客的流品也很有区别。坐在北平中山公园的大槐树下吃茶，总非雅人如钱玄同先生不可罢？我们很难想像短装的朋友坐在精致的藤椅子上品茗。苏州的茶馆呢，里边差不多全是手提鸟笼、头戴瓜皮小帽的朋友，在丰子恺先生的漫画中，就曾经出现过这种人物。总之，他们差不多全是有闲阶级，以茶馆为消闲遣日的所在的。四川则不然。在茶馆里可以找到社会上各色的人物。警察与挑夫同座，而隔壁则是西装革履的朋友，大学生借这里做自修室，生意人借这儿做交易所，真是，其为用也，不亦大乎！

一路入蜀，在广元开始看见了茶馆，我在郊外等车，一个人泡了一碗茶坐在路边的茶座上，对面是一片远山，真是相看两不厌，令人有些悠然意远。后来入川愈深，茶馆也愈来愈多。到成都，可以说是登峰造极了。成都有那么多街，几乎每条街都有两三家茶楼，楼里的人总是满满的。大些的茶楼如春熙路上玉带桥边的几家，都可以坐上几百人。开水茶壶飞来飞去，总有几十把，热闹可想。这种弘大的规模，恐怕不是别的地方可比的。成都的茶楼除了规模的大而外，更还有别的可喜之处，这个是与坐落的所在有关的。像薛涛井畔就有许多茶座，在参天的翠竹之下，夏天去坐一下，应当是不坏的罢？吟诗楼上也有临江的茶座，只可惜楼前的江水颇不深广，那一棵树也瘦小的可怜，对岸更是些黑色的房子，大概是工厂之类，看了令人起一种局促之感，在这一点上，不及豁蒙楼远矣。然而究竟地方是好的，如果稍稍运用一点怀古的联想，也就颇有意思了。

武侯祠里也有好几处茶座。一进门的森森的古柏下面有，进去套院的流水池边的水阁上也有，这些地方还兼营菜饭，品茗之余又可小酌，实在也是值得流连的地方。

成都城里的少城公园的一家茶座，以用薛涛井水作号召，说是如果有人尝出并非薛涛井水者当奖洋若干元云。这件事可以看出成都人的风雅，真有如那一句话，有些雅得俗起来了。其实薛涛井水以造笺有名，不听见说可以煮得好茶，从这里就又可以悟出中国的世情，只要有名，便无论什么都变成了好的。只要看到街上的匾额并不都是名书家所题，就可以得知此中消息了。

大些的茶楼总还有着清唱或说书，使茶客在品茗之余可以消遣。不过这些地方，我都不曾光顾过。另有一种更为原始的茶馆附属品，则是“讲格言”。这次经过剑阁时，在那一条山间狭狭的古道中，古老的茶楼里看见一人在讲演，茶客也并不去注意的听。后来知道这算是慈善事业的一种，由当地的善士出钱雇来讲给一班人听，以正风俗的。

这风俗恐怕只在深山僻壤还有留存，繁华的地方大抵是没有了的。那昏昏的灯火，茶客暗黑的脸色，无神的眼睛，讲者迟钝的声音，与那古老的瓦屋，飞出飞入的蝙蝠所酿成的一种古味，使我至今未能忘记。

随了驿运的发达，公路的增修，在某些山崖水角，宜于给旅人休息一下，打打尖的地方，都造起了新的茶馆。在过了剑阁不久，我们停在一个地方吃茶，同座的有司机等几个人。那个老板娘，胖胖的一脸福像，穿得齐齐整整，坐下来和我们攀谈起来。一开头就关照灶上，说茶钱不用收了，这使我们扰了她一碗茶。后来慢慢的谈到我们的车子是烧酒精的，现在酒精多少钱一加仑，和从此到梓潼还得翻几个大山坡，需要再添燃料了。最后就说到她还藏有几桶酒精，很愿意让给我们，价钱决不会比市价高。司机回覆说燃料在后面的车子里还有，暂时等一下再说。那一位老板娘话头不对就转过去指了她新起的房子，还在涂泥上灰的，给我们看了。

她很得意的说着地基买得便宜，连工料一起不过用了五万元，而现在就要值到十万元左右了。

到重庆后，定居在扬子江滨，地方荒僻得很，住的地方左近有一家茶馆，榜曰“凤凰楼”，这就颇使我喜欢。这家凤凰楼只有一大间木头搭成的楼，旁边还分出一部份来算是药房，出卖草药，和一些八卦丹、万金油之类的“洋药”。因为无处可去，我们整天的一大半消耗在那里，就算是我们作事的地方，所以对于里边的情形相当熟习。老板弟兄三人，除老板管理茶馆事宜外，老二是郎中，专管给求医者开方，老三则司取药之责。所以这一家人也很可以代表四川茶馆的另一种形式。

我很喜欢这茶馆，无事时泡一杯“菊花”坐上一两个钟头，再要点糖渍核桃仁来嚼嚼，也颇有意思。里边还有一个套阁，小小的，卷起竹帘就可以远望对江的风物，看那长江真像一条带子，尤其是在烟雨迷离的时候，白雾横江，远山也都看不清楚了。雾鬓云鬟，使我想起了古时候的美人。有时深夜我们还在那里，夜风吹来，使如豆的灯光摇摇不定。这时“幺师”（茶房）就轻轻地吹起了箫，声音极低，有几次使我弄不清楚这声音起自何方，后来才发现了坐在灶后面的幺师，像幽灵一样的玩弄着短短的箫，那悲哀的声音就从那里飘起来。

有时朋友们也在凤凰楼里打打 Bridge，我不会这个，只是看看罢了，不过近来楼里贴起了“敬告来宾，严禁娱乐，如有违反，与主无涉”的告白以后，就没有人再去“娱乐”了，都改为“摆龙门阵”。这座茶楼虽小，可是实在是并不寂寞的。

# 桂林杂记

三十四年夏天，两度去桂林。第一次是匆匆一过，只一夜的勾留。正当湘北战事紧张，我们从昆明飞来，预备到前方去。

在第×招待所遇见S，他已经在桂林有两月的历史了，承他指引去看了一下四周的风景。吃过晚饭后漫步走出房子，夕阳里看桂林山，一座座的断壁峭岩，在淡淡的斜阳里发出不同的光彩来，好像小孩子玩的花石头。有人说桂林的山水像盆景，这话也自有其理由，不过这是个伟大的盆景。

在蔓草掩没的小径里走着，S指着前面，说："不远那就是桂林城了。"再看远处，是一排碧色的小山，好像插在美人头上的一排翡翠簪子，颜色是淡淡的浅碧，明澈得有如浸在水中。天边有一抹金红色的晚霞，令人缅想傍晚窗前镜里少女的酡颜。

S又告诉我前面就有一条河，名字叫做漓江，它还有一个名字是"相思江"，"相思江"头生了一颗相思树，树上就生着南国的红豆。不错，离开昆明时，就听见人家告诉桂林的红豆是有名的，很可以买点来送人。不过在这烽火遍天的时候，迢迢地寄两颗红豆回去，也实在几乎成了不可能的事。我听了S的话只是默然，后来也没有去找过什么红豆，好像在那些摆满了“珍品”的玻璃柜里，也并没有发现过这种圆圆的红色的颗粒。

天气变得有些突然，等我们走过了桥，过了车站、踏在扑满了风尘的桂林街头时，天上已经在飘着雨点了。这是一条颇土气的街，两旁只是木器铺、铁匠铺之类的店家，罩满了尘土，电灯已暗淡得很，使我觉得是徘徊在中古时代的城市中。路是漫长的，尽头处是一座木桥，底下就是那条相思江，江水是黯黑色的。江上浮着些船艇，船上的人们正在晚饭，从舱里映出昏黄的灯光来。这些船只好像都重载着历史的忧愁，正如我在薄暮的秦淮河上的感觉相同。

斜风细雨，使我们披上了雨衣，觉得微凉。

过桥后，光景一变，眼镜上沾湿了雨点，模糊中看出去，中南路上是一片美丽的灯市。又看见霓红灯了，它带着一股都市的腻腻的感觉。微雨的街上并不少行人，硬路面上被雨洗得非常干净，反映出一簇簇的闪光来。路边是一个个的鲜货摊子，上面悬着两三只一百支烛的电灯，照耀着香蕉、苹果、柚子、菠萝，娇黄嫩绿鲜红，一片美丽色彩的堆积。

这个都市在疏散声中，显得有些忙，从街上匆匆来往的行人的脚步里可以看出，从商店的“大减价”的招牌上也可以看出。我顺步走到那一条文化街头，与S作别去跑书店，这里有着新出版的湘桂战局形势图，还有一堆堆的拍卖的书籍。在这里我看到一部皮脊的《海上述林》，我从书架上拿下来，翻了一下，看了下那几张石刻插图，又轻轻地放上去，我想起了静静地放在家里书架上的同样的一部。

我买了一个皮面的小日记本，也许要用着它的。

走得有点疲倦了，想找个地方坐一下。我走进一家咖啡馆去。这家只有一间狭狭的门面，门口是红砖砌成的，上面凸出着一个三角形的玻璃橱，里边拥挤地放着十几张桌子，人是满满的。我拣了一张桌子坐下来，奇怪的是这里并不卖咖啡，我要了一壶红茶和一碟点心。

我脱下了雨衣放在对面的椅背上，坐下来静静地休息。隔桌上有两个少女，还有一个中年的男子。他们说话的声音很低，我的座位正好斜向着外面，可以清楚地看见她的半面。她穿着灰素格子的绸旗袍，鬓发齐齐地拢在莹洁的脸角，甜甜的眉眼不时飘出一个浅笑来，好像流星似地一闪又恢复了静默。她用两只白白小小的手拿着刀叉，从盘子里轻轻地切下一角点心，轻轻送到嘴里，颊边留下了一个浅浅的漩涡。

电灯突然灭了，侍者在每桌上添了一支蜡烛，小房子里更添了幽沉的气息。摇摇的烛影里飘荡着细微的语声。突然感到无端的压抑，我付了账走出了这间小小的“咖啡”。

我慢慢地走回去，沿路上看看橱窗里的陈列品。照相馆里摆着镇守长沙的将军的马上英姿，舞女的露出了背部的肉感照片，和着色的盟国军人的滑稽的面影。

灯市逐渐阑珊，雨也落得更大了。路上一片泥泞，难走得很。从杂货店里买了一个油纸的灯笼，这是一个扁扁的圆环形的东西，要用时一抽就变成了一个小小的灯笼，里面点了一支小红烛，小风小雨可以不怕，在这夜深的雨的街头，点了它走路，是颇富于浪漫意味的事。

觉得有一点饿。我提了小灯在路边摊头上买点东西吃。一付担子，一边是炉灶，另一边摆了许多油盐辣椒香料之类的作料。只有老板娘在照料着。有云吞、面、豆腐脑可吃，我要了一碗面，她从小柜里拿出了面条，下在锅里，一会和另一盘油条一起送过来。雨点打在油布篷上，玻璃灯昏昏的，这恐怕已经是快收摊的时候了吧？匆匆的吃完付了账，我觉得很满意。因为我还能用十元的法币支付。面钱是七元，小灯笼连红烛是四元五角。

一个月后，我们从前方调回桂林。

这时长沙已经弃守，战事在祁阳零陵之间进行。湘桂路上军运极忙。车子也慢得很。在车上过了两天才在一个傍晚到了桂林的北站。列车被甩在道叉里，到站长室借电话打到东南干训团要车子，把行李先运到站外去，两天没有洗澡，身上的衣服已经四五次被汗浸透了。背了 Carbine 子弹带，一个装了零碎东西的袋子，和一个重重的钢盔，疲倦得几乎随时可以睡下来。左右两只手提起了行李和箱子，慢慢地在道叉上拖。这时觉得铁轨上分外的高，枕木间的距离出奇的长，中间的石子更不平得可恶。

十点多才盼来了两部 3/4 吨的军用车。上了车，坐在前面备胎座后面的铁箱上，车子在崎岖的土路上开出去了。这时才觉得夏天兜风的快乐。迎面吹来的夜风，把一身汗都吹跑了。把钢盔上面的皮带放下来系好，车子在失修的公路上用每小时四十哩的速度跳着，好像这种颠波也是一种恢复疲劳的好方法。

车子经过中南路，虽然已经是深夜，可是人还是那么多，灯市照样的照耀，小孩子在跑着，鞭炮的声音一阵阵的响，车子慢下来了。

“喂，什么事！”

“长沙收复了！”

有些惭愧，有些怅然。在这个时候跑回桂林，从不是军人们的嘴里问到了这样一个消息。

前灯一明一暗，喇叭连续地响。车子渐渐出了市区，进入了无边黑暗的原野。穿过石板路，穿过小桥，穿过低拂着的路旁的老树的枝柯；陪着我们的是天上的一只看不见的鹰，它的两翅闪着红色和绿色的星，发出微微的吼声。车子驶进一段跑道，在闪光中还可以看见赶夜工的工人，道边堆成的一堆堆的碎石子，整齐的红绿灯行列。

车子又出了跑道，远远的可以看见干训团的水泥大门了。通过了警卫，车子上了花木扶疏的小路，缓缓的驶到沿河的一片小白房子前面，停在一片深深的野草里，草上的露水打湿了车子的轮胎。

这时一钩新月已经在对岸的山顶上吐出来，映出一个个暗灰色的峰峦，河里面有倒影，也照着一排小房子的白白的墙壁。

山居的日子是寂寞的。

除了工作的时间以外，只能踡伏在房里。桂林的夏天的热是可怕的，热得使人只有喘气的份儿，只有下雨是一种解放。

坐在走廊上看雨，是一种幸福。

这一定是一个非凡的炽热的天气。房子里边有斜斜的日影晒进来，晒到床上，白被单是烫烫的，如果睡下来的话，会觉得是在一个不透气的蒸笼里，汗贴在身上，不是痛快的流出来而是蒸出来的。扇子早已失去了效用，扇着它只会使你更感到炽热。这似乎使你有些生气了，你发现天角处有一块小小的黑云，又有一点点风，这本来是不值得注意的。不过一会你发现风不太小，吹开了窗户，吹开了糊了纱的门，似乎要把屋里的东西完全捲掉，墙上的画掀起来了，桌上的纸张飞起来，赶紧搬一把竹椅躺到走廊上去。在碧绿的山峰后面，是一片暗黑色的云层，深重的云层，小时候听祖母解释，这是哪吒抬了海来，真有那么一种阴郁恐怖的感觉。云慢慢罩下来，罩在尖尖的峰峦上，颜色变成浅灰，山腰处像围了一条长长的轻柔的带子，这叫人想到那“凌波微步”的洛神的飘飘的罗带，白色镂花的带子。

大而密的雨点落下来，落在走廊前面的泥路上，落在河里，响着清脆可爱的声音。这时一个峰峦中间似乎塞满了轻轻的烟雾，雨脚是斜斜的，像一挂细细的竹帘。后面是看不清楚的一片朦胧，随了风吹的方向，灰白的云带和这雨的帘子也在慢慢的移动，轻轻缓缓的，好像有一只纤手在推挽。这使我想起在那黯碧色的美丽的终古无人登临的山峰上住着的“神女”，在作着行云行雨的游戏，如一些古老的书卷上所说的美丽而荒唐的故事。

风停了，只剩下静静的雨声。

雨夜是安静的。在小小的房子里，捻亮了小巧的油灯，坐在没有漆过的白木小桌前面，很容易使人深思。摇摇的微弱的灯光，照在墙上，照着一张少女的照片，她的微笑的脸，大大的眼睛。我开始一个小小的工作，把一些幻想捕捉到纸上来，用以打发这静静的漫长的雨夜。我在写一个叫做《凤》的剧本，根据了一个古旧的歌剧的故事，加上了我自己的幻想，给它穿上了新的离迷的外衣。这似乎不是偶然的。一年前从舞台上一个少女的口中听了来两句轻柔的歌声，更掺杂了几年前春天旅行时看过的那一个古老的酒楼的印像，使我有意重新来写这个浪漫的故事。这完全是为了愉悦自己，我进行的很慢，使我感觉愉乐的是出现在幻想里的“凤”的颦笑、歌哭、话语，往往她说了十句，我只写一句下来。可惜这样安静的好日子太少，我只写完了第一幕。

因为只有在下雨或是下弦月的漆黑的晚上，我们才有安静。如果有好好的月亮，就得欣赏另外一种风景了。

在对河的山屏风的一角，有一个大大的岩洞。有一次我同朋友走进去玩，里边非常清凉，洞大得很，大约可容几千人在里面从容的走动。岩洞的顶上，断续地有泉水滴下来，倒挂着些羊齿类的植物，再走进去可以看见许多奇怪的钟乳石，大概这里不如七星岩的有名，所以还没有给人附会出种种名字来。在这洞口有一条宽宽的跑道，后来洞被改作飞机库。有一次我看见里面停了两架 B-17、三架 P-40，门口还有两架P-47，鲨鱼张大了嘴静静地在里面休息。

从我们住的小白房子，远远可以看到洞口的山岩，晚饭后在门口散步，看着已经快蒸发干了的浅浅的河水，和夕阳的虹彩。从远远的跑道上捲起了一长条的烟尘，在暮霭里，两盏碗大的强烈的光，透过了滚滚的烟雾，发出沉重的吼声，好像童话里讲到的蟒蛇，就知道今天晚上大概不会安静了。

等到一轮圆月挂在山角的时候，远远就传来了凄厉的声音。预行警报是较长的，每天听惯了也就不觉得有什么特别。这时只有老上校最起劲，催大家戴好钢盔，枪里装好了弹夹，穿上了长裤（为了防止疟蚊的袭击）一齐到门口的草地上去，预备必要时进洞。所谓洞也只是一条弯曲的壕沟，大约有一人深，洞里长满了野草，里面潮湿得很，没有人喜欢进去的。搬了两把竹椅子在洞口坐下，闷闷的等紧急警报。

紧急警报的声音比较紧张，好像一个负隅的野兽的迫切的吼声，这大约有四五次，不一会就可以听见隆隆的机声了。

矮矮的奈特中校是很有趣的人物，他是我们的副团长，处于一个管家婆的地位，平常和克上校一搭一档，我们却暗地里叫他“老太婆”。“老太婆”对飞机的声音很有研究，一听就可以辨别出是敌人的轰炸机还是我们自己的，我想他大概也不喜欢进洞，所以只是把Carbine柱在地上望着暗蓝的天空。

“这决不是，小鬼的飞机马达是好像破锣一样的。”

黑黑的天空里大约有两三架轰炸机在头项上过去了。

老上校听说以前在美国军校里任教，不曾带过兵。一般士兵对他都不大满意，嫌他太琐碎，背地里叫他老公鹅。这时他最紧张，说附近的山洞作了飞机库，以后很有被炸的可能，必要时还是下洞的好。

我和张邹他们就大说学校里的教授，他们的一些逸闻琐事，后来说到什么，几乎争辩起来，声音也越来越大。老上校轻轻地对“老太婆”说：

“这帮孩子说得那么起劲！”

突然“老太婆”说：“来了！”破锣声越来越清楚，达达一声步枪响，看过去，很清楚的一串火球飞起来，好像小孩子玩的花炮。

大家都把枪拿起来，“推开保险”。机场里巡逻的步枪声密起来，火球更连续地放，沉重地听见几声炸弹的声音。

“二塘。”老上校猜这是在炸二塘飞机场。

高射机枪的红绿黄紫各种颜色的信号弹，在暗黑的夜幕上，打出美丽的图案画。破锣的声音离开三塘飞过来，又听见三四响炸声，“老太婆”说：

“这次近了，下洞吧！”大家都跳下洞去。被野草的突出来的茎子刺得有些痛，蚊子成群在脖子左近嗡嗡的飞，破锣的声音越来越近，从头项上飞过去了。

我们都跳上去，说着放暗号的汉奸的可恶，破锣的声音渐渐远去。这时本来已经可以到房间里去睡了，不过看看老上校还巍然坐在洞边，只好停下来欣赏躲在鱼鳞状白云后边的月亮，夜已经凉下来了，草叶上有了露水珠。

远处机场的探照灯向天空照起来，指示适才飞出去的轰炸机降落，显然空袭已经过去，可是解除的警报总是迟迟不来的，老上校慢吞吞的说：“我想这是时候了，打一个电话问一问!”

“老太婆”懒懒地立起身来，提了枪走到房里去，一会出来大声喊着：“肃清了，肃清了!”大家都回去睡觉，在枕头上听见疲倦的解除警报悠长的声音。

这种情形差不多每夜继续着，过了阴历十五，月亮渐渐变成瘦瘦的一钩时，就慢慢停止了。有一次骑马从营里回来，走到河边天色已经全黑了，不知道空袭已经进行了很久，哨兵不许通过，飞机就在头上打转，向下扫射，这时只好牵了马到河边的苇子里边去。

有时第一次警报在九时左右就解除了，好像不好辜负这样好的月夜，两点钟左右，紧急警报，又呜呜的响了起来。假装不曾听见，照样睡下，一会老上校来敲门了，皮鞋在走廊的木板上杂乱的响着：

“美国警报两只球!”这里就只好起来穿了衣服拿了枪坐在壕边去。

桂林的警报有两个系统，放警报回声的是防空司令部；另外美空军也自己有警报探查器，由电话通知各处，两个系统未必尽同，有一次已经拉过“紧急”，而电话里只是一只球，老上校还安心地躺在床上，不料就在房子后面扔下来四五个炸弹，连忙跑出来。问我为什么中国警报这样准确，我告诉他大概是因为作战了七八年，经验特别丰富的缘故吧!

营地是在四哩外的地方，每天去营里就只好骑马。

我对于骑马本来是颇有兴趣的，这时正好每天有机会骑四次，可惜马都不大好，全是小小的贵州马。我挑了一匹灰色的小马，它是很驯良的，也知道跑的方法，每天早晨从餐厅里出来，就可以看见对岸的柳阴下面已经有十几匹马在等候着了，沿河走出大门，经过一条石子铺的小街，就进了营地，可以跑一下。地上很多野草，马很喜欢走进野草丛里去吃草，地方空旷得很，看看天上的白云，和四周的山的屏风缓缓地走着，很容易使人想到远远的地方去，缅想如果同Y在一起，在春天的原野里荡着马，该是多么幸福的事。

一起工作的有一个军曹麦克，大概四十多岁了。牙齿已经不全，人很滑稽，他特别选了一匹老马，紫骝色的，走起路来还算平稳，不过一跑，它的突出的屁股就会一摇一摇，使骑马的人上下颠动，大概是不大舒服的，他叫它“大屁股”。

“看看我的漂亮的年青的小宝贝，检查一下牙齿，已经四十四岁了。”

麦克特别喜欢骑了“大屁股”玩花样，有时牵一下缰绳，使它到墙头去吃草，用脚跟一划马的腹部，它就会摇起屁股来，像是在跳草裙舞。我们经过小街时是排了一个纵队的，一天纵队排得特别紧凑，“大屁股”在后面嗅着我的小灰马的尾部，竟使它惊了，一直跑出去。最初并不觉得怎样，一颠一颠倒相当有趣，后来它愈跑愈快，我觉得身上已经凌空了，终于在马身右边平行地给抛出去，摔到地上，手里还牵着缰绳。后来他们说我的跳马的姿势是很好的，听说骑兵科的人还要特别训练这种技术，要两只手抱了起来保护了头部。我当时倒并没有想到这些，只是想不要摔碎了眼镜就好。

从地上起来以后，小灰马已经悠然地在吃草了。这次想跨上身去可就不十分容易，它总是摇了头吼着不肯就范，只好先做些安抚的工作。拍拍它的颈部，亲热一下，冷不防跳上背去，它大约很不高兴，在原地转起圈子来，后脚也跳了好几次，不过这次已经有了准备，没有被它摔下来。

在一个星期天的早晨，我们向营长借了九匹马，预备到桂林城里去。同去的有营里的一位刘排长，矮矮的身材，人非常豪爽，特别喜欢朋友。恐怕我骑不惯长途，让给我他自己一匹高高的灰马，他亲热地拍着马的颈部：

“这匹马走得平稳，远路骑了它最舒服。就是有些老了，上次有人借了骑进城，不知怎么走坏了，费了好几天工夫才蹓好了。”

他露出了一种军人脸上难得见到的温柔的表情，用手梳着灰马的纷披的鬃毛，马也扬了头迎合着他的手，露出长而白的牙齿。

“是调教惯的马了，见了汽车也不害怕。每天三块钱的马干费，草都买不到，不用说豆子了，每月我贴几百块钱给它买料买豆，到底吃不饱，长不胖。”

他抚摩着露出一条条肋骨的马的腹部，马抬头向空中叫了一声，在旷野里和着野风，悲凉得很。想到旧诗里提到的马，画里面的马，只有这种瘦骨嶙峋的马才是可以“托死生”的朋友。目前也还不是骑了金丝马络白玉马鞍肥肥的白马游春的时候。

从李家邨到桂林城大约有三十多里路。为了不跑坏了瘦马和看看路边的风景，我们走得很慢，沿路的山好像为一个大风暴所吹，全向一个方向倾着。这时还可以看出山脉来的，渐近桂林，在将军桥左近，可以看见近郊的一个个突起的峰峦了，听说这都是有单独的名字的，共有七十二个。骑马走过山侧，走过跨过小河的桥，马蹄在石板桥上踏出得得的声音，如果是诗人，这该是吟诗的时候了。

中午到了车站，把马寄放到城厢一家熟识的人家里去，我们走到一家“东坡酒楼”里去吃饭。这是一家广东饭馆，下面一层是一排排的火车座，挤满了吃茶吃面的人们。我们到楼上去，沿窗可以看桂林最繁华的一条街，桂林在战后从沦陷区从香港，集中了九十万人口，商人把这许多地方的市街形式、橱窗陈列都带了来。于是就有人叫它“小上海”“小香港”了。更添了热闹的是美国的军用车子，还有一些时髦的女人。疏散工作似乎只疏散了些看不出来的人口，他们的去留与这个城市并无多大关系，桂林似乎还照旧繁华，也许还更热闹了。

这里的限价是很严厉的，我们每人要了一样菜，堂倌已经警告说不能再添了，只好将就算数。后来才知道是可以吃完一份，算账后再要一份的。

饭后刘排长他们有事，我们约好六点钟在放马的地方聚齐。我一个人去找一个朋友，因为最近随时有到前方去的可能，带了行李实在太不方便，想寄放到朋友家里。C 来信说他的姐姐住在凤北路，要我去问一下。我很喜欢这个路的名字，虽然不知道它的来源，不过感情上很亲近，十几年前在北方买到一部初印的《四印斋所刻词》的零本，书皮上有很清秀的小楷写着“辛未早秋得于凤城幼遐侍御持赠”，这凤城当然指的是北京，幼遐侍御即是临桂王半塘先生。这本小书我非常喜欢，在这个阴天的桂林城中闲步，使我想起那一段温馨的学校生活，重回到北宋词人的梦影一般的境界里去。虽然我并无意去翻书店里的桂林导游，寻找半塘词人的故居。

走到凤北路，却找不到要找的人，怅怅地走回来。穿进一个狭狭的巷子里，巷子尽头是一个好像公园似的后门，门口有卫兵站着，我恍然这大概是那有名的独秀峰了。和五百年前徐霞客有同样的感慨，不能进去看，只能站在门口看这矗立在城市中心的奇特的峰峦。这正像是放在小盆里的一块小山子石，有一条羊肠似的小路圈着绕上去，山上有些小小的庙宇，我可以看见山下的一间亭子间里有一块写着“天下第×泉”的石碑。

走出巷子还回到正路上来，我看了几家旧书店，有一家叫“二西书店”。走进去看看旧书并不多，也没有什么可观的本子，倒是出租的小说占了一大部份，比起北平琉璃厂的那家自然相差得多了，不过在这日暮的危城里踱进了这么一家书店，也就够使人惆怅了。

住在乡下，唯一的好处是不用花钱。其实那时我也没有什么可花了。离开昆明以前，正是发薪后的一星期，我已经用掉了全部的三分之二，到全县去了一个月，到现在是已经两个多月了，没有再拿到一块钱的薪水。写几封信，洗洗衣服都还是向张通融。所以每逢有进城的车子，而问我要不要去玩时，总是回绝了的。

“好孩子咧！”R上尉喜欢开一下玩笑。

“我们去吃茶去！”我和张不甘示弱，表示我们自有清高的消遣。

他挤挤眼，“是有约会罢！”他们是很喜欢联想到女人身上去的。这时我们就不置可否地一笑了之，过河到一条小街去了。

这是一条乡村型式的小街。疏散以来，冷落得多了，可是也还有七八家茶馆，十几家饭馆。据朋友说这里的一家茶馆里有一个女孩子，他们常来吃茶看看她，算是一种精神上的安慰。现在是风去楼空了，在那家茶馆门口过时，看他指点流连的样子，颇令人怅然。

我们去的一家茶馆是湖南人开的。湘战开始以来他们逃难来桂，就开一家茶馆算是临时的职业。一位老先生一天到晚躺在一张竹椅子上，看一本线装石印的小说，卖茶的事是由他的两个女儿经手的。大的一个也不过才十二三岁，穿了一身黑布的短衣服，赤了脚穿着木板拖鞋，脸白白的眼睛大大的。第一次她像贵客似的给端了四碟零吃来，一碟瓜子，一碟花生，还有两碟糖。另外泡了两碗茶。我们是不吃糖的，所以后来看见我们走进去，她就只泡两碗茶端一碟瓜子上来，好像是已经成了定例的了。

我和张说：

“这就我们的女朋友，每天来看她一次。”

坐下来以后就找她借一张《大公报》和两把扇子。从报上可以看到前线的消息。这时衡阳围城已经快一月了，我们的增援部队在二塘三塘一带。有一次看见援军与守军携手喜极泣下的消息，心里十分激动。

又从报上看见美国女明星来劳军的记载。

昨天晚上几乎所有的官长和士兵全去看表演了，只有老上校不去，我问他为什么不去看。

“这些事还是让孩子们去吧！”他摇摇他的一头白发，眨眨眼睛。

后来听他们说安秀丽丹已经老得可以，可是还表演那一套大腿之类的玩意。我想他们要派女人到几万里外面来慰劳，究竟是值得佩服的事，我们的女明星不知道是在什么地方。张笑笑说。

“大概她们还不知道我们在那儿罢！现在只希望能发下薪水来就好。”

前两天到桂林办事处去了一次，据说名册上并无我们的名字，所以不能发钱。我想我们的名字大概还在昆明，他们大概也还不知道我们现在什么地方。

×××军奉命增援衡阳前方。这命令来得极突然。张因为就要在后天出发，一切军情又都需要接洽办理，分不出身来，所以就把几件行李交我给他送到朋友处暂存。我同老上校讲好，明天早晨搭他的车给张运行李进城，顺便晚上给他在城里饯行。

这两天正在下雨。早晨，雨中乘车进城，先到二塘机场的军邮局去。

车子在跑道上跑，时时溅起一阵小水花，挡风玻璃上打满了雨滴。朦胧里望出去，机场四周的山都是暗灰灰的，灰白的云层罩在山腰上，跑道上的土都变成赤红色，远远接近地平面处好像有白色水蒸气在浮出来。掩蔽部里的中型轰炸机的机身洗得干干净净的，发出银白色的光彩来，远处正有五六架 C47 在起飞，在细雨的帷幕中，机身好像更缓慢地升上去，发出更沉重的声音，钻进暗灰色的云层里去了。

雨越来越大，帆布的车蓬已经没有用处。斜斜的雨脚打在身上，打湿了雨衣，钢盔。车子驶出去，在沿山的石子路上走，在用木板搭起来的危桥上通过，看看隐在一片竹林里面的 SOS，好像是罩在碧纱橱里面。远远的水田里，有两三只白鹭飞起来，斜斜的翼子，在阵雨中掠过。车子经过美军检查站，站里有两位女客，看见我的车子，就走出木房子来。

宪兵拿了检查单敬礼。

“C 上校，东南干训团，到城里去。”老上校告诉他，又看看那两位女客，“你们还有女客要进城么?”

“Yes Sir!”宪兵敬礼。

让她们坐在后面来。从那涂了红红的胭脂的脸庞，蓬松的鬓角，肿肿的眼泡，可以看出她们的职业来。她们喜欢地跨上车去，露出粉红色的廉价麻纱长袜来。

“抽烟!”老上校手里拿了烟盒向后边递去。

“不，谢谢!”她们同声用着奇怪的英语回答着。

车子又经过小村庄，小孩子都站在门口檐下看雨，伸出大手指来。

“顶好!”我坐在摇摆的车上，不安地想着，他们大概不会想我会在这样的雨天还带了女人兜风罢!

晚上在城里，在环湖路上的百乐门饭店给他们饯行，有R，F和我，对手方是张和T上尉，他们是由Z军总部赶来的，明天一早就要离开桂林了。

车子停在桥边的红十字会，桥上人满满的，暗黑的湖面上，间或有几点微光，桥头的饭店门口，MP的漆了白奶油色的钢盔在明亮的电灯光下面移动。这里有那么多的女人，穿了蓝布旗袍的，穿了黑色香云纱旗袍的，还有穿着西装的。脸上也涂着各样的胭脂，红，黄，还有在路灯下面发着浅蓝的神秘的颜色，香烟的味道，酒的味道，尖尖的笑声，唿哨声，和嘴唇接触后轻微的响声。吉普旁边，1/2吨的车座上，都有拥抱着的一对。我从车旁边走过，看见一个身子从另一个怀里挣了出来，她拼命地吸了一口香烟，十分不习惯的皱紧了眉头，猛然一个照面，我看见那好像涂满了白色的假面上有两朵高高的红点子，两个深陷下去的黑眼圈里是疲倦的快要熄灭了的光。我心里冷了一下。

我们走进环湖路上十几家饭馆咖啡馆中最大的一家——百乐门饭店。

门口有一盏亮亮的盒灯，上面写着饭店的名字，挂着“欢迎盟军”的招牌，也有两个美国宪兵在站着。两扇自动开关的玻璃门，上面是五彩的花玻璃。推门进去，里面的电灯雪亮。一个厅子里有十几张圆桌，都已经坐满了人。穿了黑拷绸短衫裤的老板，摸了他的胖胖的大肚子招待我们到一个角落里的桌子上坐下，他似乎与R他们都是老朋友了。招呼着要了酒菜，有红葡萄酒，杜松子酒和盛在洋瓶子里的竹叶青，招待所里的洋葱是不常见的，现在他们每人都要了洋葱放在前面。R在杯子里放了一半葡萄酒又对上了黄酒，大口地喝着，好像特别喜欢中国的“绍兴”而只可惜太淡了的神气。

我仔细看了下屋里的风景。

临窗处有一张桌子，旁边围了七八个女人，每人面前有一杯冷开水。她们有的在抽着烟，高兴地谈笑，有的好像有着无限的忧愁，沉默地坐着不动。一个穿了寒伧的白底小碎花布旗袍的女人，脸上涂着不十分合适的脂粉，还是掩饰不了一点点的雀斑，她带了畏惧的眼光，向厅子中间的台子上不时的溜一眼，好像是在找寻什么，可又怕被人发现的样子。看了一些别的女人作出来的亲暱的样子和大声的笑，她似乎有些不安，拢了拢鬓发，拿起了她的白色的手提包，拉了旁边的一个穿黑拷绸旗袍的女人出去了。

在这一群里有一个特异的人物，她是一个三十几岁的胖胖老板娘型的妇人。她穿了一件黑色的旗袍，短袖齐了腕部，好像久历风尘的老江湖，看了旁边的年青的一个个被人带走，就作出一种不屑的表情来反嘴角一叉，左腿翘起，慢慢地燃起一根香烟来。桌上的人事常常变动，只有她一直坐在那里，只是对新来的人懒懒地说一两句话，抑郁得很。

有的还很年青，恐怕只有十五六岁，动作还生疏的很，似乎以前的生活环境，并不与这个五光十色的世界相合。有的应酬功夫比较纯熟，朋友也多，一会就出去了好几次，好像特别为这事高兴，不时拿了小镜盒在惨白的脸上涂两下红红的颜色上去。

门开了，有一个女人站在那里了，怯怯的样子，旗袍还是现改的，高跟鞋似乎容易使她站不稳，茫然地望着。看样子该是个有家庭有儿子的母亲。那个穿了黑旗袍的胖胖的女人用不屑的眼光看了她一下，对旁边的人低低地说了几句什么，好像是说：

"像她这样，也要来做生意!"

一会，墙角是一张桌子上的一个女人发现了她，跑过来，一把拖了她去。穿黑拷绸的老板扶了桌边问我说：

"侬先生看这女人，长沙失守逃到桂林，一家大小十几口，没办法，前天才到此地来，的的括括'人家人'。阿作孽相!"

从他的叹息声中，我好像读完了一个可怕的故事。我不敢再跟了看那个女人跑到墙角的台子上坐下来以后的样子，她大概总还要陪人家笑的罢，陪人家吃酒，抽烟……也许她这时正想着在什么旅馆的小房间的母亲、孩子，……我不敢想下去。

这时，R他们正在谈论着一个女人，他们叫她"百乐门皇后"。

这是一个廿多岁穿了浅蓝色旗袍，眼睛黑黑大大，有着长长的睫毛的女人，看样子她真是忙得很。一屋子十几张台面她几乎都认识，应酬的本领很好，一面陪了人谈话，眼睛却向另外的台子上的朋友打招呼，她在每一张台子上没有停留过十分钟，看起来却好像每一个都是她的极亲密的朋友。她面前放了一只高脚杯，里面是浅黄色的液体，她只用红红的嘴唇碰一下就算了。

“这班空军的家伙，把女人全抢去了，他们不是在用钱，简直是把钱扔了出去的。”R说得有点愤愤了。他们都对空军不满，因为空军比他们阔气得多，我记起一天晚上他告诉我们为什么阔气的原因。我也记起了在全县车站上看见零陵撤退下来的空军的车箱里坐在发动机盖上的那个女人。

甜酒的力量不小，这整个厅子坐着的每一个人似乎都为它的缘故兴奋着。谈话声笑声混在一起，这个小天地里面是热闹的。不过也还是有例外。在厅子中间的一个小圆台子上坐着两个女人，一个年纪老些的大概是母亲（?），年青的一个只有二十岁左右，穿了浅紫色的纱旗袍，有着秀美而丰腴的面庞，黑黑高高的鬓发，正像一个中上家庭里的主妇。她们正静静地在那里吃着咖啡，沉默地坐着，与整个的厅子里的气氛似乎不大相合，好像一片杂乱的色彩中会有着一点淡雅的素色。

她们坐在那里大概有十分钟没有人来打搅，年青女人的美丽的庄严的态度使我弄不清楚她们的身份。好像是在等着什么人，可是又并不急急，看她们的态度是闲闲的。

这安静最后终于为一个空军的上尉给打破了。他从隔壁的桌子上走过来，在年青的女人耳边轻轻地说了些什么，她最初只是保持着沉默，并没有回话，她的母亲说了几句话，从她的手势中看来好像是她要求和她女儿在一起，而那个上尉却只希望一个人过去。交涉延续了三四分钟，他失望地回去了。

隔了五分钟，他们又在谈话了，这次终于没有给他失望，年老的女人站起来。他代付了账后，穿紫纱旗袍的女人慢慢地坐过去了，老女人走出门外的时候还做了一个眼色给她。

我们吃完了饭，大家走出去，在街上随便的走着，R 他们要到一家戏院看戏，我一个人陪张在街上闲踱。这时的桂林正是热闹的时候，饭馆里满座，拍卖行里也拥挤着买湘绣玉器的盟国军人，一月前的紧张情形已经没有，疏散也暂时缓行了。

在黑暗中，街角里，张为一个人所拉住。他在黑影里发出吃吃的笑声来。这是一个小小的个子，两只小小的眼睛好像鱼眼睛一样在转动，尖尖的下巴，半秃的光头，手里拿着他的镶了红边的帽子，笑着。

“你找到了你的女朋友吗?”他问张。

“没有，你呢?”张回问，“这是西哥吾上士。”张以为我不认识，为我介绍了。

我们本来是认识的，不过不在一起工作，不太熟而已。这是一个孤独的“老军人”，他是和其他的士兵分开来住的，他们也都不喜欢他，他倒常常找中国朋友去吃酒。吃起酒来话非常多，我已经听他讲过不少的故事了。在战前他曾驻扎在上海、天津、北平，本来已经升到特级上士了，不过一次因为醉酒降了级，自此就没有再升上去，所以满腹牢骚，吃酒吃得更多了。

他也还未结婚。

昨天，到他房里去了一下，一个人占了空落落一大间房子，他在收拾行装。因为他是要与×上尉和张一同出发的。

我约他到亲爱社去喝点酒，他答应了。说一会才去，从箱子里拿出一把放在皮袋子里的“缅刀”来。

“这是政府发给的，又笨又大，我要它没用，送给你吧。”

“带着罢，可以杀两个日本鬼子。”

“我还有一把小的。”他飕地一下从旅行袋里抽出另外一支自己买的。果然轻便多了，他眨着他的小眼睛露出得意的眼色来。

昨天晚上他喝得很少，因为不好意思。

现在我们一同走着，走到停车的地方去，黑暗中排了十几部车子。他划亮了火柴看车子号码，后来找到了，我们都坐上去。M. P. 的白帽子出现了，用手电筒照着。

“忙不忙？我们是到总部去的。”他笑笑招呼。等 M. P. 走过去，轻轻地向张说：

“你给我买一瓶酒如何？这儿是钱。”因为如果他拿了酒瓶从饭店里走出来的话，大概是不大方便的。

张给他买来了。他开了盖，让我们：

“来点罢，甜酒，甜酒是好东西呢！”小小的眼睛眨眨地，嘻嘻地笑起来。

“找到你的女朋友了罢?”我问他。

“当然，当然，她总是等着我的。每次进城我一找就找到了。”

“漂亮不漂亮?”

“呕，她是个好看的女孩子，好女孩子。”他点了点头，好像作梦似的说着。其实他的女朋友我曾看见过的，快三十了，简直够不上谈到好看。

“我每星期进城去看她一次，给她些钱。今天我跟她说，我快要走了，她说：‘你为什么要走呢?’我说：‘上前线，杀日本鬼子!’她哭了。我留下四百块钱就出来了，她死也不肯要。她住在一间小屋子里，有母亲，还有妹妹。哎，她是一个好女孩子。”好像有着无限的忧郁似地轻轻地说着，两眼看了桥头星星的灯火，他举起了酒瓶又喝了一口。

后来我们又谈了许多闲话，话题慢慢转到中国事物方面来了。他的话里面是同情中国的。我们谈到了币值的暴跌，他说：

“战时哟，哪一个国家战时没有一点点通货膨胀呢?十年前我在天津，晚上出去吃酒，回来时叫‘胶皮——美国营房!’到地方，我给他三毛钱，他说，‘妈拉个。’”

他似乎因为能运用纯熟的中国话而高兴。尤其是末后一句，好像是一种表示亲善的招呼一样。我们都笑了，他又接下去说：

“有好些美国兵只看见了昆明、桂林，我跟他们说：‘这些不过是小城罢了。你们看看天津、北平、上海，那些大街、屋子，好玩的地方多得很呢！’就是美国也找不出几个城能像上海的，美国也有脏得要命的城。他们看见街上卖豆浆的，都皱了眉头看着，我就吃给他们看，不错，不是到现在我还活着吗！”

他好像胜利似地笑了。我最初听他说美国也有脏地方，以为他是在应酬我们，后来听出他是在说真话，想说两句话，却找不出话来说。我看着夜幕里的桂林，那些商人，那些女人，和那些虽然不干净可是可爱的街，我的眼睛潮湿了，我只轻轻地对张说：

“这个好人，难得。”他却还是继续着他的谈话，一瓶葡萄酒又快空了，这时他不得不扬起头来喝了。

“酒是好东西。”他摇了摇几乎空了的酒瓶。

“有‘警报’，I go no‘警报’，no go！”“警报”是他们叫酒的俚语，我不知道原意的出典，不过我总觉得这俚语颇好。他用了“洋泾浜”高兴地讲，好像一个将军宣布他的战略。

张告诉我，他已经打听李家坪有没有“警报”，并且已经给了他满意的保证了。

后来R上尉他们来了，我们就分了手，分坐了两部车子回去。车子慢慢动了，经过桥，渐渐离了布满了华灯的桂林，投入了黑暗的原野。我挥手向他们说：

“GOOD LUCK！”

黑暗中车子摇晃得很，我闭了眼睛，想起了许多事。想起了Y说的话，“我还要爱许多人”，我要哭了。

# 贵阳杂记

## 一

三十四年七月来贵阳。住了两月，等到原子炸弹落下，日本投降，工作告一段落，匆匆又回到昆明。这两月中间，实在没有什么闲空可以游赏。住所在城里，作事的地方则在城南五里的图云关上。每天乘车来往四次，经过城里最热闹的大街，转出南门，经过一条“油榨街”，车子就上山了，山路之陡与坏，实在可以说是练习开车技术的好地方。经过的地方有一座白石牌坊，刻“万里封侯”四字，颇可喜，比较那一座座的节孝牌坊有趣得多了。也曾停车下视，却看不出是怎么回事，后来翻书，在包家吉《黔游日记》上看到是为果勇侯杨芳所建。芳字诚邨，松桃厅人，道光八年以生擒回酋张格尔封二等果勇侯。

图云关本名图宁关，《黔囊》云：“关高距山巅，有茶亭使馆，可以迎星华之使。”这是入贵阳的最末一站，是省南驿路的开始，过去的钦使大官，大抵都要在这里受督抚的迎接。现在当然已经没有这种盛况了。一座检查站，也已经荒凉不堪，听司机们谈到过去的检查之严与种种小故事，不禁令人感慨系之。现在则有一条新路，所以已经没有什么运检队经过此间了。

我们作事的地方还在关上二三里许。草草开辟，在山地上搭了几座帐篷，坐在里面可以看下面的群山。如果说贵州是山之国，从这里大概可以得到一个概念，这决非江南的山水，也不是滇西的那一片穷山恶水。这里只不过是一个围在各种型式的大小山峦中的一块地方，没有一条河流，坐在帐篷里，远望那一列山屏风，实在是一种乐趣。贵阳的天气是多阴雨的，不过有时也有阳光出现，因此这一带山屏风也好像背后有着多少光彩的变化。山峰由极深的碧螺色变到极鲜嫩的浅黄都不过是霎时间事。有时风雨骤至，群山又没在烟雾里去了。旧时看米友仁《云山得意》图，觉得不过是画家心里的玄想，现在可以了解他为什么用泼墨的笔法了。想起不知在什么地方看见过一付对联：

画中诗酒杨龙友
烟外云山米虎儿

觉得真巧，因为杨文骢也是贵阳人，而我也颇有兴致来谈一谈这位《桃花扇》里的人物。

## 二

贵阳有几家图书馆，听朋友说以前颇不错。在科学馆的一家现在已经借给盟军作为招待所了，无从入观。不过在民众教育馆附近还有一家，离我的住所不远，慢步十分钟可到。无事时去翻翻书聊以消遣。藏书贫薄，只有几册黔南丛书尚可读。地方不错，房间颇干净，窗外有几棵大树，正好那几天是难得的好天气，太阳从窗子里照进来，颇有读书之乐。无意中翻到一册《贵州文献汇刊》，是几位贵州名人所办的。其中有“五四”时代在北平教育界有名的任可澄，其事迹见于鲁迅初期的杂文集中，所以我稍稍知道。集刊中主要的在介绍贵州先贤事迹、文物、风景，每册前面还有几张图画。这里就有杨龙友的遗墨。《汇刊》第四期中有杨恩元的《明代黔贤述略》，有杨文骢一章，而不及马士英，后来查《贵阳府志》（道光庚戌刊），杨在《耆旧传》中，马的事迹则只有到明史奸臣传里去找了。这事颇使我觉得有趣。马瑶草与阮胡子齐名，南明一朝，也曾一时炙手可热，不幸后来搅亡了国，落荒而走，到处都拒而不纳，称为“逆辅”。想逃到杭州而杭人不纳，还劳王思任老先生写了一篇慷慨激昂的信去痛骂一番，说“吾当先赴胥涛，乞素车白马以拒阁下”，可谓狼狈已极了。其实如果照曹孟德的说法，马虽非治世之能臣，却足当乱世之奸雄而无愧，在志书里占一席地，该是颇为应当的。这里编书的人却势利得颇愚笨，避而不说又那里是什么好办法，在野史里翻翻，马士英的别号大抵是称做“贵阳”的，和“合肥”“项城”之类一样。即在杨文骢传末，也还留下了一条尾巴，“乃龙友之贤而以姻娅之故，卒为世所指摘，世亦好为苛论也哉。”现在想谈谈杨龙友的事，头绪纷繁，不易下手，还是从那本与他发生过颇美丽的关系的《桃花扇》来看，比较好些。

杨最初出场在“传歌”一场：

> 三山景色供图画，六代风流入品题。下官杨文骢，表字龙友，乙榜县令，罢职闲居。这秦淮名妓李贞丽，是俺旧好。趁此春光，访他闲话。来此已是，不免迳入。……

杨即如此的走入媚楼香楼中，时当崇祯癸未仲春。依《桃花扇》所写，杨是一位标准的帮闲清客，所谓“画中诗酒杨龙友”也。传云：“文骢幼从（父）师孔游宦浙江，师事昆陵邹嘉生，工书画，能诗文。与夏允彝诸人结社江宁，为一时名流所赏。”当他官江宁知县时，“家蓄有虏头杯，尝持出宴客。又喜谈兵，时人以风流慷慨目之。”又说他“好交游，有侠气，能推奖名士，士亦以此附之。”他的作风，与当时的一般名士如金陵四公子之流实在并无不同。他是故家子弟，父亲曾做过云南提学、浙江参政，自己也是经过正途考试出身的。文酒风流，还喜欢谈谈兵，杨恩元说他官松江华亭县教谕时，“推奖士类，作养贤堂，招诸生习艺论文其中，有贫而好学者辄倾囊饩给。以世难方殷，乘骑出郊率诸生击剑校射，务为有用实学。县西有盗起，曾率众御却之。”他也曾入社，与作《幸存录》的夏允彝来往，是标准的一个清流。这时他大抵和马士英的关系并不深，而且与秦淮四公子比起来，还算是前辈。他的旧好李贞丽即是李香君的假母，照《桃花扇》所写，当时贞丽已经是半老徐娘了。当侯方域、冒辟疆辈在秦淮作文酒之会时，文骢已经做过江宁知县，为御史詹北恒所劾，罢职闲居了。虽然他是马士英的姻娅，然而两人宦处不同，似乎并没有太深的关系。

等到甲申变起，迎立福王时，马士英用当时的局势，以迎立固位。杨文骢才利用姻娅关系，取得兵部主事的地位。照中国传统的作法，这无宁是当然的事。不过也就因为他的改变作风，弄得不齿于清流。龙友与马阮结纳的第一件事，也就是南都迎立的第一件大事，照搬古藏史臣黄宗羲的《弘光实录抄》所记，是这样的。

当时史可法主张迎立潞王，而斥福王七不可立（贪、淫、酗酒、不孝、虐下、不读书、干预有司）。“未定，而逆案阮大铖久住南都，线索在手，遂走诚意伯刘孔昭、凤阳总督马士英幕中密议之，必欲使事出于己而后以为功。乃使其私人杨文骢，持空头笺，命其不问何王，遇先至者即填写迎之。文骢至淮上，有破舟河下，中有一人，或说福王也。文骢入见，启以士英援立之议，方出私钱买酒食共饮，而风色正盛，遂开船，两昼夜而达仪真。可法犹集文武会议，已传各镇奉驾至矣。”

这事写得极恢诡，如此秘事，外面的人如何能知？然而当时一般清流的议论，也大概可以看出了。杨龙友的身份写得如此不堪，我疑心《桃花扇》写香君却奁，多少是受了这传说的影响的。

《却奁》一出，写文骢为阮髯奔走，藉为香君脱籍，而求方域疏通于四公子事。这事的记载，照《明亡述略》和侯作《李姬传》所说，都不是杨龙友的首尾，而是一个王将军。朝宗癸未去金陵日与阮光禄书云：

……忽一日有王将军过仆甚恭，每一至必邀仆为诗歌。既得，必喜而为仆贳酒奏伎，招游舫，携山妓，殷殷积旬不倦。仆初不解，既而疑以问将军，将军乃屏人以告仆曰：是皆阮光禄所愿纳交于君者也，光禄方为诸君所诟，愿更以达之君之友陈君定生、吴君次尾，庶稍湔乎？仆敛容谢之曰：光禄身为贵卿，又不少佳宾客足自娱，安用此二三书生为哉？仆道之两君，必重为两君所绝。若仆独私从光禄游，又窃恐无益光禄，辱求款八日，意良厚，然不得不绝矣。

看这信的语气，虽然委婉，然而也的确讽刺得颇厉害。方域去金陵，留书给阮大铖，出一口鸟气，十足的表现少年公子的作风。当时风声颇紧，陈贞慧已经下狱，侯遂不得不渡江而依翻山鹞高杰去了。照侯生与阮光禄书所说：

……昨夜方寝，而杨令文骢叩门过仆曰：左将军兵且来，都人汹汹，阮光禄飏言于清议堂云，子与有旧，且应之于内。子盍行乎？仆乃知执事不独见怒而且恨之，欲置之族灭而后快也。仆与左诚有旧，亦已奉熊尚书之教，驰书止之，其心事尚不可知。……

好像这事与杨又不无关系。倒底是杨为了私交，密告让侯逃走，还是因纳交不许，驱之出都以泄愤呢？都有点像。尤其是侯在与阮光禄书中提到杨龙友，不像道义上应该保持秘密的样子。

我想却奁之事虽未必有，而在龙友与社人的关系上言，也当以他的奔走其间为合理，至少在幕后画策，他应当是与闻了的。

《续幸存录》记阮大铖的故事有这么一段：“阮圆海誓师江上，衣素蟒，围碧玉，见者以为梨园装束。”后面加案语说：“大兵大礼皆倡优排演之场，欲国之不亡，安可得哉！”

大臣巡江，也还要做梨园装束，拿出咏怀堂上拍红牙歌板的架子来。如果说南明是一个“戏曲时代”，如夏元淳所骂，似乎也无不道理。这时监军京口的大员，实际负防江责任的人，也逃不出“文酒风流”的人物，就正是杨龙友。

文骢传记防江事云：“及大清兵临江，文骢驻金山，扼大江而守。五月朔，擢左佥都御史，巡抚其地，兼督沿海诸军。文骢乃还驻京口，合鸿逵等兵南岸，与大清兵隔江相持。大清兵编大筏置灯火，夜放之中流，南岸军发炮石，以为克敌也，日奏捷。”

看了这一段很容易想起甲午吴大澂监军的故事。中国士大夫好谈兵，已经算是一种习惯，等到真正临阵，不免都有些像演戏，能得圆满收场如谢安的例子究竟不太多；末流如叶名琛，可以算作代表了。这里杨龙友的作风，虽然没有记载，大略也可以想象得之。江上是如此，朝中怎样呢？《明季南略》说：

> 四月廿七日，己卯，龙潭驿探马至，报清兵编木为筏，乘风而下。又一报云，江中一炮，京口城去四垛。最后杨文骢令箭至云，江中有四筏，疑清兵，因架炮于城下，火从后发，震倒颓城大半垛，连发三炮，江筏俱粉碎云。士英将前报二人捆打，而重赏杨使，自是警报寂然。

这记载可以看作本传的注解。马士英发黔军六百去龙友军中，龙友更作如此的捷报，马则重赏杨使而杖前报二人，乡里戚谊的关系是非常的明显了。从此以后，警报寂然，朝中又是一片“承平”的气象，福王传旨召乞儿捕虾蟆作房中药，士英则大斗蟋蟀，和平山堂里的贾相公如出一辙。老百姓编为一联曰：“虾蟆天子，蟋蟀相公。”

“丁亥，有一骑从金川门入马士英第，午刻，士英入见，传令各门下闸。”这时，江上的情势已经不对了，不过郑鸿逵还在作生日，在京江张灯大宴，杨文骢传曰：“初九日，大清兵乘雾潜济迫岸，诸军始知，仓皇列阵甘露寺。铁骑冲之悉溃，文骢走苏州。”这里说得已经十分明白，《桃花扇》的写法也不能算错。不过梁任公曾为杨鸣不平，说：“《桃花扇》颇奖借龙友，乃不录其死节事，而诬以弃官潜逃不可解。”

其实事实非常明显，当时的江上防务的情形，实在不像在作战，等到清兵一到，虽然不过数百骑，诸将就已经先后遁走，闻风而溃。杨龙友这时也顾不了马士英，自己逃到苏州，马是“饰其母为太妃，以黔兵自卫，奔广德”的。吴梅村集中有《读杨文骢旧题走马诗于邮壁，复次其韵二首》，第二首末两句云：“军书已报韩擒虎，夜半新林早着鞭。”也说他是逃走了的。

文骢逃到苏州以后，清军曾派鸿胪丞黄家鼒去安抚，却被杨袭而杀之。又走到处州，这时唐王已经自立于福州，文骢本来和他是有关系的，本传记：

> 初，唐王在镇江时与文骢交好，至是文骢遣使奉表称贺，鸿逵又数荐之，乃拜兵部右侍郎兼右佥都御史，提督军务，令图南京。

南都覆后，一般人都想法另寻出路，马士英的运气比不上杨龙友，到处碰壁，到杭州，杭人不纳；以后就又东奔西走，方国安、朱大典也都加以驱逐。听说唐王拥立，也想进来，他和平彝侯郑芝龙交情不恶，郑以其“不即降清，而亟亟求太祖子孙立之”的“一念可嘉”，在朝中给他制造空气，不过究竟为一般人所痛恨，礼部尚书黄锦、太常寺卿曹学佺都如是主张，定马士英为罪辅，逆辅，于是这一条路也断了。不过因为他是黔人的关系，“以黔人收滇兵，为功甚易”，要他收拾旧日与他有关系的江右的马兵象兵，湖东的惠登相、金声桓，图功自赎。马士英于是就流落在浙东一带，携家眷匿嵊县大岩山中，后来又到四明山的金钟寺做了和尚。究竟俗缘未断，北兵一至，就又出降了，还轻骑招降了方国安、方元科，从此连这“一念可嘉”也没有了。

杨文骢今后的事迹则多见于《思文大纪》中。

卷三，弘光元年九月二十七日条云：“准内阁撰敕书各一道，礼部铸关防各一颗，与抚臣杨文骢父子。杨文骢文曰‘恢复南京联络浙直部院关防’，杨鼎卿文曰‘协复南京整理浙兵督镇关防’。”杨文骢的钦令官衔足足有四十七个字，可谓异数矣，同时还有一道敕谕：

> 尔夙负英才，博综多艺，朕在京口，屡相接对，深所面识。数月以来，顿成奇变，朕在嘉兴，闻尔在苏杀寇于群心溃散之时，朕曾叹赏，不负识监。靖虏奉朕，间关至闽，监国登极，力肩危统，誓惟勤民雪耻，焦劳昼夜不遑。钱塘遇鼎卿，朕以故人之子待之。元勋鸿逵，前后奏朕，浙东赖尔先弭未萌之隐害，复振久泛之人心，朕大悦慰，业即钦授尔以兵部侍郎，职理浙东，鼎卿亦进官衔。今览奏贺，并详叙吴越情形，则尔父子即朕之大耿小耿矣。云龙风虎，各有其时，丈夫相厚，岂有已乎？其益懋厥绩，协同勋辅，先清东浙之尘，继扫临安之寇，朕若早见孝陵，定许破格酬报。

这篇劝谕述杨一隆武的关系颇详尽，给他的任务是收复南京，郑鸿逵仍旧还是“勋辅”，试与南都的迎立比较来看，情形本无两样，不过是又重新玩了一套拥立的把戏而已。马士英因为实在不像话，不能进来，不然还不是“勋辅”，《思文大纪》里陆续还有些纪事。

隆武二年四月，敕谕御营吏部：“朕念远臣间关可悯，杨文骢素负清名，可擢为兵科给事中。”又敕镇臣崔芝“以藏贮火药火器，接应左都督杨鼎卿捍寇用，毋得目击坐视，以误军机。”

上喜左都督杨鼎卿固却鲁藩令印，曰：“若鼎卿者，可谓忠荩能明大义矣！朕与鲁王原无嫌疑，前付柯鲁二使臣启答王书，或未之见乎？”

从这里又可以看出当时争立的一点线索来，大家都要拉拢有枪杆的朋友，谋恢复不过是第二义，最重要的是先想法自立了再说，能够捧到一个太祖子孙的，就算有了资本，可以开起张来了。杨氏父子是已经捧定了唐藩的，不过到底“人言可畏”，于是四月复有敕谕杨文骢曰：

> 大明宝祚启自太祖，两京覆陷，凡为太祖亲孙，有能攘肩先立，则太祖神灵有依，大明国祚斯立。朕与鲁王大义正在于先后，名分尤不在于叔侄。鲁王先立，朕虽叔辈，断当北面鲁王，以存太祖；若复后立，是名为争。总一立也，先立以存太祖为孝，后立以坏祖宗为不孝。今朕先监国登极四十日，在万古自有至公，岂今日一二佞舌可以颠倒？杨文骢受知最早，杀苏寇以明大义，

> 劝鲁藩而笃尊亲，本末甚明。人言虽如其面，朕心自有鉴裁。所进陈函辉启稿，不堪一笑，鬼蜮满纸，宜清彝侯参奏以“食肉寝皮”之可恨也！朕爱侄王万不得已，业允勋镇所请，以明太祖大法。该督尚慎终如始，善保地方，善行宣抚，得覲孝陵，朕必不负元功！

内部正在进行争斗正统问题，迎立的条件已经没有了亲疏之别，而只看谁能捷足先登了。没有多少时候，清兵已经迫近衢州，贵州道御史叶向□以为言，上曰：“三衢告急，须以督抚之报为凭。临事未可仓皇，用心乃能共济。勋臣刘孔昭久已敕其援衢，曾报四月朔日出师会剿；包凤起已抵遂昌道中；杨文骢近奉开谕之命，然可遣将赴援。……”

从此以后《思文大纪》中就不曾有关于杨文骢重要的纪载，本传：

> 王令文骢与共援衢。七月，大清兵至，文骢不能御，退至埔城，为追骑所获。与监纪孙临保不降，被戮。

这就是一代文酒风流的杨龙友的结末。他是不降殉难的，比起马士英来自然好得多。本传还加了一句说，“或谓文骢之死也，其姬人芳芷劝成之云。”与龚鼎孳的故事正好对照，自然，“不可谓之不贤矣”，这也是标准的东方论事法，不管他生前的行径如何，只要能够临难一死，一切也就可以宽恕了罢！

## 三

前后还有一些事，使我感到有趣，即是一些前明遗老对于马、阮的看法，这个可以举出两个方面的代表来。

我在前面曾提起过，杨龙友和作《幸存录》的夏允彝是交往颇密的，在《幸存录》和他的儿子的《续幸存录》中，对马、阮即颇多恕词。他对士英的看法："马士英务以才望称，其阔大不羁，或亦边材之选，而用之政府，则乖甚矣。"以为弊在用之不当，其实这还应当是节操的问题而非才望的问题。《续幸存录》中说："士英之人也，其心亦欲为君子，而可法一去，天下皆斥为奸雄。"《南都杂志》中更说：

> 史道陵清操有余而才变不足；马瑶草守已狼藉，不脱豪迈之气。用兵将略非道陵所长，瑶草亦非令仆之才，内史外马，两得其长，此《易》之《泰》所以外小人而内君子也。今两睽焉，宜其流于否也！

这种论断，现在看来自然不免偏激，然而却正是当时一部份清流的看法。

《续幸存录》中对于马士英，还有几则说得颇宽恕：

> 瑶草虽称大贪，其实不及周宜兴十分之八，一经误国，万恶皆归。……
>
> 马本有意为君子，实廷臣激之走险，当其出刘入阮

之时，赋诗曰：苏蕙才名千古绝，阳台欢舞世间无。若使同房不相妒，也应快杀窦连波。益以若兰喻刘，阳台喻阮也，尚见臣之体。

以《南山集》的文字狱被祸的戴名世在《弘光朝伪东宫伪后及党祸纪略》中也说过：“马士英性本疏阔，不欲杀人。”这些人都对马瑶草存着好感，在万不得已中为他辩护，近人安顺姚俪桓，曾作书引证各书，平反士英之案，可惜无从得见，他是以乡谊为士英辩护的，而夏氏父子与戴名世，则都以前明遗老，或死节或被祸，与马、阮别无大关系，何以也要冒众论而说不投时宜的话呢？

黄梨洲就骂过《幸存录》，全谢山又跋《幸存录》云：“黄先生指《幸存录》为‘不幸存录’，以录中于浙党、齐党有恕词。又梨洲最恨者马士英，夏氏稍宽也。”慈溪郑平子曰：“梨洲门户之见太重，故其人一堕门户，必不肯原之，此乃生平习气，未可信也。”

黄梨洲的《宏光实录抄》序中后半：

呜呼！南都之建，帝之酒色几何，而东南之金帛聚于士英；士英之金帛几何，而半世之恩仇张于大铖。曾不一年，而酒色，而金帛，恩仇不知何在！论世者徒伤夫帝之父死于路而不知也，尚亦有利哉！

对于当时的门户之见，他深怀恐惧之心。如果说明朝亡在门户党争之中，或者也不是太偏激的言论，三百年后翻读旧史，乃特别令人有新鲜之感。

## 四

关于杨龙友的著作，传说有《山水逸》四卷、《同祈送游赠言》一卷、《洵美堂集》若干卷，崇祯时有八家诗文，文骢亦其一。这些文集现在都无从得读，听说贵州有人搜得《洵美堂集》原刊本，预备刊布，现在恐怕还没有出版。倒是阮胡子的《咏怀堂集》已经由江苏省立图书馆刊布了。如果能够读到，关于当时党争的情形，大概还可以多明白不少。

至于杨的画，真迹我见过一幅，是前年故宫书画展览中的一幅，墨竹兰石，有“龙友墨戏”四字。杨是画中九友之一，吴梅村有《画中九友歌》，关于龙友的是：“阿龙北固持双矛，披图赤壁思曹刘。酒醉洒墨横江楼，蒜山月落空悠悠。”吴湖帆曾得画中九友的册页九册，由商务印书馆影印出版，杨龙友一册也曾看过，大抵如《画展目录》所说，“画山水苍老秀润，出入于巨然惠崇，能兼倪黄之胜”。

《梅村家藏稿》中还有《读杨文骢旧题走马诗于邮壁，复次其韵》二首：

数卷残编两石弓，书生摇笔壮怀空。南朝子弟夸诸将，北固军营畏阿童。江上化龙图割据，国中指底诧成功。可怜曹霸丹青手，衔策无人付朔风。

君是黄骢最少年，骅骝凋丧使人怜。当时只望勋名贵，后日谁知书画传。十载盐车悲道路，一朝天马蹴风烟。军书已报韩擒虎，半夜新林早着鞭。

值得感慨的是，在今天就是书画也已经寥寥可数，其传者亦仅矣。倒还是一部《桃花扇》，永远使人怀想他那文酒风流的风度。这曾经想以勋名贵，而终于使南明倒台的标准士大夫。

## 五

这篇笔记，是在宣威开始写的。那时因为等车，住在湫溢的旅馆里，每天只能跑到茶馆里去闲坐，无聊起来，就想整理一下在贵阳发意写的这一篇文章。后来在泸州续写，一直到了重庆定居下来，才有完篇的机会。今天的天气特别好，下午去江边徘徊了一些时，想想在贵阳时天气也是这么好，不过那时的生活太杂乱了，不用说执笔，就是闲蹓的机会也没有。很想访一下杨、马的故居，也不知道是在什么地方，十分惆怅。在贵阳两月的生活是可怀恋的，我去的时候，正是虎疫盛行，虽然酒馆的玻璃窗内看过娃娃鱼的肥肥的身影，却终于不曾去吃过。每天在飞机场里吃饱了掺杂了汽油的灰尘，回来已经是筋疲力尽了。只能洗一个澡，饭后去坐在茶馆里吃那淡而无味的茶，听歌女的清唱，虽然只是那几个面孔，唱的也只是那几段《借东风》《南屏山》。总要到十二点钟才回去，躺在帐篷里去听雨，现在想想实在想不出为什么会那么无聊。

山谷词中，有一阕《醉蓬莱》，当时读了颇喜欢，现在也就抄在下面：

对朝云叆叇，暮雨霏微，翠峰相倚。巫峡高唐，锁楚宫佳丽。画戟移春，靓妆迎马，向一川都会。万里投荒，一身吊影，成何欢意！　　尽道黔南，去天尺五，望极神洲，万重烟水。尊酒公堂，有中朝佳士。荔颊红深，麝脐香满，醉舞裀歌袂。杜宇催人，声声到晓，不如归是。

十一月廿五日晚，九龙坡

# 昆明杂记

## 一

两年来来昆明四次，只第一次住了两个多月。第二三两次只是匆匆过身。这次因为胜利来临，我也随带着光荣地失了业，拿到不算“菲薄”的遣散费，过着“寓公”的生涯，说起来应当是颇为“写意”的了。昆明的确是好地方，如果将来发了财，颇想在这里盖一所房子，一年里来住他几个月。就像现在吧，过了双十节，在北方，已经是相当冷的天气了，这里却整天有好好的太阳，从古老的柏树枝柯里漏下来，照在人的脸上、身上，是那么的舒服。天空是澄蓝的，时或有几缕白云飘过，只是还不曾听见过鸽子的唿哨声耳。

能够悠闲地住在昆明，可谓有“福气”矣。可惜，因为最近发生过一点小小的“事件”，意外地在天下太平之中，又听了两夜枪声。有一次到联大去吃东西，刚走进门口，就听见后面的小女孩子尖声的哭起来了。原来是不知道什么地方来了两颗流弹，正打中了她的屁股。我之幸而未及于“难”者，其间不过两秒钟，看了母亲拖了血流满身的小女儿的惶急的样子，不禁有些愤懑。不过这愤懑很快也就消失了。因为路上不好通行，就逃到一家茅草小屋的茶馆里去避难，沉寂中忽然想起吴梅村的几句诗来：

乱梳云髻下妆楼，尽室仓惶过渡头。钿盒金钗浑抛却，高家兵马在扬州。

念家山破定风波，郎按新词妾唱歌。恨杀南朝阮司马，累侬夫婿病愁多。

这是悼董小宛的诗。我既无“姬人”，更没有“钿盒金钗”，可是奇怪地想到了这两首诗，想起了“番山鹞”之流，也可以看出我当时“惊魂甫定”以后思想的杂乱。

“事件”究竟是小小的，两三天后也就平定了，昆明的太阳还是那么暖和而可爱。只是这太平还只限于城里，听说前两天到重庆去的一批车子，在大板桥外面，就遇到了一批武装的截留者。据说那行动是极为“良善”而“合理”的，除衣物例应交出之外，每人还发给“路费”一万元。想想如果被视为宦囊累累告老还乡的大老倌，而有劳“义士”们的手脚，不免滑稽。而飞机又只有阔人和有办法者才有份，于是就只有暂作“寓公”了。古来有许多不得已而作隐逸的人，我想这大概也是一个例子。

## 二

莲花池畔水青青，芳草依稀绿未醒。三百年前家国事，一齐都付与沧溟。

住在西站外面，沿铁路走不到一里路就是“莲花池”，有一个时期每天要经过两三次，近来昆明水涨，莲花池也不像过去的那么荒秽了。一潭澄碧，池畔的一行白杨倒影在湖里，莲花已经没有了，田田的荷叶还布满了大半池，更有一片醉莲的小小的紫花，点缀在细碎繁密的叶子中间。池旁间或有几个洗衣服的女孩子，和包了头布的卖菜乡妇，把菜篮子在池里浸一下，环境实在寂静得很。

三百年前，一个极有声名的女人就是投在这池子里死去的。这是诗人吴梅村曾经为她写过《圆圆曲》的吴三桂的侍妾，陈沅。

池畔有一块石碑，上面刻了“比丘尼玉庵像”，是一个枯瘦的老尼，已经不是为吴君“冲冠一怒”的红颜了。碑上还刻了一段“圆圆事略”：

> 圆圆字畹芬，姓邢氏，育于陈，故从姓焉。为吴三桂妻。吴引清入关，封平西王，将正妃位，圆圆辞不受。知吴蓄异志，请为女道士。及吴谋反，圆圆谏不听，遂从玉林禅师于宏觉寺祝发为比丘尼。名寂静，号玉庵。清兵平滇，圆圆投莲花池死，葬商山寺侧。事载李印泉先生《陈圆圆事辑》中，余辑《畹芬录》亦详其事。己卯秋，村人以圆圆身为女子，耻为汉奸妻，是有民族意识者，为立石像于池畔。余因书其事以告来者，俾知汉

奸之不可为而民族意识之不可或忘也。姚安张根培识。

再上去不远就又有两块石碑。其一是“明永历帝灰骨处”，另一块也是陈圆圆的画像，这一幅是古美人图，比起那一幅老尼来漂亮得多了。上面也有一段小记：“明陈圆圆梳妆台遗址，在铁路左侧，联大校址内。即屹立碉堡之高阜，距上约百步耳。余恐代远年湮，传闻有失，因倩李君树溥仿清初钱舜举宫装图刊立于此，以存古迹云。”

中国有一名古话，“红颜薄命”，事实虽未必都如此，不过历史上出名的美人却大抵遭遇不大好，那些享福作太太的又未必为人所知道，所以这一句话好像也是颇有根据的了。同时这里的说法也很对，对她们多少怀有同情之意，不像那些“红颜祸水”之类的话的浑横。潘光旦译霭里斯《性的道德》中有几句话：

> 一个在娼业里卖身的女子和一个在婚姻里卖身的女子，据马饶（Marro）的说法，“不过在价格上和时期的久暂上有些不同罢了。”佛瑞午（Forel）也说过，“婚姻是娼业中一种比较时髦的方式，换言之，就是同是一种以金钱为目的而举行的性货物的贸易，不过要比较通行罢了。”

在旧社会中，女人不过是“性的货物”，如果要说她能有决定什么天下安危的本领实在是过于看得高了。就是把这看作什么的原因的，也都糊涂得可以。陈圆圆本是姑苏的娼女，被大官买进京去，预备献给皇帝，皇帝不肯要，却被吴三桂看见，强娶豪取了去。流寇陷京师，又落入李自成手中，后来又被夺回，东奔西跑，来到云南，居然要“正妃位”了。后来做了女道士，跳下莲花池去死了。要找出一个例子给前面的《性的道德》里的论法作注解，还能有比这个更好的吗？陈圆圆在三百年前的女人市场里可以算做头等货物了，转了若干道手，终于因为受不了压迫，遁入空门，还是不行，寻死了。对于这样的一个女人，我是怀着颇好的感情的。如果能为她写一篇历史剧，该是多么伟大的一个诗剧呀！市场上也出现过《陈圆圆》的话剧，不过那不是我所想看的东西。吴梅村的《圆圆曲》是很美丽的一篇诗史，尤其值得佩服的，是他不曾把“美人”当作“祸水”。听说吴三桂曾赍重币求去此诗，先生弗许，可见吴是不大喜欢这篇诗的。

写剧本无此本领，只能翻翻野史，在脑子里画些场面。陆次云有一篇《圆圆传》，说前半部的故事颇完整，不过入滇以后的事不大详细。

陈圆圆本来是姓邢的，钮玉樵《觚賸》说：

> 圆圆之姥曰陈，故幼从陈姓。本出于邢，至是府中皆称邢太太。

钱湘灵说“本常州奔牛镇人”。《鹿樵纪闻》“西平乞师”一条：

初，上宠田妃，妃没，上念之不置。戚田畹弘遇欲娱上意，游吴门，出千金市歌姬陈圆、顾寿，将以进御。上知为青楼妇，却之。

田畹进上不要以后，陈即留在田府中。当时吴三桂是平西伯、都指挥司，是握有重兵的军阀。流寇大起，田畹想结纳三桂，一日，请他来吃饭，三桂却故意推却，“吴故却也强而后可，至则戎服临筵，毅然有不可犯之色。酒甫行即欲去，畹屡易席，至邃室。群姬调丝竹，皆殊秀，一淡妆者，统诸美而先众音，情艳意娇，三桂不觉其神移心荡也。”（陆传）

这是很动人的一幕高潮，是很好的戏剧场面，吴梅村诗：

薰天意气连宫掖，明眸皓齿无人惜。夺归永巷闭良家，教就新声倾坐客。坐客习觞红日暮，一曲哀弦向谁诉。白皙通侯最少年，拣取花枝屡回顾。

这一件交易很圆满，吴三桂答应如果流寇犯京师，别的不敢说，田家的安全都包在他的身上。从此陈就归入吴府了。

流寇陷京师时，三桂正在宁远奉诏归来，才走到沙河，就听到了坏消息。陈维崧《妇人集》说：“圆圆字畹芬，李自成之乱，为贼将刘宗敏所得。”《鹿樵纪闻》亦如此说：

贼据京师，刘宗敏居弘遇故第，因有誉二姬色之都、技之绝者，宗敏于是系襄索圆。

不过也有说是为李自成所得的，如《甲申传信录》。

自成索得圆圆以后，听说曾有这样一桩故事，不过记不起是在那里看见过的了。

李自成听说圆圆善歌舞，请他表演，陈加意的唱了一曲，李却大呼不好，因为他是陕西米脂人，听不懂吴侬软语的。后来到底改了秦腔，才拍案大乐。这一段如果写入戏中，一定是非常出色的。

李自成藉了吴勷一家，还使他作书招降三桂，同时以银四万两犒赏其军。这时三桂本来是有受命之意了，后来却终于乞了清兵入关攻李，其原因都认为是为了陈圆圆，只有夏允彝的《幸存录》为吴氏开脱：

> 三桂即大寿甥也，其父吴勷向为大帅。三桂少年勇冠冕三军，边帅莫之及。闯寇所以诱致之者甚至，三桂终不从。都城已破，以杀寇自矢。包胥复楚，三桂无愧焉。包胥借秦兵而获存楚社，三桂借东夷而东夷遂吞我中华，岂三桂罪哉？所遭遇之不幸耳。

这是很特别的论法，因为当时一般人和后来的史家都知道吴的乞师东夷完全是为了陈沅。关于这事记者颇多，要以《甲申传信录》所记最为生动：

> 三桂妾圆圆，绝世所希，自成知之，索于勷，且藉其家，而命其作书以招子也。勷从命，闯旋以银四万两犒三桂军，三桂大喜，忻然受命，入山海关而纳款焉。行已入关矣，吴勷妾某氏素通家人某，闯藉其家，家人即挈妾逃，仓皇出都，行数日，竟不暇计南北也。二人猝遇三桂，计无出，诈曰告变。三桂问曰："吾家无恙乎?"曰："闯藉之矣。""吾父无恙乎?"曰："闯藉之家并拘执矣。"三桂沉吟久之，厉声问曰："我那人亦无恙?"指圆圆也。曰："贼夺之。"于是三桂大怒，瞋目而呼曰："大丈夫不能保一女子，有何颜面?"勒马出关，决意致死于贼。

这写得极为生动，能传出吴的性格，使人如见当日"冲冠一怒"的情景。京戏中有《请清兵》，大概是用这一幕作主题的，未曾看过，不知到底如何。

关于三桂的请清师入关，虽然有夏允彝的一种说法，不过一般人都认为不然。这虽然有点传奇化，然而这事实似乎已为当时人们所公认，吴梅村《圆圆曲》有几句"春秋笔法"的诗句：

> 常闻倾国与倾城，翻使周郎受重名。妻子岂应关大计，英雄无奈是多情。全家白骨成灰土，一代红妆照汗青。

这大概就是使三桂感到厌恶而求去此诗的所在吧！

现在我来介绍编辑《中国内乱外祸史丛书》的王灵皋先生的一种说法，见该书第十一册的序言中：

> 假使吴三桂不投降满州而死心塌地与李自成合作，一边阻止清军趁火打劫，则李自成的统治可以巩固下去，那末，中国或许可以不久即会走上资本主义的道路和阶段亦可未知。吴三桂之所以投降清军，据史家记载都说他是因为爱姬陈沅被李自成掠了去，遂不惜开门揖盗，为虎作伥，实则他之投降清军，其大前提还是新地主对于农民叛乱之不可调和的对立有以致之。但西方的革命家说，“惟有一个呆子，一个蠢物，或是一个费边社的人才会认为克伦威尔不过是一个‘个人专政者’。”吴三桂固然不能和克伦威尔相比，然而他们所作所为却都不只是个人的关系，可断言也。

据吴梅村《圆圆曲》，圆圆曾随三桂征蜀，这时吴已经作了清兵的先锋，颇立了不少战功。南明也曾对他优与封典，因为这时面子还没有弄破，清兵还算是为明朝消灭流寇的。陈洪范与左懋第、马绍瑜奉使北行，作《北使纪略》。后来三人南归，走到半路又被追回，左不屈死，洪范独得南归，他当时是把明朝的虚实完全报告了清军的。

他们出发的时候，先带了银十万两、金一千两、缎绢一万匹，算是送给清军的礼物，又封吴三桂为蓟国公。阁议决定是要以他的“不屈膝，不辱命，尊天朝体”为前提的，“此由阁议时第知吴三桂借名逐寇，不知夷踞都僭号，猖獗如此，谅难受我戎索，使臣惟有不屈其矢矣。”

明朝虽然想封三桂为蓟国公，吴则不肯受，大概这时已经志得意满，不屑于南明小朝廷的封号了。

> 私计吴三桂既不出拜诏，则万金可以无与。夷见十万外尚有余鞘，辄起攘夺，告之曰：“银一万两，缎二千疋，是赏三桂的。既到此地，你们亦去转收付。”诸夷抚掌踊跃，负驮而去。

看样子这一万两也未必能到了吴三桂手中。

圆圆的故事，中间要跳去一大段，一直等到三桂封了王，回到昆明，“建苏台郿坞于滇南，专房之宠，数十年如一日。”（陆传）

## 三

在昆明西站和莲花池中间，大约有二三里路，沿铁道走约一刻钟的路程。铁路北面是一片荒冢，曾经看到过明进士巡抚山西孙清愍公继鲁的墓。南面则是联大的校舍，一座碉堡矗立在一个大大的土堆子上面，这个土堆子就是所谓陈圆圆的梳妆台。我也只是走过时望望而已，没有到上面去看过。这一片地方现在已经荒秽的不堪，涨水以后到处都是小池塘和野草。莲花池侧，高处有一所园子，是英国公使馆的产业，我曾经走进去看过，树木参天，野花满地，到处都是坟墓，时常有大黑蝴蝶飞来飞去。我曾经想在这里发现陈圆圆的墓，结果是失望。石屏袁嘉谷作《滇绎》有“野园”一条：

三桂筑野园以娱老，在今北门外，梳妆台其址也。王畴五、朱筱园诸集中有诗咏之。阮赐卿文达来滇，作《后圆圆曲》，云圆圆死莲花池，好事者为之耳。

这野园又名安阜园，就是在这一带，不想三百年后，连一点遗迹也没有了。这里袁君说圆圆的死在莲花池，是好事者的说法。《觚賸》中也有不曾说到她的死事过。

居久之，延陵潜蓄异谋，邢窥其微，以齿莫请为女道士。癸丑岁，延陵造逆，丁巳病殁。戊午滇南平，藉其家。舞衫歌扇，稚蕙娇莺，联舻接轸，俱入禁掖，邢之名氏，独不见于籍。

我曾经和一位朋友，想去寻圆圆的坟墓。沿莲花池走上去，就是莲花新村。想找商山寺，却已经改为南菁学校了。走进去看看，宫室堂皇，在内地也的确不容易找到这样的中学，除了几颗古槐以外，全是洋灰水泥的建筑。更不用说什么圆圆的遗迹了，忆前曾见施蛰存先生题一本传奇的一首诗：

宫草宫花寂寞香，美人何与国存亡？商山寺下飞鸿影，犹为将军舞艳阳。

不禁有点感慨，诗尚有别人和作的两首，想不起了，只有一句还记得，“寂寂禅堂胜景阳”。

从学校里出来，在街上打听，听一个面馆里的老板的指示说墓是在莲花池畔的一个碉堡左近，并没有碑碣，“主席龙公已经筹拨款项预备给她迁墓，图样也都已经画好了。”

于是就又走到莲花池畔去。坟堆倒是有几个，却全不像是旧冢。又向旁边耕地的一个农夫探询，这次所得到的结果更是不佳。他说：

“圆圆的墓么，造大学的时候，早取销了。”

他的手就指在梳妆台的地方。

记得还问过一个人，他说圆圆就葬在妆台下面。我想她无论如何是也不会葬在那个大土堆下面的，那个像归绥的青冢一样的土馒头。

## 四

在昆明找一点吴三桂的遗迹，十分困难，我想这大概是三藩平后，曾经经过一次大的毁灭的原故。《滇绎》“吴氏遗事”一条云：

> 三桂不忠不孝，洵非人也，顾镇滇年久，事迹不少，而谈滇掌故者讳之。《东华录》收其奏报差详，然已删节失真矣。圆通寺胡国柱碑，凡平西国柱等字，今胥凿

坏。盖康乾后朝威所慑。刘继庄《广阳杂记》记三桂宥桂林李棠之纠，且授以中书舍人，彼哉彼哉！殆伪饰哉。最次李氏家谱载李主忠洪化教读，吴王赐匾曰木天载众。洪化乃吴世璠年号，所谓吴王即指世璠。

还有那个翠湖。旧说是九龙池。我觉得它不免太荒秽了。湖面上都是碎叶子和树枝，看起来更显得小得可怜。近来从缅甸运回来一只大象，放在湖中一个地方吃草，来看“异兽”的人都站在马路边上流连不忍即去。看看那庞大的动物更是局促得很。湖畔有承华圃，现在是军校分校。《滇绎》中亦有道及：

湖在城内西北隅，旧甚大，吴三桂填其半，见《滇云历年传》。殆即讲武校地。地旧名洪化府。相传三桂填湖，即以为世璠府第。官吏恶其名而讳之，改为承华圃，今又由府而校也。

在发生小小事件的那两天，这里的形势也非常严重。有一次我从城里回来，沿顺城街走，眼看已经到了大西门，却不能过去，只能原路回去，在城里胡乱混了一夜，真是尴尬极了。

除了这些地方以外，城里似乎找不到别的遗迹了。听说圆圆有衣冠冢在东门外的归华寺。金殿也是吴三桂的遗迹。所以决定费一天的时间去看一下，因为此次离开，短时似乎很难得有机会再来也。

一天早晨，和C君先走到东门。那里有马车到昙华寺去。在罗常培先生的一篇文章里老早就已经知道了昙花寺里的昙花和腊梅，就欣然坐上车去。车子很快，半小时不到已经到了那一条种满了尤加利树的长堤。昆明城外有几条长堤都种了这种树，非常秀整。远远望去，一行青翠，衬了红红的土地，和四周的青山，实在美丽得很。这种树树干非常直，叶子颇像夹竹桃。听说是岑毓英都滇时所植，虽然不过几十年，却已经绿叶成阴，给这滇南旧城添了不少美丽。

下了马车以后，问问人，知道昙华寺在左面村子深处，不远就到了。远远望去，寺虽不大，也还干净。门口就悬着那王继文写的“龙飞凤舞”的“昙华寺”寺额。有几位穿军装的朋友站在门前，心想大概有点靠不住了。果然，这里是航空委会的什么机关所驻，不能进去，向那位军官问问可否通融进去看一下，他笑笑说，“没有什么好看”，心里倒也平安下来。再问他归化寺，他说是在右面的山上，现在是什么军法处，里面还有几十个犯人，大可不必去了。我却有些不甘心，坐了半天马车，就这么平白的回去了么。也许，墓是在寺外面的，于是还是走过去，走过金马村，上坡，归化寺是隐在一片树林里面的。沿了荒芜的小路走去，到了一半光景，听见山里有排枪的声音。C说还是不要去干未便了罢，就回头慢慢走下来。这一个早晨什么都没有看到。

下午到金殿去。这回是从穿心鼓楼上马车，车子不能直达，到了一个村落的地方就不去了。我们下来步行了长长的一段路，慢慢荒僻起来，前面是一片荒山，路边根本没有什么房子。在那一片荒山之中，很特别的有一块林木蓊郁的地方，看看似乎很近，走起来却久久不能到。最后终于到了河边的一座小石桥，桥上有石坊。有一条曲折的小石子路到山上去。

满山都是松柏树，一片苍翠。刚上去的地方是“一天门”。环折着上去，是“二天门”“三天门”，地方虽然不大，不过路颇曲折，加上松树杂生，好像颇有点丘壑的样子。石径非常干净，路边的山神土地庙大抵都成了士兵的行营，挂了竹帘子，有人在日光中负暄捉虱子，样子非常幽闲。山上风颇大，已经颇有寒意了。

走到正殿，有道士来招呼请吃茶。客堂里挂了一幅木刻的武当山七十二峰的地图，才明白适才曲曲折折的走的那些路原来是仿照了武当山的样子造成的。

小小的院子，地上铺了青石，那座“金殿”，其实是铜造的。虽然不太大，却颇精致，下面的石基甬路，雕得非常细致。道士开了门，走进去，里面是道教祖师的神像，和吴三桂并没有什么关系。我想吴也不会呆得跑到离城那么远的地方造一座铜的宫殿来住的。

向小道士打听吴三桂的刀剑，不料却引起了他的反感，很不愉快的回答，“那是祖师爷的刀剑，不是什么吴三桂的”。我也想到自己的确有些冒失，就随了他去看祖师爷的刀剑去。这在殿旁的一个碑亭里，一把剑，大约有六七尺长，全用青铜铸成，好像是铸成一块，并不能抽出来用的。那把刀却是木柄，钢刀。两件东西似乎并非同时所造，如果说吴三桂用过那柄刀，倒还可以相信，那把剑是无论如何也使不动的。

一块碑上记了关于这道观的历史。

“……又俗名鹦鹉山。前明万历壬寅年道士徐正元叩请云南巡抚军门陈公用宾，会同黔国公木公昌祚右都督沐公睿御史刘公会于此山之颠，仿照湖广武当山七十二峰之中峰修筑紫禁城，冶铜为殿。……”

回到客堂里吃了一会茶。殿旁的铜筑刁斗杆旁有一株桂树，虽然已经看不到花，可是还不时随风飘过一阵阵清香来。口渴得很，从那铜壶里倒出一碗碗淡得特别的茶来啜着。山居的生活实在静得非常，从那穿了破棉衲、吸着长长的烟管的老道的悠闲的神情里，十足的可以领略得到。

## 五

自从崇祯皇帝在煤山吊死以后，明朝的继承者就发生了问题。太子的下落不明，一些重臣各自以拥立以为从龙的资本。凡是“太祖子孙”的就都有资格作皇帝，所以南明的历史虽然很短，小朝廷却换了四五个。福王建都南京，虽然弄得不像样子，究竟还算是拥有可以和北方对立的局面。可惜清兵和金兵的作风不同，不等他们有苏息整顿的机会就南下了。马、阮等一哄而逃，结束了这一个可怜的局面。郑鸿逵、杨龙友逃到福建，拥立唐王。这也不会延长多久，等阮胡子带领了清兵从仙霞岭进来以后，也就垮了。与这同时的有鲁王以海监国绍兴，虽然是朝不保夕的局势，可是还斤斤于正统问题和唐王争辩不已，后来在海中飘流了很久，自去监国号，死于海中，没有多大成就。

继隆武一朝，为丁魁楚、瞿式耜拥立的是桂王由榔，改元永历。这位皇帝虽然流离颠播，情形很惨，最后还被吴三桂赶到外国去，又捉回来杀掉，然而有整整十四年奋斗的历史，由桂林而安龙而昆明，明朝最后的反击的力量，西南一角，包括四川在内，充满了可歌可泣的史实。这一个南明结末的局面，是颇值得重视的。

“永历十年丙申，正月庚辰朔，上在安龙府。孙可望谋劫驾出降，李定国举兵败之。奉上驻云南，改为滇都。”（永历纪年）

这是永历帝建都昆明的开始。此后在滇三年，后来因为吴三桂的进逼才逃到缅甸，最后被捉回，死在昆明。云南人对这位末代皇孙的感情很不错，不过后来在吴三桂的镇压下，似乎已经毁尽了当时的遗迹。五华山是当时永历的皇宫，现在的省政府所在地，不能随便去看。那形势很不错，正好在这明媚的花之都的中间，在翠湖的南面，在山上看看，整个美丽的昆明，都在脚下了。

现在野史里纪永历入缅事的，可以找到邓凯的《也是录》和《求野录》，还有黄宗羲的《永历纪年》，戴笠的《行在阳秋》。邓凯在永历十二年由江西逃到行在，作“随扈总兵”，此后即追随永历帝，所以这两本书所记相当可靠。《行在阳秋》和《永历纪年》是编年体，前者的作者究竟是吴江戴笠还是吴湘客，也还弄不清楚。

永历十二年十二月，李定国与清师战于炎遮河，败绩。这时滇都震动。当时随驾有蜀王刘文秀之将陈建等奉文秀遗表请幸蜀，李定国不赞成，说：“蕞尔建昌，何当十万人之至，不如南楚，缓出粤西，急入交趾。”也有人提出这一路的不易打通，因为当时清兵已经过了黄草坝，有切断后路的危险，最后黔国公沐天波提出到缅甸去的一条路，因为大理下关还可以有险可据，同时缅边荒远无际，追兵或者可以不致深入。于是在十二月十五日就决意离开滇都向西走了。

这时守大理的是李定国，守下关的是白文选，白文选只有一万多溃兵，抵挡不了吴三桂的攻势，南走入山。李定国渡过了怒江，在高黎贡山预备设伏横击，不幸又为清兵探得虚实，然而还奋战不已，后来定国先走，遂至不可收拾。这时永历帝还不知兵败的消息，总兵杨武来告定国远逃，追兵将及，就赶紧再走，“时渐昏黑，行数里，失道途大谷中。时距故处仅一望耳。宫人窜失，公私囊橐多为杨武劫夺”。一班扈将又多叛去，于是只剩下入缅的一条路。

现在翻看地图，当时是由腾冲入缅的。渡过大金沙江，到蛮漠。随从的官兵因为舟舨无备，或由陆路，到了井梗，只剩下六百四十六人而已。

二月二十日缅酋迎大臣议事。“帝遣马吉翔弟雄飞及邬昌琦往，及至，酋亦不见。令通事传话，所问者皆神宗时事。二人未习中朝典故，竟不能答。缅人哂焉。最后出神宗时敕书相示，其实文较今微异，以为伪，又以黔国公沐天波征南军将印验之，无异，遂不言。是役也，行人不才，遂开远蛮不恭之渐。”

缅甸人在神宗二十二年因为内乱曾来向中国求救，被却，此后即断绝关系，所以当时问答的还都是神宗时的事。

后来帝驾又被缅人接到“者梗”，在缅都“亚哇城”下。大抵就是现在的瓦城（蛮得勒）。“结草为庐，编竹为城”，算是暂时得了安居的地方。逃难之后宫中的宝器已经丧失殆尽。从官穿的都是破旧的衣裳，甚至有好几天不能举火的。皇帝竟怒掷宝玺，椎碎了来分饷诸臣。不过也还有人是阔绰的，照旧拥资纵博酣饮，高歌达旦。

缅甸的女人是美丽的。从印度回来的时候，经过八莫、南坎等地，在那明媚的山川里看见赤了脚浣衣的摆夷女人，一般小兵，都叫着去看观音，她们也有的会讲两句中国话，时常挑了东西来卖。在战后新盖起来的草房子里开了一家小杂货铺、酒店，欢迎中国士兵进去买东西，有时如果赏识了她的女儿的美丽，老板娘往往回避了随你们去谈话，仿佛可见三百年前这一批“远征军”的情景：

“时缅妇自相贸易，杂踏如市。诸臣恬然以为无事，屏去礼貌，皆知短衣跣足，阑入缅妇贸易队中，踞地喧笑，呼卢纵酒，虽大僚无不然者。”

弄得缅官也看不上了，说：“天朝大臣，如此规矩，安得不亡?”

这其间巩昌王白文选，晋王李定国都曾帅师迎跸，都不果。诸臣在此都有“乐不思蜀”之意，对于出险一事，简直根本不发生兴趣了。

冬十一月初八日，吴三桂兵至木邦，后来又继而进入缅境，加压力于缅人，如果不送出永历帝，就要攻进来。

“十二月口口朔，吴三桂兵驻旧晚坡。旧晚坡在缅城之东。是日，缅相锡真持贝叶缅文降于三桂，其文有‘愿送驾出城，但祈来兵退扎锡坡’。犹虑三桂之袭其城也。”（《行在阳秋》卷下）

这下面就是为缅人出卖的一段故事，读来与徽钦北狩的情景同其凄惨。《行在阳秋》曰：

“初三日，是日未刻二三缅官来见曰‘此地不便，请移别所。你们兵将进我城，我处发兵，必由此过，恐为震动。’言未毕，数蛮子将上连机子抬去。太后等悲声震天，行至二百步，乃有轿三乘至，太后等上轿，大小男女毫未收带，步行约五里。暗黑不识何地，二更到营，始知为吴三桂营矣。”

《求野录》纪登岸事更使人读之不欢：

“乘舟渡河，舟大不及陆，三桂便将负帝登岸，帝问曰，卿为谁？对曰，臣平西王前锋章京高得捷也。帝默然。”

《行在阳秋》还记有“旧晚坡”事，写当时声势赫赫的平西王吴三桂看见永历帝以后的神情，很可看出此公当日心情的变异，不失为研究叛国者心理的好材料：

《杂录》曰：“吴三桂标将有商于吴者，问以旧晚坡之事，据云：‘十二月初二日，三桂至旧晚坡，檄缅送驾，缅亦遣人相问。薄暮缅人送人首十七至三桂营，营中讹言驾崩。及三鼓谴言驾至矣，随众出迎。……’上南面坐达旦，三桂标下各官相继入见，或拜或叩首而退，少顷三桂进见，初甚倨傲，见上长揖，上问为谁，三桂噤不敢对。再问之，遂伏地不能起，及问之数至，始称名应诏。上切责良久，三桂缄口伏地若死人。上卒曰，今亦已矣，朕本北京人，欲还见十二陵死，尔能任之乎？对曰能任之。上令之去，三桂伏不能起，左右挟之出，则色如死灰，汗浃背，自后不敢复见。"

关于永历帝还滇以后的死时和死法各书的说法都不同，《也是录》和《求野录》虽然同是邓凯所著，所说亦不一致，《也是录》说："永历十六年四月初八日上被难。"《求野录》则说"四月廿五日吴三桂以帛进帝所，帝遂崩。"《行在阳秋》后附记东昌李君调曰："而龙驭宾天，皇太子遇害，则辛丑三月十八日也。"《永历纪年》说："蒙尘之后，事秘。不知崩日所。"或曰"北人扈至某驿，夜半闻上怒骂，即徂落之辰也。"钱曾诗笺："辛丑之冬，天兵逼缅，缅人执帝献于师，挟至云南省城外草萍驿，吴三桂夜杀之。"

在昆明城内的某一个地方，地名叫做"篦子坡"。据说是"逼死坡"的转音。在五华山之北，我心想大概是在那一带上坡路的地方。有一天，天气好得很，我在暖暖的日光下散步从云南大学出来沿了青云街走，想去找一下这个"逼死坡"，在那个左面斜上去的坡上找了半天，也没有寻到那块石碑，问巡警，他告诉这就是了。后来又问两个小学生。告诉我就是华山西路，是每天都要走过几次的一条大街，却从来没有看见什么石碑。后来还是问了一位老先生，他指点我在前面不远的地方就是那块碑。果然，这里也有一块和莲花池畔同型的碑，上面贴满了花柳病广告，而在广告之上，乃更贴有李、杜两位先生的布告焉。只剩下“殉国处”三个字还可以看见，心想大概是不便揭去一观的了。寻碑如此，大概也可以算是“出乎意表之外”了罢，心里有那么点“不薄今人爱古人”的愤懑……什么的。

这地方就是故老相传的缢死处。至于莲花池畔的那一块“灰骨处”在《行在阳秋》上也有记载：

“是日，天大昏黑，风霾并作。人影不见。上既遇害，三桂使人焚尸扬灰，传赐诸将。”也许是缢死后又运出北门外，焚尸扬灰的罢？

## 附记（一）

近读胡嘉《滇越游记》，里边谈到陈圆圆的梳妆台，说本是永历帝的陵墓，后来因为忌讳，才改称梳妆台，又录有王畴五（思训）的《野园歌》：“浮云渺忽春城限，乐游随拟姑苏台。夷光未去走麋鹿，红墙碧树乌栖哀。放萤别苑千山拥，凿一池抛万家冢。毕穿旧室东琼华，妙选良家唱罗唝。楼阁岧峣海市连，凤笙龙笛围红鸾。蛟宫深浅少人到，长鲸醉倒斛狂澜。排山波涌飞衡岳，窃弄衣冠猿戏谑。云暗潇湘夜雨昏，肠断三声泪空落。澄怀坐啸惟青苔，弥天腥雾今尘埃。亡魂徒结分香恨，月冷荒台觅燕钗。”

王号永斋，昆明人，康熙进士，著有《山楼集》《滇乘》等。所言凿一池抛万姓冢即言开莲花池事。

孙髯字髯翁，昆明人，布衣不仕，博闻多识，尤留心明末野史，睠怀胜国，有安阜园诗：

“日落未落天黄昏，东家西家牛羊奔，老狐学人衣拜月，桃花有鬼来招魂。”

## 附记（二）

听仁渊兄告以蒋梦麟先生谈事两则：

在联大的北面，有一所尼庵，现在还有女尼在里面。蒋先生曾经去看过，庵旁有野冢，士人称为“娘娘坟”，其中之一墓碑题名和陈圆圆的名字相差一字，又有奉旨等字样，碑额雕有双凤，当时疑心可能是圆圆的遗冢。曾想试掘，一窥究竟。后来事忙快忘记，现在则已经为人平地别建新房了。吴陈遗迹，在清代三百年中都是秘密着的。现在的梳妆台……都靠不住，商山寺中有陈圆圆墓，在一间房子内，门是上了锁的。这并非陈的真冢。即南菁学校是否是商山寺的原址，也未必可靠。

又，在昆明轰炸时，大家多向铁路以北去避空袭。曾在一处发现一条长长的隧道，士人称“一线天”。据说是清初所掘，因为有人发现该处颇有“王气”，遂掘以破坏其风水云。

按这两处都未曾去过，不免可惜，附志于此，以当补遗。

三十四年十二月三十日记

# 凤

三十一年冬天，我和宗江、姒二到内地来。姒二留在成都，宗江来到重庆，进中国艺术剧社演戏，我回到学校念书。无事时也常进城去看戏。晚上没有地方睡，就在宗江的“长乐旧家”的“此路不通斋”里将就一夜。这时候他演戏颇不得意，但有一次演《戏剧春秋》里的曾经伺候过谭供奉的老茶房，虽然不过是“寥寥数语”，他却颇得意。当时我颇清楚他的心情，总是那点“年青人的罗曼谛克”还不曾消逝净尽的原故。

三十三年春天，我到北碚去受训。营房在复旦大学的宿舍里，穿了灰棉军装，整日在夏壩走来走去，很有意思。因为北碚离城过远，从来没有机会进城去看戏，这时他们又在演《窈窕淑女》《君子好逑》那三出小戏了。这几出戏我是看过的，颇喜欢，特别是那几句《梅龙镇》的戏词觉得有意思。那时我们虽然是在受训，不过生活很随便，每天出来泡茶馆。记得有一家“江天茶社”我们常去，那是一间小小的房子，四壁用白粉涂了，几把躺椅，几付对联，清疏得很。尤其好的是在临江的壁上开了一个长方形的窗子，窗外有一株老树，枯枝横斜满覆在窗子的上角，衬了碧绿的嘉陵江水相隔的山市，大有一幅清湘八大的横披的意境。我们在这里喝茶、撩天，一泡就是大半日。有一天，听朋友讲起在上海看的《一夜皇后》，原来就是《梅龙镇》的改编，我是不大看中国电影的，很可惜错过了这一张片子。虽然其中不无荒谬之处，去看看它是怎样的东西，总是很有意思的事罢?

大约在十一二年前，在天津念书的时候，有一次春假旅行到绥远去。北平住过很久，西边最远却只到过青龙桥八达岭的长城。这一次有机会深入绥远，实在颇难得，尤其是在当时的局面之下真不知道什么时候那里就会变成了“狐兔之窟”。春假只有一星期，所以时间非常仓促，然而也还看了不少地方，在清华园上车，大同、云岗、归绥的青冢、张家口、包头，都匆匆地看了一下，百灵庙却不曾去。在大同，住了两天，除了去云岗，还看了上下华严寺。晚饭大家到久胜楼去吃，那里即是“游龙戏凤”的遗迹。

那不过是一家很普通的饭馆，有一座小楼，上面挂一块小小的匾额——“久胜楼”，据说即是当日“戏凤”的所在了。楼前有一行栏干可以凭了来看那一方小小的庭院，碑碣之类不用说是没有的。然而大家却充满了浪漫的情绪在那里吃了一顿晚饭，还喝了点大同土产的米酒，吃新鲜的黄河鲤——春冰初解时的黄河鲤。微醺以后吹着晚风回到火车上去睡觉，心里还想着明朝的那个浪漫的皇帝的故事，久久不能入睡。

因为这点因缘，我很想写一个小戏，就用这一段传奇的故事作题材。写信告诉了宗江和在成都的姒二，过了不久，成都有信来，还特别抄了一份《明武宗本纪》来给我参考。因为我写信去的时候说的非常热闹，里边的警句是："十年前春假旅行平绥路，在大同曾拜访久胜楼，居庸关亲临白凤冢，对于这三百年前的小家碧玉也颇有一段因缘。"这当然是不确的，白凤冢就不曾去过，觉得很可惜。这样我就计划怎样动手了。在北碚就想写点东西实在不大容易，第一，根本就没有什么安静的地方，晚上没有电灯，只在相伯图书馆里有几盏煤汽灯，不过去抢位子实在是一件困难的事。还没有天黑，几张桌子上已经布满了各式各样的破杂志、破笔记本了，比较别致的是用一朵大大的黄花放在桌子上占位子。自然也有许多人是去念书的，不过大部分的人还是去用美丽的信笺写着那永远写不完的信，或者低低的谈天。在这种情形下面，我们这批穿了灰棉军服的朋友如果夹杂在里面，不免有点不调和，不过我毕竟在嘘嘘响着的煤汽灯下面给这戏里面的两个主角写了一个性格分析的大纲。没有几天，我们就到昆明去了。

到昆明以后就更没有时间动笔。每天跑到山上去放机关枪、迫击炮，云南高原的风季来了，吹得脸上起了一层层的皮，两星期后回到炮校，每天工作八小时，几乎连思索的力气都没有了。

在炮校的时候，虽然无暇写戏，可是李凤姐的影子在脑子里时常出现，时常想到这个"小家碧玉"的丰姿，和她的身世、她的左右的一群人，她是住在怎样的一个环境中。她出身寒微，父母早亡，依靠着哥哥度日。她们卖酒为生的。她梳了两个小辫子，有一对明亮的眼睛，并不十分庄重，可是自有她少女的尊严。因为从小就在这个社会里混，她没有一点大家闺秀气，使我想起另一个不免唐突的名字——女光棍。然而她是温柔的，这是多么值得珍爱的一种个性，这么“懂事”的女孩子真不容易，在闺房里找不到，在那些随便的地方也找不到的。

我又想着她和她的哥哥的关系。据《骊珠梦》，他的哥哥是一个酒保同时也是一个“公人”，管着地方上的一些杂事。他们的家里的客人一定是相当复杂的，该有许多“作公的”，浮浪子弟，一些或老或少的酒徒。她因为生涯的关系，免不了要迎接着一些青年子弟的调笑，而她呢，能以尖刻而不失大方的言语把这些无因的“殷勤”打发回去。她似乎真的已成为“女光棍”，以一种绝世风华的姿态出现于一群“瑠琉球”之中。她成为小镇上的“明星”，为多少年青的人所倾倒。然而她却是大方得很，像一个飘忽的影子隐现于这中间，维系着多少灵魂，她自己也满足于这种“骄傲”的生活状态之中。她惟一崇敬着热爱着的人就是她的哥哥，一个直爽而能干的人，在地方上差不多成为朱家、郭解那样的人物。她常常撒娇似地向她的哥哥表示她的怕羞的崇拜，同时哥哥也是那么热爱着这个妹妹。

那是多么娇含了多少幽怨多么强的诗句呀，在舞台上，成为一串银铃似的歌声：

“自幼儿生长在梅龙镇，兄妹卖酒度光阴，我哥哥……”

我描摹着她在她的绣楼里的时候，当那无限的哀愁之顷，她用手弄着她的绣鞋，一个少女发抒幽怨时的动作。

当她当垆的时候，许多酒客有意无意的说着风话的时候，她应该怎么样呢？这似乎是一个难题，我没有这样的体验。我想起来了。她还是应当毫无表情地看着什么地方，她的神情庄严地像个小圣母。

不用说，我是有着一些影子来造成这么一个形象的。哈代的《苔丝》，《廿六男和一女》中的女性，荀慧生，而最重要的，是我从一本杂志上剪下来的一张相片，这很能帮助我想像着这么一个人物。

可爱的昆明干海子，每天晚饭后去散步，在那一片平平的大红土平原上走，尤其是当落过一阵微雨之后，那红土潮湿得像一片海，远处的绿树青山，血红的落日，我们常常散步得很晚，太阳已经完全落下去了，天上出了繁星，我们找一块地方坐下来，听着营房里面我们教着的那一批小兵的歌声。

这种平安的日子没有过了好久，我被派飞到桂林转赴湖南前线去。那时长沙的战事很紧，一到桂林，马上就又转到全县去，在那里的乡下住了一个月，非常忙碌，有几个炮兵营都派到前方去了。我们却一直留在乡下，环境更不适宜于写作。我简直连想象的机会都没有了。

一个月之后，我们又回到桂林，住在李家村的东南干训团里。

那是夏天。桂林的夏天的热是可怖的。太阳的炎威简直要使那小小的漓江干涸下去，从一早到夜深几乎都使人不能安坐。生活又很忙，每天要骑马到五六里外的营地里去，中午还要回来吃饭，总有一小时的时间是在马背上度过的。我们住的那一排小巧的白色的房子在太阳光下面几乎变成了蒸笼，我的房间隔壁就是沐浴间，每天总要去洗三四个淋浴。在这里住了差不多三个星期，衡阳被围了，援军纷纷开到前线去，我们训练的炮兵营也奉到紧急命令要动身了。我却因为意外的事故留在桂林，因为这个，就又有了一个星期的空闲。

怎样消遣这长夏的余闲呢？到亲爱社去借书看。我借到了一部《明诗纪事》，一部《明武宗外记》，又在潘光旦先生的《图南日记》里看到他引的屈翁山送顾宁人的诗句，“飘零且觅藏书洞，慷慨休听出塞歌”。觉得无限感慨，屈大均先生的诗是写于明社既屋以后的。而这时我们却正在抗战最紧要的关头拼命。桂林多岩洞，在我们住所附近即有一个很大的洞，不过这个洞不是用来藏书的，它安放了两架 C 四六，一架 B 二五和三架 P 四〇。

感谢天，有一个星期的雨天。这替我减去了热的威胁，更赶走了敌机。除了在走廊里看对过的山峦里的云雨以外，我就在小房子里面，煤油灯下面，看书，写戏了。

我思索着明武宗的个性。

中国历史上的各色皇帝亦多矣：有不辨马鹿的秦二世；问“何不食肉糜”的问题的晋惠帝；“乐不思蜀”的刘禅。荒淫无道的也很不少，不过全似乎比不上明武宗。因为他的确很聪明又生而好武，又“于佛经梵语无不通晓”，很崇拜佛法，封和尚们为国师、禅师、左觉、都纲，好像专官一样。这是一个很天真的皇帝，一切祖制、定法，他觉得不必要就干脆废除了。宫内有专管“尚寝”的官，恐怕皇位继承有什么问题，“每记上幸宿所在，及所幸宫嫔年月，发俟稽考”。他觉得这太讨厌了，就废除了，随便睡在那里。自己做新鲜灯彩，失慎，延烧了一整夜，他却往“豹房”里省视，“回顾光焰烘烘然，笑曰，是一棚大烟火也”。

对于女人，态度更是随便了。不管是人家的妻子、内眷，只要听见了，就弄了来。《外纪》记一事云：

“初江彬密言后军都督府右都督马昂有女弟美艳，时已适毕指挥有娠矣。上令中使迎取之至豹房。弱颜丽质，雅善骑射，解胡乐。能道达语，遂大幸。……上每从数骑过昂饮，是日饮酣，召昂妾，昂以妾病辞，上怒而起，昂惧乃请罢，而马氏宠衰。”

又把和尚和女人弄在一起：

“是年（十二年）冬立春，上迎春宣府，备百戏。别饬大车数十辆，杂坐僧人妇女于其中。每辆数十人，合至数百。乃如僧数。悬球于车盖，而敞僧头以当之。车既驰，则头与球触，上视大笑，以为乐。”

他虽然会梵文，喜佛法，然而并不顾及和尚的尊严。照我的推测，他当日所接近的恐怕是“密宗”。他最喜欢的锦衣卫都督同知于永，就是色目人。于永是善“阴道密术”的，而且还进言说“回回女晳润而瑳粲，大胜中土。”于是武宗就把所有官员家的色目籍的妇女都召了来。

他所诵习的是“番经”。所求的是“西竺胡僧”。北平到现在雍和宫中还有“欢喜佛”。据说元朝所有的庙宇里全是那种东西，后来经过一次大火烧毁，于是只剩下了现在那一座。要看的还得出钱才能拜观，已经成为希物了。

查《武宗本纪》，在正德九年，他才开始微行。而小王子倡乱，则始于弘治十八年，后来从甘肃进犯延绥、花马池，九年更进犯宣府大同。十二年犯阳和梓应州，他就亲自督师御之。

他的和李凤姐的一段浪漫故事，恐怕就发生在正德九年到十四年的期间。他后来简直在宣府盖了房子，不想回到北京去了。《外纪》记：

“……上度居庸关，历怀来保安诸城堡，遂驻跸宣府。初江彬劝上于宣府置行在，越岁乃成。糜费不可计。后辇豹房所储诸珍宝及巡游所收妇女实其中，上甚乐焉。每称曰‘家里’。还京后，数数念之不置。彬亦欲专宠，俾诸幸臣不得进，数导上出，及再度居庸关，仍戒守者无令京朝官出关；盖上厌大内，初发豹房为家，至是更以宣府为家矣。”

这样，他住在宣府，私行到大同，机会一定不少。看《外纪》所记他的行事，爱上了一个酒馆里的小姑娘，更是极普通的事。《外纪》里边没有记载，大概是因为这种事过多，记不胜记，同时传说里李凤姐是短命的，和武宗的关系似乎只是梅龙镇的那“一夜”，这就使她不及“刘娘娘”。关于刘美人的事《外纪》中有记，也可以用来推测凤姐的事：

“初上驻偏头，时大索女乐于太原。偶于众妓中，遥见色姣而善讴者，援取之；询其籍，本乐户刘良之女，晋府乐工杨胜妻也。赐与之饮，试其技，大悦。后自榆林还，再召之。遂载以归。至是随行在，宠冠诸女，称美人，饮食起居必以偕。左右或触上怒，阴求之，辄一笑而解，江彬诸近侍，皆呼之曰刘娘娘云。”

京戏里面的凤姐一定要正德交付信物的一层，则更是可能受到了“刘娘娘”事的影响了。

“初上之南征也，移刘美人居通州，约上先行而后迎美人以从。临行，美人脱一簪请上佩之。且令迎者执为信。过芦沟，上驰马失簪。大索数日不得，去。及至临清，上遣迎美人，美人曰，非信，不敢行。上乃独乘舸，晨夜疾行，至张家湾亲迎之，并载而南，当发临清时，内外从官无知者，既而始觉，然追不能及。”

不过凤姐就没有这么幸运了。武宗派人接她晋京，走到居庸关，看见关外石刻的神像，狞恶可怖，于是就惊吓而死了。她死后就葬在居庸关上，据说墓草发白，因名“白凤冢”，与“春风青冢”成了一对儿。究竟如何，因为我没有去看过，所以不知道。

关于这一幕的处理，曾经写信去和宗江商量过。现在翻出他的信，他说：“我所想的第四幕，景同第三幕，居庸附近之行宫。凤姐香消，只侍儿在侧。——圣驾归来（中间或Dark一次，以免太是戏），正德悲哀，睡去。梦——如京戏，凤姐在云中，四大金刚在旁边。第四幕前是楔子，正德在远征军中苦闷。”

宗江的想象力，我是佩服的。在进来时的路上，走到漯河，大雪，我们睡在一家商栈的楼上，买了两只做喜事时用的花烛，点着，睡在床上听他讲他预备写的一个戏的大纲。这就是《江湖》。他很喜欢用富有暗示力的场面。当时他述说着在一个非常热闹的舞台面以后，忽然灯光暗下来，只留一个老演员在台上独白。这的确很有力，很让我感动。关于这里的第四幕，的确是很美丽的。他所说的正德的苦闷，我也很能理解。我觉得有时需要用传奇的手法来加强戏的气氛时，也要胆大一些，弄得真有些像传奇才够劲。

在那几天的下雨的晚上，我坐在一盏油灯下面，写完了《凤》的第一幕。在日记里曾这么说：“几乎像是在写诗剧，说明多于对白。”写戏本来是外行，尤其是写“历史剧”更不容易，不过我当时的确是用它来消化我的激动的情绪的。完成了一幕，心里的确也畅快的多了。写完以后，掷笔起立，推门出去。外面进行着漫漫的长夜，隔河的山有如一片黑屏风，细雨潇潇的落着。

在《明诗纪事》中，查到了一点《明会典》里面的《大宴仪》，觉得可以用来写明季朝仪，不至于弄得像凡演历史剧都要以应用的那一套京戏班的切末，使人有看“连环图画”之感。

过了没有几天，衡阳战事急转直下，大家都在预备桂林的守御战事。我们的一个炮兵联络组也并在步兵组里去，搬到城里环城马路的红十字会的大厦里面去住。整天忙着到象鼻山独秀峰上去看炮兵阵地，我的《凤》的原稿也只好放在箱子里去了。

上面是我写《凤》的小小的经过，虽然也终于只有一幕。现在虽然稍有空闲，却也没有续写的意兴了。一半是因为漂转无定，已经失去了费了很久的时间想好的大纲；再则也因为近来心情粗燥，再也没有本领做这种细雕的工作。在一块象牙上雕一个美人的像的胜业，只有留给有时间的幸福的人们去从事的了。终究也因为原是费过一点热情和心力的，所以还不嫌琐屑写了这一段“闲文”。

三十四年圣诞夜坐雨写

附记：玄览堂丛书中收有《明朝小史》十八卷，芦城赤隐吕毖辑著。里面卷十一的《正德纪》中，也有一段“刘娘娘”：“帝常狎边妓刘氏，时称为刘娘娘。刘恃宠，略不以上为意，苟有所忤，辄称病不起，上为之失措。”描写刘的性格，可以参看。

三十七年一月二十九日校时补记

# 海上书简

这是晚秋，天色又阴阴的没有了太阳。对过墙上一片黯灰色，墙头的树也显得憔悴了，在凉风里颤抖。我不想去看它，怕它给我带来更不舒服的感觉。我现在十分惆怅，真正好像已经失去了你，我不知道我将向何方寄我的系念。你，几年以来没有离开过我，在扬子江头的迷雾里，在昆明这锦城中的金黄色的日光下面，在缅甸的森林、激流旁边。在这些地方，你都紧紧的倚在我的身边，当我只有一个人时，你就会来陪伴我，我们中间有着多少次说不完的絮语，多少次甜蜜的偎倚，偎倚着一直到朦胧……。在嘉陵江上，那绿色浓得真像一杯醇酒，在那小树下面，悬崖上面，泡一碗茶，躺在竹椅子上，这时，你来陪我了。虽然那时我穿着灰色老棉军装，你没有嫌恶，我也并不难为情，我知道这仅是我们俩的事，当朋友走过时我只是向他们一笑而已，他们也就匆匆地去了。我记得有一次我们曾经这样一直坐了一个下午，一直等到江水上浮了一片金黄色，这时吃晚饭的号音老早吹过了，你又陪了我到一家茅草小屋的饭馆里，我们喝了酒，平常只能喝一份酒的，有了你陪着我喝了两份，连为你代叫的一份也喝了。一直到九点钟，屋里桌上的暗黄的油灯已经摇摇的了，带着微醺的脚步，走出了小馆子的门，踏着一天月色，到江岸上散步。好一天月色，江面上散铺着一片闪烁的银露，你微微惊呼出来，说："看，那是什么？是鱼？在水里翻身，搅得一江面的细碎的水点？"你要我陪了你走下去看看去，我欣然允诺，你偎着我一步步地走下了那一百多级石级（有人数过的，我忘了），踏在软软的沙滩上，一步近一步，我们走近了水涯。跳，跳到江里的石头上，你也跟了我跳；再跳，更深入了一步，我们站在一块两个人站着有点为难的石头上了，因为它是尖的，四面的水波，随着晚潮一步一步的向石头上面涌，飘上来一片片暗黑色的水草。我们坐下，很有点局促，我从暗黑的水波里看到了你的眼睛，也从你的眼睛里看到了一泓早春的江水，幽深而窈远，闪烁着，好美，我看了好久。你的像远山一般的黛色的弯弯的眉毛，平常你是不缺乏明亮的笑靥的，今天却沉静得像一座石像，当然，我明白，眼前的景色太静了，等月亮再上来一些就好了，那时你会笑的罢。月亮上来了，却扯上来一片轻轻的白雾，给远山，曲折而高的峡口挂上了一层轻绡。我很抱歉，从前一直不曾听见你唱歌，所以现在就不能听了。我看着你的小嘴在微张着，你不是在唱歌。对江有一只小船摇过来了，伊哑，伊哑的橹声，打在江面上激出来的水声。小船上也有昏昏的一盏灯，你说："你也跟我坐这样一只小船回去罢，穿过那峡口，一摇一摇，早晚总会到家的。"我说："好呀！"接着你来了个轻飘飘的微笑，只一闪，你就又回过头去望江水了。

那一夜我终于不曾好好入睡，至今我还记得十分清楚，没有忘记。

离开重庆，我走了很多地方，看了不少明丽的山水。桂林的山像是一个高手匠人所塑出来的盆景；昆明的平畴远树，好色彩，美丽如一付画屏，这些我都想留下来装饰你的妆台，你庶几不寂寞。

在昆明，有一次我走进一家酒楼，它有着怎样美丽的一个小院子！院子里开遍了春花，鲜红的山茶竟有碗口大，我不禁有些晕眩，看了那像血一般红颜色，于是，一刹那间我又看见了你。昆明的杂果酒，我本来不十分欢喜，可是，那天，有你陪着，我又怎样能够推辞不喝呢？“彩袖殷勤捧玉钟”，虽然我没有弄得“醉颜红”，可是也差不多。酒后你陪了我上街，走到了翠湖，好美丽的名字，好水，柳树底下喝茶，那么多的人。我忘记了同你说了些什么话，这都无关重要的。我只要看着你的微颦了的眉，就能了解一切了。我看看湖水，再回过来看看你的微笑的脸，我闭上了眼睛，一切对我十分完整。

我们缓步出了翠湖，上了玉龙堆，穿过了高高的古槐下面，披着从它的树叶中洒下来的细碎的日影，走到云大。出了后门，凭高一望，我不禁惊悟，我问你：“看，这不是后湖，我们现在站在台城上。”你微笑着点了点头，像是要我重新记起那个冬晚在鸡鸣寺的高处望后湖时的事，你曾经告诉过我你是怎样地怀念那个古时候的美人，看了零落的后湖就会想起了她的凄凉的身世。你说过有一天我将那个古老的故事写成剧本，你将花些时间去想，去表演出那个女人的一切，你当时曾经做了一个姿势，你说当韩擒虎那个粗鲁的人从井里把张丽华拉出来时，她应该是这样的。我始终不能忘记你那微睁着的眼睛，鼓着的小嘴，一脸惺忪；你说，那时候的张丽华要人同情，可不能让人可怜，因为她不是个平常的女人。今天在陈圆圆梳妆台的左近，我又看见你的惺忪的眉眼，于是很自然地使我想起了往昔。你，真是个善于使人作梦的人，不必说话，只是一个姿态，一个表情，就会给我带回来一个永远是新鲜的好时光。

眼前也有一片澄静的湖水。谁说过的句子，“一泓秋水照人寒”，立在湖边，真能给人一种“寒”的感觉。我们沿了湖去访碑，这里有两块碑，一块是宫装的陈圆圆像，另一块则是一个老尼。一个女人在几十年的岁月里表演了这样不同的两种身份，当我们从碑上读到她的结末的时候，你有着无表情的脸色。我知道这个，在无可奈何的时候，你往往是如此的。我也不想搅乱你的情绪，只是偎了你慢慢踱过了栽满了尤加利树的长堤，看远山由浅红变成深紫，再转成浅蓝，深蓝，这时你的脸上渐渐开展了，你说：“看，自然是永远美丽的，亘古常新的。三百年前的那个女人也曾经为了这眼前的风景发出过衷心的微笑来的罢？在这样美丽的天空下面发呆才真是傻子。”我自然也说了些傻话，讽刺了那些喜欢乱用感情撒娇的诗人，我用的譬喻曾经逗得你笑，笑得仰不起身来，你那时是快乐的。

在桂林，你还记得罢，C 介绍我们去看他的一个表姐，住在凤北路的。当我给你C的信看时，你说："一定是一个美人，住在这样好听的名字的路上。"

我们拣了一个下午，一起到那条路上去。到了地方一问，才知道C的表姐已经搬到重庆去了。我们当时是怎样的寂寞，走回来经过独秀峰，我们说它呆呆地站在那里也像是在发愁。

在那一条大街上，黄昏的灯火已经点缀了这个荒凉寂寞的城市。店铺的霓红灯在萧萧的秋风里显得格外的冷，像是给冻凝了的血，呆滞不化。落叶给风吹了下来，飘过明灯的玻璃窗前，落在人行道上，随了我们的脚步而蹀躞了，悉索悉索地，这"死叶的步声"。

我们进了一家咖啡室，在这个小小的天地里找到了温暖。当一瓶葡萄酒拿了来以后，我忙着开瓶，你忙着擦杯子，斟满了，我们互相举杯，你笑了，你笑得那么甜，你靠到我的肩上来，你的松松的鬓发擦着我的耳朵，你的轻轻地断续的浅笑一串串地送到我的耳边，我不敢去看你，我想，你的眼睛里已经充满了晶莹的泪珠了。

这是个荒唐的地方。尤其是在战时，多少军人要在这里找寻他们暂时的安慰。隔壁的一个军官，愚蠢地用大杯子灌着酒，一杯一杯，一直等到眼睛都红了，人变得更粗鲁，把坐在他旁边的那个小女人一抱，她像一头受惊的小鹿，一跃，站了起来，嘴里压低了嗓子迸出两个字："不要!"脸全白了。那个家伙红红的脸上像喷得出血来，看了抖着的小女人，他粗野地笑了，用手一夹，像夹一只小鸡一样，那个小女人随他走出门去了。

另外一个身材苗条的女人，穿了一身黑印度绸旗袍，雍容华贵。她活泼地在每一个台面上穿来穿去，她用着熟练的话语招呼着她的每一个朋友，人坐在一张桌子上，嘴里在说着什么，眼睛却向前面的桌子上打招呼，染了红蔻丹的指甲生在长长而白的手指上，在空中摆着，像风里的柔条一般。

你轻轻地在我耳边说："听，旁边桌上的人说，她是这里的皇后！"

我回头看看我的小皇后，正紧靠着我，睁了好奇的眼睛看着那个穿黑衣服的女人的表演。

我们走出了这个咖啡座。我们并排走出了那个活动的排门，刚好L中尉下汽车走进来。他向我招呼了一下，也向你笑了笑，我们并肩而过。你听见没有？他曾经轻轻地呼哨了一下，轻轻地说："怎样地一个漂亮的女孩子！"

这难忘的过去呀！值得感谢的你，陪着我过了多少寂寞的黄昏，捱过了多少次失眠的夜晚。我从你的明亮的眼睛里，编贝一般的牙齿中，汲取着生活的力量。当我在日光下面，马背上，奔驰了一天以后，疲倦得要死，只要看见你一个无言的微笑，我的疲乏就像溶解在日光下面的雪，不见了，你送我安稳入睡。当我无端的烦燥时，恨不得拖一个人来打场架时，我看见你的鼓着的小嘴，像是在说："别孩子气啦！"我就会安静下去的。

是有那么一天，我突然失去了凭依。当我在甜梦中为朋友所唤醒以后，我们的营房里还留着朝阳的踪迹，我听见说昨夜失了盗，放在椅子上的我的上衣不见了。我跳下床来，费了一小时的时间来侦察，后来终于被我找到了，在那个演电影的舞台的后面的幕里。我发现了我的上衣，摸一摸，里面的东西没有了，我的钢笔，钱，和最重要的，我的一个小本子。再费了一些时候，我终于在又一个角落里找到了它，什么都不缺少，身份证，委任状，就不见了你的影子。

从那天以后，我才发现你真的是离开我十分辽远了。我又跑了很多地方，飞来飞去，在前线在后方，在森林里，在丛山中，最后我被指定在一个小地方定住下来作一份安定的工作。生活像止水一般没有波澜，一天傍晚，我乃在窗外的畦上发现了一朵黄色的小花。

够了，够了。我想说的话不知道有多少，够说三年的。如果有那么一天，留给我们晚上在昏昏的灯光下慢慢的说罢，我现在只是想向天末寄一点我的怀念。我曾经一个人喝尽了两瓶酒，想从旧日的微醒中找寻一点已经失去了的温馨，如果不可能，就使我的神经麻痹了罢。结果反而更增加了我的清醒。

我又回到了故土，一天，我跑到那个糊了黄色的花纸的墙的酒吧中去，一个人，我在那里坐了好半日，想追求一点已经失去了的记忆。完了，没有一点用，我的衰老了的脑子再也不能有一点作用，我离开那里的时候，只带回来一份不安。

从此我怕再走过那里，当我坐了公共汽车，从楼外过，从窗子里可以望见那黄色的墙壁和暗红的灯光，那时我总是背转了身子，它带给我的只是一个冷噤，一个长长的战栗。我怕再经过那个地方。

十一月十日晚十二时

# 跋《卖艺人家》

这一卷散文是宗江在卅三年秋所写。最近他从北平来信，要我作一篇跋，因为，我对他这一个时期的生活比较熟习。其实也并不尽然，虽然写一点读后感倒也是可以的。

我与宗江相识十余年，相熟却不过四五年，四年以前宗江自燕大辍学来沪，入上海剧艺社，读尧林老师所译《悬崖》一段而考入剧社，立志做“艺人”，开始走入“江湖”。我一天走到辣斐德路的一间临街小房子往访，相见之余，欣然道故。互相说了些现在听起来也要肉麻的“酸话”，于是就成为“知己”，时相过往。至于所谓“卖艺人家”的成立，却还是以后的事。

这个时期，他正在过着“不得劲”的生活，而他自己却十分带劲。演“扫边老生”，拿极薄的“戏份”，不足以维持生活。我还记得在“辣斐”（非现在之辣斐）看他的第一出戏是《文天祥》，饰戏中序幕里的一个白发老人，在述说故事。这印象至今犹明晰如昨。一年还是半年之后，他的妹妹来沪，一起演戏。燕大同学中也有数人相继而至，遂渐有了所谓“黄家班”之称。这时他们住在爱咸斯路，一时几乎成了个小沙龙，镇日高月满座，有学生，有医生，有“小开”，五花八门，无所不有；如以性质来分，有“无事忙”，有“观众”，有“文化探子”，有的有所谓，有的无所谓，嘻嘻哈哈，热闹非凡。当时宗江兄妹虽然都已经成为“海上名艺人”，可是生活仍甚窘，几个轮流管家，请一位 Mme. 某经理其事。客人多时，就去近处的乔家栅喊菜吃。吃毕一起“上园子”，在后台鬼混。戏毕归来，踏着一天月色，在静静的林荫路上走，夜半街头，只听见我们几个人的笑语。回到“小沙龙”往往又谈笑无已，有时还烧东西来吃宵夜，夜深不能回家时，就挤在一起过一夜。生活虽极无规律，但是极有浪漫的诙诡之趣，所谓“卖艺人家”我想大约就是指的这个。

三十一年冬，我们一行四众，经过南京、徐州、商邱、洛阳、宝鸡入蜀，暂时离开了这“卖艺人家”，班主一人去闯新天地。路上的奇闻轶事极多，如有空闲，有兴致，写将下来，一定是极有趣的，现在只有集中一篇《君子》开头时提到了一点，然而却引起了我的忆念。读这一篇小文，真如古时人案上的一架琴，于寂寞时只要一拂拭，那清冷之音就会使人心神飞越。我想在郁闷之际，也只要一读那篇东西，似乎也就又回到了河洛平原的那大漠风沙的天地里去了。

到了重庆以后，我住在离城三十里路的乡下，宗江则在城里剧团里演戏，这次又是从龙套跑起，住在那有着美丽的名字的街——水巷子上。这里又有一篇为我所喜爱的篇什——《山城水巷》。

当我在乡下接到他的信，邀我进城看戏的时候，我在信封上发现了“水巷黄”三个字，立时叹异于名字之雅，心里画着一幅画图，在嘉陵江滨的悬崖上，有那么一条狭狭的巷子，两边都是吊脚楼，有茶馆，有面馆，有“鸡鸣早看天”的挂了小红纸灯笼的小店，俯视江上的风帆沙鸟，听着街上熙攘的人声，应当是别具风味的。虽然不必如威尼斯，却应当别有妙处。

宗江在文章中说，我说这地方甚具雅趣有点“可气”，这倒是有点“可气”的。记得那一天在他那里吃了一餐中饭，客饭一小碗，碗中有肉一块，这在当时苦吃“贷金饭”的我看来，是已经极可满意的了，而且米还那么白。茶馆一坐，他拿出了开飞机的朋友从印度带来又分了来的白吉士两根分饷，听他念五大张已经写好了给小姐的信，觉得怪别致的。

剧团的情形日益凄惨，后来听说饭碗里那一块肉也取消了。买烟的时候也常是论枝而买的了。我进城的次数也日益减少，一天，写了一封信给他，信中有两句：“海阔凭鱼跃，天空任鸟飞”，回信大加讪笑，说我好不空想，可是后来事实竟是如此，我飞到昆明，更到桂林。这时已经有好久不通信，桂林算是前线，从重庆来信，往往要一上月以上的时间，能够在那儿停留好久，也全不能作准。一天，忽然接到从昆明转来的一大批信，中间有他的一封，看看，知道是已经开码头到嘉定去了。信写于青衣江畔，大渡河边，峨嵋山下，好一串美丽的名字，不敢再写信去称道风雅，唯恐他那时有些

“雅”得惨希希的。

果然，又有信来，小姐已经改行不念艺术去做白衣天使去了。他曾去成都作了一次诀别，引旧词“十年旧事浑疑梦，回首可怜俱老，水国春空，山城岁晚，无语相看一笑”，这真是 Interwezzo 了。

从他的信里知道，他有意写一个散文集，内容大致已经想好，只等落笔。后来知道半个月间已写成一大半，要我给他想一个名字，他也曾经想了几个《铅华集》《码头随笔》之类，后来都不曾用，用了《卖艺人家》。本来约好稿成后寄来先看一下的，后来不果。我到了印度，却又知道他要做水兵去了。

想想“海阔从鱼跃，天空任鸟飞”的句子，不禁有点好笑，一年前还笑我空想的，现在却也忍不住寂寞跳到大海里去了。

时光荏苒，一晃一年又半，海上再见。虽然彼此都还不曾老去，可是都添了风尘之色，因为忙迫，没有好好的谈过。一天，又坐在那三年前常去的咖啡馆里，风景依然，即连那个白俄女侍也还依旧，灯光仍旧暗暗的，坐在那里，却没有说话的兴致。默默相对，一看他那晒得微黑的面色，好像藏着无端的疲倦。

回到北平，一个月后来信，知道他已经结婚了。

再以后就是将这本散文要来发表，这才有了第一次拜读全篇的机会。稿纸是土纸，经过抄录，我不知道这是出于那一位小姐之手，纸质柔脆，一碰就会有烂做一片片的危险，夜半拿回家去，枕上翻读，直至深夜，我十分喜欢这些片段，有的地方使我笑，静静的夜里，我一个人笑起来。有的地方却又带了来轻微的惆怅，就像那一篇《君子》的开头的地方，又使我想起陕西那个染了浅薄的洋气的小城——宝鸡。我们第一夜在大雪中走下火车，看了那亮得耀眼的小街上的明灯，闻着扑鼻的酒香，心里存着多少奇异的幻想。想不到却在那里被困了十天。年夜饭还是一位同行的太太请的客，新年的一天，我们还有兴致爬到山上去看张三丰的庙里热闹的香火，来进香的善男信女。钱没有了，一张一元的关金券要维持我们四个人一天的食粮，我还是第一天看见那美丽的一元的关金，现在这票子已经看不见了。好快的时光，变得好厉害的现实。

现在我想说一点我的读后感。

宗江极喜优字，尝自号“优黄”，这股“酸”气，由来久矣。十几年前在天津南开，他当时人甚小，早操时站在最末一排，喜演戏，而无适当角色，乃被派演易卜生《国民公敌》中医生夫人，上台之后，居然声容并茂，使一位在台下看戏的老太太，误认作外甥女，传为佳话。又曾作文一篇，考证中国舞台上以国优演女角始于何时，记得曾参考王国维的《宋元戏曲史》与《红楼梦》，成文后发表于《南开高中》。这与此集的几篇文章杂引《永乐大典》《元曲选》等书的发意相同。

他又极喜“江湖”二字，曾拟作为写戏的题名，在重庆，有一天我去看戏，夜深散戏归来，在山城的石板路上散步回家，买广柑两枚，在摊头吃面，吃酒酿鸡蛋，以广柑搀入味道特别，极欣赏之。吃完后沿了中一路回“家”，街上老鼠窜来窜去，路灯暗如鬼火，从木头房子空隙处望扬子江，澄江如匹练，月华如洗，江雾渐销。喟然告诉我，他极喜欢“江湖”二字，现在我们好像真正浮沉在这伟大的“江湖”之中了，境界多完美，多高华。我们几乎无话可说，只能沉默于无言的赞颂里。

又不记得是谁说过的话了，“至人无想，江湖相忘”。踽踽于夜寒之中，忘却了尔我。

跑江湖串戏，他乃又喜欢粉墨、铅华，喜欢引黄仲则“收拾铅华归少作，屏除丝竹入中年”。旧诗中有一种不克自己的哀愁，对现在的年青人却并不全然适合，然而这种心情总是可以了解的。作为一个宦门之后——宗江的曾祖是永嘉黄体芳漱兰先生，为同光间清流党之一员，曾创办书院，有名于时——世家子弟的风习是不容易洗却的，往昔的豪华、高贵，所谓“贵族的血液”流在一个已经衰微了的后裔的身上，应该发生怎样一种作用。我说得这么琐碎，想宗江当不以为侮。他曾经告诉过我，在他的上一辈和同辈家族里，是不容易找出一个精神上完全正常的人来的。有的患病，有的发狂，宗江自己的恋爱故事，实在应该由他自己来写。自“初恋”——非本集中之《初恋》——以来，曾经有过若干次不平凡的事件。西行路上，在漯河，一个雪夜我们借宿于一家商栈的楼上，房子大而空阔得吓人，在喝了一点同路商人某君带来的威士忌以后，我们睡在床上。为了驱除寒寂，点上从街上买来的一对红花烛，烛影幢幢，房顶空寂，他为我讲述过去的恋爱故事，听了恍如听一个梦游人说梦，很难相信这完全是真实，然而却是真实。

提起粉墨，乃使我想起另一桩故事。

在重庆，一天晚上，与朋友一起去看《戏剧春秋》，到后台去找宗江签票。他已经上好了装，一个妆了白发的老头儿。这天破例，他不说话，只要我们前台看戏，我有些奇怪。第二天星期，我走到宿舍去看他，他还在那双人床——照他说这是“狗窝”——上蒙头大睡。揭开被子，他还不肯起来，只简单的告诉了我几句话，昨天晚上，他刚为一个女人与一个比他壮大几倍的男人“决斗”，结果他被打了一顿，还吐了一口血，在 W 送他的白丝围巾上，当时满脸青肿，不像样子，因为上了装，看不出来。

台上的粉墨，掩尽了他台下的“粉墨生涯”。

文章似乎应该在适当的地方结束，不然，这样的回忆是说不完的。也并不足以证明我知道宗江的多，其实我知道的是很少的。不过接到来信说要我写一点跋，这我是只得写一点的。然而文章庞杂，情感零乱，殊不足以表示我的意思之万一。好在宗江文章俱在，欣赏者也想必有人，这也就是了。

三十五年十二月二十日下午四时写毕

# 旅京随笔

## 鸡鸣寺

编者要我写一点南京的“文化”情形，这事真困难。南京有什么“文化”呢？干脆地说一句，我找不到什么。在这“劫”余的首都，民生凋蔽，文物荡然。这里有大官的汽车，歌女的惨笑，可是绝对找不出什么文化来。夫子庙成了杂耍场，这已经是“古已如斯”的事了，状元境、三山街一带，几乎成了妓女的大本营，跑旧书铺的结果是空带了两手灰尘回来。风流歇绝，我想不仅是“有心人”才会叹息的罢？

我不是复古论者，但是在这种情景之下，如果不高兴去欣赏酒吧间里美国兵的疯狂的音乐与女人们的恶劣的舞姿，而且不认那是“文化”的就只有一条路可走，去看看这六朝旧都的古迹似乎还有点意思。然而这也不免要时常遇到“煞风景”的事，譬如我现在还穿了身军装，——这也没有办法，我没有余钱去治装——走来走去，低徊于胜迹之侧，就不免为人所奇怪，这岂不是“雅”得有些“俗”了吗？

今天去蓝家庄看了梁漱溟先生。他老先生的水晶眼镜，白布小褂，双梁布鞋，很使我佩服。我忽然觉得，南京的文化是在这里了。他老先生道貌岸然，使人敬畏，也许是看了我这一套 G.I. 有点与特殊人物相似罢，有些保留地不大肯多说话，这也是“煞风景”之又一端，没有办法的。

从蓝家庄出来，经过考试院，看了那金碧辉煌的建筑物，只有厌恶，不，南京的文化也绝不在这种“雅”得令人肌肤起粟的地方。

到了鸡鸣寺，看了“胭脂井”，旁边一位背了枪的“同志”警告我不可久留，因为这儿已经成为“军事重地”了，防空司令部在此办公。我只有用了两年来养成的习惯，说了一句：“God Damn it!”

走进鸡鸣寺中，一看“豁蒙楼”安放了几十张床铺，两只办公桌子，玻璃窗上写了“谢绝参观”的“美术字”，于是完结，这里不用英文，还是用国粹的“呜呼”罢!

只好在大殿里靠窗吃茶，有许多中学生在吃茶念书，预备升学考试，也有不少善男信女于清磬声中，膜拜求福。

凉风中望后湖的芰荷，荒芜的台城，心里平静得很，好像在脑子里开了一部电影，从孙吴开到现在，一部历史电影，还有配音，“玄武湖中玉漏催，鸡鸣埭口绣糯回”……呀！南京的劫余的“文化”，其在是乎？于喧声笑语之中，我也哼了几句：

眢井空遗六代祠，美人风雨泣燕支。

明珰留忆他生梦，笺擘犹传绝妙词。

王树歌残春似水，景阳钟断梦成丝。

旧情更向何人说，惆怅城头落照时。

好了好了，不再多作笺注，以免无聊。现在日光向暝，满湖芰荷，别有一番零落芜秽之致，我真正十分惆怅，十分惆怅了。

九月四日于鸡鸣寺

## 关于“泽存书库”

冶城的秋色已深，无情风雨，带来了新凉。在这已凉天气未寒时，似乎最宜于登临访胜，记者生涯是忙碌的，原无暇作此雅事，然而近来和平谈判已入牛角尖，一半时恐怕也转不出来，与其整日为此无益之事多费时间，还不如来看看南京的文化，“点缀升平”来得有意思。

前天下午到宁海路十九号去看周逆佛海，吃了闭门羹，出来后就在山西路上闲蹓。偶尔走进一家旧书店，买了两本端木子畴先生旧藏手题的词集，与老板闲谈，知道山西路口的中央图书馆北城阅览处，即是以前陈逆群的“泽存书库”的遗址。心里一动，遂即走去，投刺之后，被引入一间小巧玲珑的客厅里，里边布置楚楚，沙发古画，不染纤尘，窗外小池假山，居然颇有幽趣。一会，屈万里先生出见。这是一位山东鱼台的老乡，人极朴实，是负责中央图书馆特藏组的，这一组的任务是收藏整理善本、字画、边疆语文、档案、违碍书等。现在他事实上负责北城阅览处的善本整理事宜，将来重庆的善本下运，日本的善本索回，存于沪港的善本再来，这个“北城阅览处”将成为中央图书馆的善本丛集之处，与北方的北平图书馆将为公藏的南北双璧了。

我提出了汉奸陈群的“泽存书库”的事问他，屈先生很详细的为我说了一下这个书库的历史，颇有趣味，大可加入“书林逸话”。陈群字人鹤，是伪府中的老汉奸之一，如果照系统说来，是应当属于“前汉”的。他当过伪内政部长、伪江苏省长，这都是肥缺，刮钱不少，他大都用来买书，当南京沦陷之初，满街都是旧书，没有人敢买，也没有人买得起，这些书大抵连造还魂纸都没有人要，大多烧火而已。陈群这里开始收书，于是一般书贾才将这些“废物”收集起来，少加整理，去拿给陈群去看。

照我们在那家旧书铺中听来，书店老板提起“陈部长”来，真好像是在说开、天遗事的样子了，那时他们三五成群，挟了书到伪部里去，陈群常亲自接见，忙时也将书留下来，这样，他在伪内政部长、伪江苏省政府任内，买书不少；等后来作了伪考试院长以后，括钱不易，遂渐不能买书。他的泽存书库共分三库，他在“自剖书”中自称一百万册，实际南京有四十万册，上海、苏州两地有廿八万至三十万册。是他在临命之前昏迷了呢，还是后来有了走漏，不得而知，总之百万之数是远不到的。

最难得的是他家中（南京）还有十多万册，这大抵是最精善的本子，他仰药前亲自写了数百封遗书，都编了目，又督促家人亲自动手整理家中的书籍，编目送到这里，然后才仰药自尽。遗嘱中对泽存书库还念念不忘，嘱管事人照旧做事，据那个旧书店老板说还将心爱的古董每人分赠一件以为遗念。总之，这一切，在汉奸中，算是作风特殊的，也可以说是一个畸人。

这批书，胜利后经行政院批交中国图书馆接收。自本年四月廿三日起开始编目整理，至今大致粗毕，大约再有十数日，即可完事呈报了。现有的书目即已有一千多张。

我顺便又问屈先生关于汪逆精卫的遗书，他说在颐和路三十四号汪宅中共有七千册左右的书，大抵是平常本子的词曲书，倒并无什么可观，至多也仅是明本而已。

我要求屈先生带我去看看书，我们走出客厅，穿出月亮门，一大间房子里，满地都是蒲包，里边满满装了零乱的日文书，还没有整理完。

这整个的院子是圆形的，有两层楼，大约有大的藏书房廿余间，里边是一排排的木板架子，触手琳琅，缥缃满架。我们顺序开了门进去看，因为时间的关系，偶尔拿两部看看，就已经有不少善本，现在随便记一点：

一、徐乾学的《明史列传》的稿本（或是传抄本）六十五大册。

二、宋本《春秋集传》。

三、经厂本《诗经大全》，原装大册，明代的豪华装，蓝绫面依然存在。

四、宋绍圣四年福州东禅寺刻《正法念处经》，字画古拙，是北宋遗风，纸极厚重。

五、四雪草堂的《隋唐演义》。

六、弘治本（?）《琵琶记》。

七、《西厢记》（李卓吾评本，万历本，金谷园本。都有精图，还有一种满汉金碧精抄本，抄手工致之至，满文译的汉书，我还是第一次见到。）

八、万历本《三宝太监西洋记》（小说）。

陈群的收书大约很像陶兰泉的收开花纸书，即极意求好，他有殿本的《康熙字典》与《全唐文》，都是最初印本，触手若新，实在是书林尤物。此外我还看了几种高丽刊本与抄本，大册皮纸，非常可爱。因为书还没有归类，检查不便，我看了一下厚厚一叠的善本书目，宋本有：一、《隋书》（建本，残），二、《范文正公集》（残），三、苏集，四、《龙田水心二先生文粹》，五、《黄帝内经素问》（杨守敬跋）。元本有：一、《唐文粹》（全），二、《群书钩玄》，三、《荀子》，四、《李太白诗》，五、《续宋中兴编年资治通鉴》，六、《黻藻文章百段锦》，七、《中和集》，八、《困学纪闻》，九、《汉书艺文志考证》等。

这只不过是匆匆过眼的结果，疏漏自所不免，而浅学又不能像缪艺风所发明的那一套“黑口、双阑……”之类的提要，于学人或无用处，不过意在使大家知道在南京，还有这样一个看书的地方而已。

最后我想附说一句，陈群在收书之际，也正是上海我们教育部的委托人在收书的时候，照一些纪载，这事不啻是一场争夺战；据说陈群又是不大讲究的，书送来好坏都要，然而他毕竟也收了这些。宋、元本固无足观，明本倒的确是不少，而且陈群特别喜欢集部，所以别集类的秘藏尤多。屈先生告诉我说，在日本的一部分中央图书馆的书中，明代史料独多，有些真是外面从未听到过的秘籍。听了这话，不仅使我为之怦然心动。真的什么时候才得生活安定，重有余暇来看书呢？在落日秋风之中，走出了“泽存书库”，我心里还是这样的想着。

九月十九日深夜

## 访“盋山精舍”

在石头城的角落里，清凉山旁边，有一个清代留下的古老的书院，清道光年间两江总督陶澍为了纪念晋代在石头城与苏峻作战的陶侃——那个无事时搬砖的老头儿，说是要惜分阴的——建立了惜阴书院。咸丰年间遭乱，毁了一大部份，后来又重修，光绪二十七年改办学校。当时钱塘八千卷楼丁丙的藏书，有继陆氏皕宋楼售与静嘉堂之后更让给日本人之议。缪荃孙大声疾呼，以为不可以，以为是国耻。得到了当时的两江总督端午桥（方）的帮助，用了七万两银子买下了，又用了三万多两银子造了四十间藏书楼，是为江南图书馆。丁家的书一起有十二万册，更加上了武昌范氏木樨香馆及宋教仁遗书，共有十六万册，这是民国十六年的数字。

这一次战事，这里的书不曾运出去（只有一小部份由柳馆长诒徵运往江西），经过日本人的没收，运到朝天宫的故宫博物院里存藏。胜利以后清查，居然没有损失多少。其中的宋本都完全保存，元本损失了四十余种，听说是被一位小伪官拿去送礼了，陈群处也发现过一种。盋山图书馆自印的秘籍，现在只剩了三千余册（原有九万本），所以我想去买一部阮大铖的《咏怀堂集》也没有成功。现在的志书有二三十架，三间大房子，在东南藏志者中可以算是巨擘了。还有一个特点值得提出来，这里的主持人倒还颇有一点古风，他们重视传抄的工作，如果你拿了丹铅砚笔，带了普通的本子想去借他们的宋本来对勘或抄录的话，他们是非常高兴的。不像北平图书馆那样重门深锁，将宋本书放在玻璃箱中，只有特种学者如胡适之之流才有看的福气。大家都在喊学问是公器，可是许多人都不肯拿出藏本来给人看，以免抢去了他的教授的金饭碗，这情形，只要一看那些专作冷门学问的教授中的情形，即可明了。因为这些东西一向不为人所注意，他们搜到了一二稀见册籍，即可雄据砧坛大加铺陈，据为私产，殊有专利之势。一旦要钱用时，还可以高价售与图书馆，不过这一着大抵是不大用的，因为这等于卖绝了自己的生路，其悲哀犹如李后主之失去南唐，盖可原谅也。

废话少说，因为主人的好意，我也有幸登楼看了一下好书。由两位老先生（他们服务本馆已经数十年了）引导，沿了已经将要颓坏的木梯上楼，开了门进去，在这空洞洞的大楼中，放了几排木书架，没有玻璃，听说这些还是几经努力才向朱家骅要来的。一架架都满满的装了车，样子比泽存书库拥挤得多了。据说他们原有的书橱，楠木制的旧橱，已经被当柴来烧掉了，现在还剩下一只，放在隔壁，算是纪念品。

秋阳从窗口照进来，长书桌边还放满了没有整理的书，用草绳拴着。我真为这批书痛心，用草绳拴的地方，那些宋纸都有些磨损了，这是我们用来对待海内孤本的方法！这样一个图书馆，只有七个人负责理书，没有一部车子（车子都运兵、运军火和装姨太太去了），馆方好容易从有关方面借了一部卡车，将积存他处的全部珍本扔上车去，运到龙蟠里，再卸下来，堆在地上。当天因为雇不到工人，于是这些宋、元本就只能在潮湿的地上睡了一夜，幸而还不曾下雨。现在是用每天四千元的工资雇了工人来将这些书陆续运上楼，草绳作捆，掷在楼角，如果你去一翻的话，那全是《四库》底本，商务的《四部丛刊》《古逸丛书》的底本，毛抄黄跋。……这简直是一种“传奇”，可怜得不能使人相信的“传奇”。

居停主人殷勤地从书堆中找书来给我看。第一部找到了宋小字本《晋书》，这是商务曾经影印过的，板式甚小，厚纸，磁青面。初到手使你不觉得这就是如何可珍的册籍，可是你一看那铁划银钩的字迹，一笔不苟的刻法，你将叹诧这比了麻沙本的字体、比了黄善夫本《史记》的字体，更可爱。我又看了宋本《汉书》，这是有如黄善夫刊书的字体了，墨光如漆，薄纸上有如雪状的墨痕，有如看宋人墨迹，加于读书的兴趣之外。

关于小字本《晋书》，傅增湘说过：“盖北宋本也（按指自藏小字本《唐书》），字体秀劲，笔意在褚、颜之间，断为闽中所刻，与宋建本之锋棱峭厉者迥然不同，盖北宋尚存古意，不似南宋以后专以精丽为长，此时代刀法之变迁，不廑缮工之有优劣也。余旧藏百衲本《通鉴》，其小字十五六行者与此正同，他如日本官库所藏《初学记》、江南馆所藏《晋书》，其细行密楷，亦类此。”

我前面所写，意殊未尽，翻检藏记，偶得傅沅叔的一段话，抄了来说明正好。傅氏是老辈藏书家，凡老辈都喜欢考究避讳，与白口、黑口的一大套，而这里却能提出版刻风气加以注意，难得之至。我虽然不能一定断定那本《晋书》的确是北宋刻，然而它与南宋本的不同，则是不容漠识的事。

黄荛圃自称“词山曲海”，然而士礼居藏词曲为外间所见者绝少，近年来才少有发现，这里有一部元刻的《阳春白雪》，可以算是非常的珍品了。书是蝴蝶装，最可爱的是书前的一张柳如是的小像，作道家装。图作于清初，悬想当是曾经亲自看见过河东君的人物所写，三百年前秦淮河上的名妓，后人曾经为她作过“事辑”，她曾经追求过陈卧子，自称女弟，陈不敢接受；后来才转而看上了钱牧斋，在我闻室中为牧斋检书抄文，有如女秘书。《春浮园集》中有记云：“钱牧老语余言，每诗文成，举以示柳夫人，当得意处，夫人辄凝睇注视，赏咏终日。”原书后面有黄跋，当时未细看，回来检《士礼居藏书题跋》又不见，不知曾否提到书的来历，也许这是绛云楼中故物，小像也是原写，那么就更有意义了。

此外有王菉友《说文解字》句读的稿本，丹铅满纸，可以窥见二三百年前人著书的遗风。宋乾道本《颐堂先生文集》是商务《古逸丛书》的底本。嘉祐本《唐书》，明活字本《鹤山大全集》，宋巾箱本《欧阳文粹》。宋本《医说》，与明嘉靖翻本对读，真是有趣的事，字体、行格全同，有如临摹古帖，然而风韵相差是不能掩饰的，这里可以看出明翻宋本的可珍，更可以看出宋本的风神，如此，庶几不会从书贾手中买到“宋本”的翻刊书了罢！

宋活字本《壁水群英待问会元》九十卷，明陈白阳藏。宋朝曾经有过胶泥活字，长沙叶德辉藏有《韦苏州集》，说就是胶泥活字。这一本后边有“牌子”，罗列“丽泽堂活版印行，姑苏胡升缮写，章凤刻，赵昂印”，可以算是中国活字版史上的纪程碑了。

一部宋刻、宋纸、宋印的《云仙散录》，所用的是宋朝的公文纸，每张都盖有官印，并纪年代，有开禧元年六月、嘉泰四年十二月字样，都剜空衬纸，以便观览。

这时柳老先生翼谋进来了，戴了眼镜，穿了旧夹袍，六十八岁的高龄，说起话来还是精神贯注的。我有机缘与老先生坐谈，听他述说了九年来流离的经过，他说到激昂的时候，总是说“非人力所能为”。看了这批书又重新被整理，放在书架上，他说：“书住在此楼三十余年了，八年中迁居流浪了一次，今天仍旧回来，真是神灵呵护……”这使我想起了藏书家在题跋中所常说的那一套神话，然而这却是极富于感情的。

柳老先生追述九年前逃到武汉与当局交涉运书，那时的江苏省教育厅长，柳先生说“就是周逆佛海”，给了他多少留难，漠视，规避……

胜利以后，他马上飞回来看书，与杭次长立武几次交涉，才在接收大员的机位中占了一个位子。他是非常感慨于南京接收时的紊乱的，曾几次说及。这里我想追述一件已经成为图书馆界熟习了的故事。山东陷敌时，济南的山东省立图书馆长王献唐作了呈文给韩复榘要求派车，韩在呈文上批了两个大字“不理”。

现在，柳先生几次请江苏省教育厅派人来馆看看，得到的结果还是“不理”。据说他们不愿来看，是不敢来，一看之下，书橱没有、人手不足……在在都要增加经费，可是省府正在关注“苏北难民”，想请“上海小姐”们给弄一笔钱，又那里管得这些连烧火都不燃的宋元本呢？

我陪了柳老先生缓步去看了他们的藏书，看工人在运书，走下了楼，穿过“陶风楼”，柳先生告诉我，这是纪念陶侃、陶澍与端陶斋（方）的。走过庭前，双梧高耸，旧时的庭宇依然，书房如旧，柳先生指点着这些说，俞理初、胡培翚都在这儿作过山长，这些旧房中也住过不少名人，如薛时雨的姻戚袁爽秋，都是这儿出身的学生。……叩别出门，坐洋车回去，看看石头城上的一片落日，也真感到有些“古意”，也感到异常的黯然。

九月二十八日于上海

附记：今年夏天，在来薰阁买到两册《阳春白雪》，即是那曾经柳如是校过的元本的抚刻本，黄跋也照样影刻了。可惜书中的校笔与书前的河东小像没有办法照样刊下来。

三十六年七月二日重校记

## “美人肝”

南京是所谓六朝古都，秦汉以前不谈，仅自孙吴大帝黄龙元年（二二九）建都开始，到现在已经是一千七百多年了。其间虽然经过多少次变革、兵火，到现在，总算仍旧是政府所在的地方。想看看南京的文化，极容易联想到古昔，事实上也似乎也只有“古昔”还可看。要想找民国三十五年度的新文化，可以说并没有。除了中央研究院的房子还算漂亮之外，似乎只有一二种仿效上海方型小报的豆付干周刊了罢？说也难怪，胜利虽已一年，干戈却尚未化成玉帛，乒乓之声起于天末，又哪里有闲心逸致来讲求礼乐弦歌之事呢？因此，要在这方面找材料，就异常干枯，而且这仅余的一点“古昔”，也将为当局的“粉饰”而日益消亡。灵谷寺改为阵亡将士墓，豁蒙楼上住了防空的大员，“南朝四百八十寺”这一修饰会弄得古迹荡然，阮步兵的墓碑上刻了党徽，朋友说笑话，不料这位晋代的狂诗人千年之后却变成了“本党同志”，阮公地下有知，不知当怎样“咏怀”也。念郁达夫遗诗，“唱破家山饰太平”，即使在多晴好的秋阳之下，也不免有些愤懑了。

提起文化，这应该是历史流传的结晶品，这中间自然包含了两种，其一是太平盛世，衣食丰足之余的余绪，另一种则是世纪末人们疯狂的享乐。前者可以举出曹雪芹的祖父曹寅。曹官宁织造时，曾刻《楝亭十二种》，其中有《粥谱》等一二种，讲究吃而及于吃粥，可谓精致了。原书少见，读者大抵还都熟习《红楼梦》上宝玉挨打以后吃莲叶羹的情形罢？至于后一种则可以举出较近的南明作例，一翻《板桥杂记》之类的书，总该惊异于那些“名士”“美人”是怎样的在吃着，玩着，穿着。却说明朝的南京，与现在稍有不同，现在繁华中心的新街口一带，当时还是“大内”，商业集中处还在“聚宝门”（今改中华门）一带。如果想了解明代金陵的繁昌情形，我想是非在中华门内外一带多走走不可的罢？自中华门沿城西行，在现在已经十分荒落的西南隅里，正是当时的达官贵人们的园囿所在之地。仅举一例，阮大铖的“石巢园”即在此处，当时人称之为“裤子裆”，现在是库司坊，还有一湾小池，两片断石，正是当时咏怀堂遗址，上演《春灯》《燕子》的所在。中华门外，过“长干桥”，经“雨花路”，两旁的店铺古色古香，还都十足的带了“旧味”，我想当是太平军后的遗迹罢，自然，时代逐渐加上去的色彩也还是有的。在这里，在仅余一楹的“大报恩寺”的对过有一家十分不起眼的小店——“马祥兴”。

店虽小而却十分有名，是一家清真教门的馆子，以一味“美人肝”驰誉当世。听说当汪逆兆铭开伪府于金陵时，曾经时常深更半夜以荣宝斋小笺自书“汪公馆点菜，军警一律放行”，派汽车到这里来买菜回去。这事至今在南京的小报上还津津乐道，甲申三百年祭，金陵就更有了新的马、阮，如果依照“历史循环论”讲来，也真是“并非偶然”的罢？

我与朋友也自然是想领略一下这名菜的。坐在暗黑的房子里边，据了一张古老的座头，与堂倌商量，回答却是没有。

原来所谓“美人肝”是一种鸭胰，每只鸭子只有一只胰脏，大小约一吋罢？如果要拼成一盘菜，似乎就非几十百只鸭子不办。店中经常派人在市场上面收，收得与否是没有一定的。

我们就另外请堂倌推荐两样拿手的，就又要了“凤尾虾”与“蛋烧卖”，要半斤黄酒，没有“美人肝”，究竟未免有些遗憾。

看看这家店，前面一间是柜台与锅灶所在地。后面一大间就是卖座的地方，上面搭了席棚，听说战前不是这样子，这是轰炸以后的遗址。里面用木板搭起来的一间，则是“雅座”了。与我们并排而坐的，正是一些“贩夫走卒”，短蓝衫，大肚皮，一杯一杯的喝着。再隔壁，就又有衣冠楚楚的“上流人物”，还带了“红襟翠袖”来。如果讲“民主”，这里却还有一点点，“上流人”的台面亦只不过加上一张白布单，因为他们是在请客。

一会，胖胖的老板用荷叶包了刚刚收到的一些鸭胰给我们看了，他的脸上充满了欣喜之情：“刚刚收到了这一些，就给你们加一只美人肝罢。”我们自然欣然接受了。多美丽的质朴的“人情味”。

我的确觉得这是古昔的文化的所在了。我又想到北平的沙锅居，与另外一家吃烧牛肉的地方。也是这么一个逼狭旧老的小房子，也是这样的九流三教拥挤一堂，一同欣赏他们的美味的方式。西欧与英国人似乎还可以欣赏这些，美国商人大抵绝对不能了解这个了。无论生意多好，沙锅居每天只卖半只猪，决不增加，宁愿让十一点来的顾客失望而去，明日请早。清朝的大臣们早朝退班后不及更衣，全副盛服，抬起一脚与贩夫走卒一起围炉烧牛肉吃，老板没有想到“雅座”，更不必说“女招待”了。这大约是中国人的一种特别想法罢，在南京也曾有过陈后主的“临春”“结绮”，但是词人们总是慨叹于“眼看他起朱楼，眼看他宴宾客，眼看他楼坍了”，很自然的归结于“知足长乐”“满招损，谦受益”，融合了道教分子的所谓儒家思想，就是这样。它的好坏与留给中国人民的影响不提，这是地道的中国文化的遗留的事，总是真确的罢？

看题目好像是要大谈其“食道”，不道这个我是不懂的。“美人肝”在我看来殊无异于炒鸡丝，虽然更多一点清淡味，而且它的名字又那么好。此外，我们的便饭实在只用了很少一点钱，比到什么“三六九”之类的地方还要便宜。

十月九日

# 关于鲁迅先生的遗书

许景宋先生新自北平回来，今晨往访，听许先生说了她对北平的印象。二十年没有回去，北平在许先生看来有三多。其一是老头子多，在马路上随时可以看到一大把白胡子悠然闲步的老头儿，如果想敬老，设筵招待，绝不愁座上缺人。其次即是古树多，多少株树干已经干枯了，而枝叶还扶疏繁茂着。再就是臭气多，因为北平没有下水道，又没有了挑水的人，所以家家都将用过了的污水倒在街上，院子里，每天泛潮时一片臭气。

此外，北平很少改变，物价非常便宜，白菜论“百斤”来买，头号大柿子两枚五百元，葡萄、梨等水果每斤在千元左右，只是米价高。除了这些她又提到了北平的可爱的安谧，要想读书、做学问，北平还是好地方。

许先生曾经看望了鲁迅先生在平的家属，安置了一下，并且将鲁迅先生的一部份遗书带回来了。关于鲁迅先生的遗书，抗战中曾有过被售的可能，后来总算没有卖，听许先生谈，损失是还有一些损失的，这些事听了使人伤心。现存的藏书都已经编了目录。这次携带了来的全是鲁迅先生的手稿本，抄本，和一些字画。

在这批书中，最值得注意的是两种校勘本，唐刘恂《岭表录异》三卷与谢承《后汉书》五卷。

许先生打开箱子，从里边取出来包扎得好好的四五包稿本来。一层牛皮纸下面是另一层毛边纸，包封上有鲁迅先生亲笔写的书名，这些都已被什么人在抄目时打开弄碎了。书稿用毛边纸，活页，纸订；未订成册的，都用宽约一寸的桑皮纸圈套起，处处可以看出作事的精微细致。根据在《三闲集》末先生自撰著译书目所说，《岭表录异》是“以唐、宋类书所引校《永乐大典》本，并补遗”的。编三十年集时因为适值抗战，书在北平，未能收入。同样，辑本的谢承《后汉书》五卷也不见于《全集》，《后汉书》据先生自注，是“多于汪文台辑本”的。周作人在《关于鲁迅》中说：“此外又有一部谢承《后汉书》，因为谢伟平是山阴人的缘故，特为辑集，可惜分量太多，所以未能与《故书杂集》同时刊版，从这笃恭乡里的见地说来，也是一件遗憾的事。”先生手写字体极秀整，不像晚年的苍老。如果藏有川岛校印的《游仙窟》的，可以从卷首先生手书的序言中领略其风度。两书都间有眉批，大概是全书成后又有新发见的地方后来再加注上去的罢？

此外，以碑录的部份为最多，有两大包，抄写字体秀整如前，自汉、晋、北魏以来陆续抄录。先生所据，不知道是原拓抑或后人的碑传，抄写不仅录文字，而且存原式，如“正解寺残碑”中有断裂，先生即照原式中加折纹，遇有阙字，大抵以方格示之。在书中，还夹了先生自制的方格纸，与纸制的营造尺型，用以度量影录者。

这时期，正是袁世凯作了大总统，公布了《修正约法》，准备作皇帝的时候。国内是一片乌烟瘴气，先生精神上所受的压抑至大，在袁氏死前一月，民国五年五月，先生移居北平绍兴会馆的补树书屋，又过起索居“僧舍”的生活来，用以消磨时间的方法，即是抄古碑，在《呐喊》的自序中有一段：

> S会馆里有三间屋，相传是曾经在院子里的槐树上缢死过一个女人的，现在槐树已经高不可攀了，而这屋还没有人住；许多年，我便寓在这屋里抄古碑。客中少有人来，古碑中也遇不到什么问题和主义，而我的生命却居然暗暗地消去了，这也就是我惟一的愿望。……
>
> 那时偶或来谈的是一个老朋友金心异，将手提的大皮夹放在破桌上，脱下长衫，对面坐下了，……
>
> “你抄了这些有什么用？”有一夜他翻着我那古碑的抄本，发了研究的质问了。
>
> “没有什么用。”
>
> “那么，你抄他是什么意思呢？”
>
> “没有什么意思。”
>
> ……

这里所说的“S会馆”即是绍兴会馆，金心异者，钱玄同也。文章背后的一种无限的寂寞，溢于纸背，现在我重翻这些经钱玄同先生先生摹抄过的古碑抄本，犹不胜其阴森之感。

这些有什么用呢？以一个人的财力收集古碑拓本，以一个人的精力抄写着，历经数年，成书两大叠，这在拥有雄厚资力与人力的日本人的、美国人的研究所看来，是不足道的愚人的行径，然而在中国的朴学家看来，正是一种寂寞而崇高的工作。自俞曲园、章炳麟以降，鲁迅先生恐怕是中国朴学收场的一个人了，他用了这个消磨了他年青的生命。

留在后半生里的痕迹是先生的字，其中有着浓重的魏代碑刻的笔意，雄深朴茂，尝见先生所书“海上述林”“海燕”……如集自古刻，令人深感这是此一时期中先生抄古碑的遗留的影响。在“碑录”之外，先生有兴趣的是六朝造象、古砖和魏晋人的文集。出于此一范畴之中，就又有下面这些抄本：

佛象记
沈下贤文集
百专考（滂喜斋丛书）
汉石存（罗振玉著）
出三藏记集（梁释僧祐）
谢氏后汉书补
青琐高议
遂初堂书目

谢灵运集四卷

六朝墓铭目录

唐宋传奇抄本多种，中有：

绿珠传

梅妃传

赵飞燕外传

……

在这些书中，除了一望而知的抄本之外，其中《佛象记》与《六朝墓名目录》两种都不书撰人，想来是先生未完成的谱录工作。

《鲁迅传》末所附《著作年表》有《六朝造象目录》与《六明墓志目录》两种，都未印。名称有殊，不知是否即为此两册。

在两书底页都钤有“会稽周氏藏本”与“周氏”小印。

《遂初堂书目》的首页，还有先生朱笔所抄《四库提要》之类的引言一页。

还有一部《罗氏群书》，缺了首册，其中有先生所抄补的一卷《淮阴金石仅存录》，书式大小、板匡字体，都与原书无异，令我深深感动于先生的这种影抄的精神。在过去，毛抄、黄抄是以神似原刻，毫发无爽有名的，不过这大抵是倩“书手”代抄，甚至在卖书单上（如汲古阁）还特地标明，说是花了若干抄工本钱，如此出售，还算赔本之类的话。亲自手抄，如此工整，除了用作学问代娱乐这一种说法来解释以外，恐怕就难以讲通了。

先生所说消磨生命于抄书的话，现在看来也确实有意义，并非冷寂的反语，如《罗氏群书》刊于光宣之间，《滂喜斋丛书》刊板至今犹存，《遂初堂书目》更见于海山仙馆丛书中，都不是什么难得之本，尤其在当时，价钱怕也并不贵的，这里的勤勉地手抄，其用意，我想大抵是在求一种寂寞的悦乐罢。

还有一点值得一提的是从抄《遂初堂书目》可以看出先生对藏书的看法。这是宋代藏书家尤袤的书目，如果讲究板本，这不适用，因为尤氏所藏都是宋以前人的撰著，不附版本注，无由考索。然而别集中收六朝人著作甚备，谱录类中多关于古石刻、古镜、石鼓之类的书，在先生的研究的旨趣上是相合的。原书跋中有一则云：

> 李太史焘云：延之（按尤袤字延之）于书靡不观，观之靡不记。每公退，则闭门谢客，日计手抄若干古书，其子弟及诸女亦抄书。一日，谓予曰："吾所抄书，今若干卷，将汇而目之，饥读之以当肉，寒读之以当裘，孤寂读之以当友朋，幽忧读之以当金石琴瑟也。"

我读了这一段，悬想鲁迅先生当初抄此目时，应当也深深的感于宋代的这位读书人的寂寞的悦乐而会心的罢？

景宋先生说还有一大批拓本留在北平，因过于笨重未曾带来。她说这里边有古砖的拓本，我猜想或者就是先生所辛苦收藏的汉画石刻罢？这一部分未印的遗书，应当最为我们珍重。鲁迅先生在《坟》里《说胡须》一文中曾经说起：

> 清乾隆中，黄易掘出汉武梁祠石刻画像来，男子的须多翘上；我们现在所见北魏至唐的佛教造像中的信士像，凡有胡子的也都翘上，直到元明的画像，则胡子大抵受了地心的吸力作用，向下面拖下去了。

这话也不是凭空说的，是根据了搜集的汉、唐石刻拓本而言。今年在京，访问周作人时，曾经问过他苦雨斋中可还保存了鲁迅先生的什么集外文。他在回答没有之后，也特别提出了这一部份东西，认为是先生用力最劬的工作，值得重视的。

在箱子角里，许先生又找出一册黄有光纸面的红格本，是《明以来小说年表》。起洪武元年，迄民国癸亥（十二年），列了表格。上列公元，次列干支，再次是年号纪元。看样子是刚刚起首的长编工作，不曾完成，填入的小说名目甚少。书端有《凡例》两则：

一、云某年作某年成者皆据序文言之，其脱稿当较先。

二、所据书名记于下，无注者皆据本书。

看了这个，知道先生于唐以前的古小说的稽考之余，也曾有意于近代小说的研究，与《小说旧闻抄》同为长编的工作，可惜不曾继续做下去。

还有一册是《会稽郡故书杂集》的木刻原本，陈衡恪署检，封里有“乙卯二月刊成，会稽周氏藏板”的牌子，白纸一册。至于金陵刻经处所刊先生捐资刊刻的《百喻经》，许先生说可惜没有找到。

书之外，许先生又拿出两卷字画来。这也是从北平鲁迅先生的故居书房中检出来的，因为保藏的不慎，一些画卷的下角已经被老鼠咬碎了。最大的一张是一张中堂，厚纸，章太炎先生所书：

> 变化齐一，不主故常。在谷满谷，在阬满阬。涂却守神，以物为量。

上属“书赠豫材”，下题“章炳麟”。

其余都是小幅的山水。最值得注意的是陈师曾所作的小品山水册页，有一幅上题“豫才仁兄属”，下属“衡恪”（师曾名）。这些小品册页与后来陈氏为北平各南纸店所作的笺谱风格相同，鲁迅先生酷爱板画诗笺，其发端甚早，从这里的请陈师曾作小笺即可看出，先生在《北平笺谱》序中说：

> 宣统末，林琴南先生山水笺出，似为当代文人特作画笺之始，然未详。及中华民国立，义宁陈君师曾入北京，初为镌铜者作墨盒、镇纸画稿，俾其雕镂；既成拓墨，雅趣盎然。不久复廓其技于笺纸，才华蓬勃，笔简意饶，且又顾及刻工，省其奏刀之困，而诗笺乃开一新境。盖至是而画师梓人，神志暗合，通力合作，遂越前修矣。

正巧，这里也正有林琴南的一幅山水小幅，除陈、林之外，又有包公超的工笔山水、戴克让的小幅山水、吴江袁章（陶厂）所作的绢画山水，全部是这一类的小品。

另外还有两张太平天国的玉玺铃图，有“天下太平，万方来朝”的字样。

走马看花地瞻视一过，却也费了两个钟头的时间。这只是极草率的纪录，不免有误。我极感欣幸的是得以亲见这一代巨人早年生活的片影，使我有如走入北平的绍兴会馆中，仿佛看见先生寂寞地坐在那儿抄着古碑，间或也摩抄一下这些小小的画稿。我极欣喜能见先生的人格之全，他在战斗之余也喜欢寄情于这些小小的艺术制作，并不像有些人所想像，他严肃得连笑话也不说的样子。

十月二十日写毕

# 风尘

## ——记一个可爱的人

少年时的哀乐往往是比了现在要真切得多的。当六七年前，那时我是一个十几岁的小孩子，寄宿在一个中学校里边。这几年寄宿生活，在我的狭小的记忆中，装点着极美丽的动人的一面。更使人不忘记的是星期六的晚上（星期日虽然有整天的休息，可是看了第二天的日历，就不免要浮出了一种惆怅的心情来）。还记得在星期天的傍晚，从叔父家里回到学校去时的情形。在一条小河的岸旁，等候一个伛偻的老人的摆渡。一抹斜阳，在浑浊的水面上映起一片金黄，从集着的渔船上一缕缕的浮起了晚炊的烟火。跳上了摇动不停的渡船，拿一个铜板扔到古老的紫色的瓦罐里，发出一声极其清脆的响声。老人一声不响，慢慢的摇起橹，这咿哑的橹声令人感到说不出的怅惘。

星期六的下午却一点也没有这样的情绪，几乎每个人都要尽量享受这样一个下午。坐了人力车到远远的市里去，在商场里边的书摊上消磨一些时间。华灯初上的傍晚，常常是随便到附近的“馆子”里吃一次晚饭。初冬的北国，已经吹着峻厉的北风，一阵阵卷起黄沙。红油漆的饭馆门窗里，挂着肥肥的填鸭，和大大小小各式各样的火锅。高高的站在砧板上的人，用了磨得明亮耀眼的刀切出“飞薄”的羊肉片来，那连了冻结了的白色脂肪的羊肉，在一百支光的电灯光亮下面，越显出了红白相映的艳丽。这就是出名的羊肉刷锅——北国冬天的名物。

吃过晚饭后走出不大热闹的巷子。那里的灯光是暗淡的，只有几支暗黄色的罩满了蛛网的电灯在铁门上边照着。黑暗的角落里转出一个穿黑色短衣的人来：“先生，去看看！新到的女学生！”听了这个就急急的走到巷子外边去。那人还是紧紧的追着，一直到巷口。这里是霓红灯的世界了。广告字的霓红灯管里，像是充满了冻结的鲜血，在吹着要刺进皮肤里去似的虎虎的北风中。

跳上人力车，放下前面的棉布车帘子，凭他拖到市声远去的黑暗里去。学校是在都市的西南角上，隔开了租界的是一个有着“三不管”的奇怪地名的地方。当人力车从酒绿灯红的世界中出来投进死静的黑暗中时，听着车夫在迎着北风里行进的喘息，格外的发生一种严肃感觉。道路是崎岖不平的，这地方是都市排泄物堆积的地方。在黄土里，时常倾斜的露出棺材的一角，薄薄的几片木板，经过野狗的努力，很容易的就被弄开了。这就是一些劳动者的归宿。

从棉布车篷两旁的小窗中远望着渐渐远了的租界（那是笼罩在一阵火样的红光里），××公司高高的尖顶上挂了电灯组成的大字。车子的经过，引起了野狗的嗥声，凄厉的，像游丝一样的，飘荡在北风里。坐在摇动的车上，只是想象着宿舍里的温暖空气，紧紧的包在大衣里蜷成一团。

长长的宿舍的走廊，有几个不小的火炉子。一打开装了弹簧的风门，就匝面吹过来一阵暖雾。进了房间以后弄亮电灯，四方的桌子上罩着一层黄砂，这是刮过一下午风沙的成绩，虽然窗子是紧紧的关着，沙子还会从仅够吹进一丝冷风的细缝里飞进来，细细的敷在桌子上面。

桌上有一张柬帖。这是从一个先生那里送来的，说是要我到他家里去谈一下。那时我还保存着一份年青的心，手里举起了这从先生处送来的请柬时，立刻感到了非常的兴奋。知道这是已经送来一些时候，就赶快带着惊喜的心情跑去。学校里有一排为先生们建筑的小小平房，大约有九间的样子，所以就叫做“九间房”，这是在隔开一条街的另外一座楼房的下面的。在黯淡的路灯下面跑着的我，心里是怦怦的跳动着，这似乎是我记忆中第一次受人的邀请。

我站在一间小小的房子门口。窗子上贴着的纸已经为日光晒得黄黄的了，屋里的电灯光映出上面一些雨水渍湿的痕迹。我轻轻的敲了门，得到了回答，推门进去看见他穿了黄色的毛线衣在火炉旁边站着。火炉上有一个小小的铝锅子，水正在沸腾，在寂静中很清晰的可以听出火烧得旺了时的丝丝声和锅子里的水的轻微的滚沸声。

“天冷得很呀！礼拜六的晚上，请你们住校的同学来玩一下，吃点梨。”他的口音带着很浓的四川味，说话常常带了轻亮的尾音。他从锅里取出一片片煮好了的梨片，盛在碟子里边，旁边放着几根牙签。

“吃，吃，不要客气。”他用力擦了擦手，两肩稍微有一些上耸，瘦削的脸上笑的时候更凹下去了。他走到旁边去拿火柴点上一支烟。屋子里有两只书架，全满满的装了书，上边贴着纸条“橱内书籍，概不出借”。看了那些从图书馆里借不到的文学书出神的我，这张条子使我失望，就一直的看着。他似乎也看出来了：“你看在书架上贴着这种条子，太不客气了罢？教员借书给学生真是讨厌的事情，往往收不回来，就是收回来也旧得不像样子了。你要借可以拿去，不要紧的。”从圆形眼镜后边露出微笑。我终于拣了两本小书回去。记得里边有一本是《我们的六月》，里边有一张纸印的山水画的，很可爱，后来印的就没有这一张图了。

他和别的一些先生们是很有些不同的。有时候他和我们在一起包饭，我们都还是小孩子，一桌六个人里五个人都是矮矮的，只坐了他一个穿西装带眼镜的高高的人。十二点钟开饭以前，饭厅里敲碟子声音一片响，教务主任听见跑来弹压时，看见他也拿了筷子在轻轻碰着碟子边，就不好意思的走出去了。菜来了，我们吃得真快，真对不起他，在他还没有吃完一碗时，我们早就吃了两三碗了，三盘荤菜也吃得差不多，还剩下一碗豆腐或是白菜。这时我们就拥了他出去散步，说一些笑话算是饭后开胃的东西。

他爱和小孩子一起玩，可是和他的弟弟（那是一个作家）一样，都是抱着独身主义的。回想在那学校里热闹的校刊里有一部分是专门登载“校闻”的，有一个统计，在教员里的独身的人只有他一个。于是我们就努力替他设想着种种可能的故事。有一个从美国回来的华侨女先生，想向他学习祖国的语言，常一起在外边散步。那时流行着对他的故事太多了。可是在一个先生们合作的英文剧中他是扮作一个前清的县令的，在审问着一件婚姻的案子，那女先生是问题里的人物。县令出场前，先有几个穿了黑衣服戴红帽子手执木板的人出现，我就扮了一个那样的角色。我们出现后一会，台上拉着胡琴里的“小开门”，一个非常好听的调子。他就走出来了，瘦瘦的脸，戴了“秋帽”，更显出尖尖的下巴来。带着一副黑色的墨镜，放下了马蹄袖打着靴子上的灰尘。这一切作得那么像，在十多岁的我们看来是要大笑的，在和他相仿年纪的人看来就会发出会心的微笑来。

他弟弟有时过学校看他。那时学校旁边一些书店里的同一署名的小说就卖光了，拿了去请他介绍经他弟弟签名。这在一些年青的人，是很可喜的时髦的事情。许多人在那些书里接受了些爱自由、爱人类的理想，就常常拿他当作很亲近的人看，觉得他也是和他弟弟一样的人。

学校有一些老式的人作舍监一类的事情，常常会无聊得寻一些事情来作。如果有人常常有新的杂志从外面寄来，或者宿舍里的书架上多了些新书的时候，那他们就会注意了。虽然不过是二年级的学生。这时被注意得有些愤怒了的人就去找他诉告，他也总是很同情的向教务主任去问问。教务主任自然是随便的答应了一下算数，也拿他来看作天真的小孩一样。

一九三七年的七月初，我才从军训营里回到学校里来，准备着南下。把行李弄好交给旅行社，车票也已经弄到手以后，就在学校里徘徊着消磨剩下的一个下午。好像有一点心灵的预感，对这几年来游钓之地，突然发生了依恋心情。吃过晚饭以后就独自走到大操场里去，是一个作田径赛场地用的大大的广场，一个人也没有。地上因为好久没有人来，下过几次雨以后，长出青草来了。广场对过的楼上，萧疏的只剩下一两支灯火，墙边有一排木板制的看台，最高的一层正好可以看到墙外边去，外面是一片荒凉地方，冬天是一片风沙，夏天虽然给寥落的几株远林渗上了些青绿颜色，可是也还寂寞荒凉得很。远远是一道“墙子河”堤。我跑上木看台高处去看日落——这是我常看的，一条河堤远远看去只是一堆黄土，大地是那么缺乏变化，漫天都是黄黄的一片沙色。赛马会的人在外边溜着马，一阵嘶声随着晚风吹来，就像是空虚的心里给吹走了些什么。

“看日落，多美的日落。”我一回头，又看见了那高高的身子，远远的日头像一个大红球在河堤上浮着。

“今年暑假没有到别的地方去罢?”

“附近都玩过了，回家又太远，所以还是留在学校里。每天打打网球，看看落日，也不坏!”他笑着，可是并没有平常高兴时笑的那种高扬的尾声。

“你就要回家去了罢？别是叫时局吓怕了。你看我多镇静，非等打起来决不离开学校。你知道我住在那房子七八年了，不愿意离开呢。”

这时太阳已经全部沉下河堤去了，只还剩下一片紫红色的光彩。我们慢慢走下去，在跑道上踱着，很少说话，一直到街上满布了灯火。

从朋友的来信里知道，学校被炸的第一颗炸弹是落在他的那间房子上的，就是我在那冬天的晚上吃过煮梨的房子，那些书大概也都变成灰烬，他倒是预先避开了。海上已经起了秋风，只是没有夹着北国那些风沙，看了布满了灯火的街上的景色，我心里深深的怀恋着那一个看日落的傍晚。

二十八年

# 李林先生记念

李林先生逝世，迄今已是一年。在这一年中，我几次企图执笔写一篇追忆先生的文字（大约有四五次），都不曾完工，而一经追忆，也往往使我堕入辛酸的旧梦中，不克自已。因为他虽然是我的先生，但相待亲切有如家人，而且有许多话是家人中间也不会谈说的，更能从他那儿得到诲示，往往使我明澈，使我感动。于是我乃永远不能忘记那些下午，我跑到他的那间排满了书架的房子里去谈天，一坐就是好半日。在那些日子中，正是上海成为孤岛以后，天日阴晦，心情也同其暗淡，于是这些谈话，就成为不可或缺的生活之一部了。欲有记述，却深苦头绪纷繁，正是“往事如烟”，现在只想从这重重的烟雨中摘取一些闪烁，分别记述。

他是一个最好的老师，这在他的学生中大都是这样的感觉着的。最重要的原因是他有着一颗孩子的心，生活在我们的一群顽皮者的中间，很缺乏那一种岸然的气色。他和我们一起吃饭，一起玩球，一起唱歌、游戏，——上课时也常唱歌或走出去游戏一番的，——一起去看电影和溜冰。这使我们觉得很特别，可以亲近。还有个原因，是他没有结婚，也似乎永远不预备结婚，而这在当时我们的先生之中，是颇特殊的。

他看待学生像自己的小弟弟，而自己却从来不以先生或长辈自居。这情形在学校固然如此，就是离开学校在上海重逢时也还是如此。当他告诉我怎样从日本人的炮火之下逃出学校，穿过东马路走进租界去时，他笑着形容当时的慌张，将草帽放在头边，用以“防御”从旭街那边飞来的机关枪，弯了腰跑过街去。那时他正像一个孩子，忘记了坐在前面的是他的学生。

又谈到了在学校时他被任命为训导员，奉命去注意一个同学的事。那位同学喜欢买些当时风行的杂志和文学书来看，因此就被认为有问题了。他接受了这一个“使命”之后，在训导会议上发了一顿牢骚，以后学校也就不再请他做这种事了。

他喜欢买书，他的小房间里有着满满的几书架的藏书，鲁迅与郭沫若、郁达夫的都有全集，可是他最讨厌出借，在架上贴了小纸条，说明概不出借的话。然而我却在那里借过两本书。当时是预备开个玩笑，碰个小钉子的，然而却借得了。当那本小的同人杂志《水星》在北平出版时，他在学校贴了两张小广告，他是代订人。学校附近的一家会友书局，是他常去的地方。我常常遇见他在虎虎的北风里耸了肩，挟了两本新书报从书店里走回房里去。后来天津陷落，他的书却在天津市场的旧书摊上出现了，朋友买了几本又送给他，他说这时候藏书的兴趣已经减低了。

天津大水，他困在那儿，教两个中学，整日奔忙，缺乏运动，后来来到上海，不做事，索居在一角小楼上面。平时的生活也还是看看电影，买买英文旧书，买买旧唱片，寂寞之至。随了日本人进入租界，他更缺乏了笑容，生活更忧郁了。他的弟弟朋友有很多都已离开了上海，他于是更寂寞了。

在我去看他时，常常谈到过去的事，我却从来不曾问他为什么还不结婚。他也常常笑着摸摸下巴上生出来的短髭笑说："老了，老了。"我也没有问他的年岁，我恐怕这些都会刺激他平静的感情。

后来，北方有不少同学到上海来，渐渐地来看他的人多起来了。有两位女同学时常在座上遇到，然而好像也寂寞得很，没有什么话可说，她们继续着这样的访问，他也只是用着平常的方式接待，喝喝茶，谈一些过去的事。这些旧事虽然并无趣味，可是依然有一种引诱的力量使我们接连地重复地谈着。他倒茶给我们时总是用另外的杯子，他自己用一个固定的杯子，他没有说明，我们也默默地接受这事实，并不特别露出什么注意的痕迹来。

一次我陪他到街上去买东西，在那时物价是每日飞跳着的。经过书局，他买了一百多块钱的稿纸，一大包，大约可以写一百多万字的，我帮他拿回家来。他说这是预备用来闭门译书的，预备译冈查洛夫的《阿布莫洛夫》，那时他译的《悬崖》已经出版了。

我也跑跑旧书摊，遇到俄国小说时总通知他。后来发现，那本《悬崖》的英文原本却并非全译本。他又喜欢库普林、布宁的小说，常说要译两篇出来。

这时 Y 从天津来演戏，请他补习英文，于是我们之间称呼人的时候就有了两位李先生，不过说起来时口气是不同的。他也常去看戏，对于台上的笑谑也总微笑着欣赏着。不知如何，他似乎看到了一点什么，跟我说 Y 并不算十分美。当时也就笑笑过去了。后来 Y 在上海大红，被称为“舞台上最美丽的女演员”。我想起当时也是红极一时的被改编为电影的一本美国女作家的小说，开头的两句形容女主角并不美，但是有使人不易忘记的一种个性的话。

我同他另外一个学生要到内地去，他极赞成。临走时我送给他几册小说，其中有布宁的一册，后来他也译出了一篇。他在洪长兴请我们吃涮羊肉饯行，座中全是他的学生，要我代为通知，也约了 Y。

那一天天气很好，下午五时，我们乘车子去赴宴。自然也是淡淡的，他劝大家吃点酒，随便吃菜。不知怎样有些拘束，还没有平时我们这些人在一起时的热闹。吃完饭，Y 赶着去上戏，我与 W 到咖啡馆里去吃冰，我们说李先生是个好人，希望回上海以后他已经结婚了。

胜利后久久不得归来。弟弟来信说他大病初愈，精神甚好，极希望能早日回来，再到他家里去谈天，该更有说不完的话，有许多话是只能向他说的，也只能请他告诉我应该怎样做的，然而后来这都成为空想。他故世了。

七月底，离渝飞沪，第二天就到他的故居去看 L 先生，特别惆怅。“人事已非”，使我更深深的感到了。延到现在，才能拉杂地写这篇小文来做纪念，心里几乎已经空虚得没有一点说话的兴趣了。

# 更谈周作人

今年六月中，在重庆读到艾芜先生的《谈周作人》，那时正是周被押解来京的时候，在飞机上还为人题诗，新闻记者们的通讯里也很多描写，很热闹了一阵。长夏无事也就搜索记忆，写了一篇《更谈周作人》，投在《大公晚报》的“小公园”上。我所说的仅限于“七七”以后到我入蜀之前的一段所闻关于周的故事，三十二年春以后的事，就不知道。

后来有一天到上清寺联大教授居住的地方去访问，看见了冯至，姚从吾诸先生。可巧姚先生也看到了那一篇东西，就关心地问讯周的一切，谈了很多时，知道联大教授多人由陈雪屏先生领衔，上书为周缓颊。周也曾经致书蒋梦麟、傅斯年诸先生，有所申说。诸先生的反应不一，有的置之不答，有的大加批注，痛斥一番，这当然是非常痛快的事。从《语丝》时代开始《谈虎集》以来，周的散文一共大约有二十本左右，如果有闲翻上一遍，与他后日的行动比较，加以斥责，材料之多，真是取不胜取。不过我觉得这种工作正是检察官的本份，在南京的大成殿上加以责问，周也只有俯首无言、汗出如浆的份儿。正像一出大团圆的喜剧，结尾的地方是奸臣受戮，忠义得伸。不是我所想做的。

这是我当时的感想。不过这感想后来也就变更了，那是从报上读到他在大成殿上自己的辩护的话之后的事。

回家后翻读周最近几年出版的文集，发觉有一点是他所标榜的，几乎在每一本书的序文或后记里都有说及，如《药堂杂文》序中说：“在家人也不打谎话，这些文章虽然写得不好，都是经过考虑的。”《书房一角》新序中也说：“我所写的于读者或无兴趣，那是当然的，至于强不知以为知的那么说诳话，我想是没有。”从这句标语看他的文集，是做得不差的。日本文化绝口不谈说是不懂，即是一点。不过在大成殿上他为自己辩护说被迫下水，是由于廿八年元旦的一弹，就颇使我觉得满身的不愉快。

廿八年元旦的一弹至今也还是一桩疑案。到底来自何方，没有人能知道。不过看当时的情形，日本人大抵未必想把他打死，这是毫无可疑的事。《苦茶庵打油诗》中有一首云：

> 但思忍过事堪喜，回首冤亲一惘然。饱吃苦茶辨余味，代言找得杜樊川。

即咏此诗。这首诗很可以和《苦茶随笔》中的《半农纪念》中的一首诗合看，那首诗云：

> 谁云一死恩仇泯，海上微闻有笑声。空向刀山长作揖，阿旁牛首太狰狞。

时间虽有五年，我看他的意思是一贯的。我想他当时的了解也不能算错。后来似乎也曾听见什么人说过，放枪的人是青年的学生，好像还是一个同学罢？目的在免得这位老作家再去出乖露丑，想在“周公恐惧流言日，王莽谦恭下士时”就结束了他的生命。这种作风虽不免幼稚，用意倒可以说是好的。本来他在文章里也常说起老丑可厌，引《徒然草》曰：“寿则多辱，即使长命，在四十以内死了最为得体。”不算对他不理解，可是这次在大成殿上，他却说这是日本人的诡计，听了真不禁使人发笑，不打诳语的“老和尚”为了自我辩解也说出了这种话，是使我觉得不愉快的第一点。

四年前在《燕京学报》上读到了他的《玄同纪念》，觉得非常好，觉得这是他的文章的巅顶，曾经与一位朋友反复赞叹。文中引《东山谈苑》云：“倪元镇为张士信所窘辱，绝口不言。或问之，元镇曰：‘一说便俗。’”后面又表明他自己的意见曰：

> 这件事我向来很是佩服，在现今无论关于公私的事有所声说，都不免于俗，虽是讲玄同也总要说到我自己，不是我所愿意的事。

这件故事我也是颇为佩服的。时移势变，到了现在的世界，大家好像都习惯了听谎话，好像大人先生们都是背面敷粉的好手，凡所言说，都有皮里阳秋的好处，昆明的暗杀案发生以来，发表声明的人也不少了。有许多也真说得确实有据，然而一般老百姓，大概还是用了读一篇精心结撰的小说的心情来看，真实相信的恐怕很少了。这情势的发展的结果就是大家再也不肯相信所有的辩解，全部用反面眼光来瞧。在如此情景之下，沉默应当是最好的方法了，不只可以免俗而已。

我猜想他这次在南京受审，应该不多说话。好在照片赫然，言论俱在，法官判断不愁没有根据。要找辩解，这几年来的文集中的许多东西都是好材料，“声明不懂东洋文化”与一些打油诗都可以应用，不过这些都要别人来说，他自己却说不得。好在当今的政府是颇为宽大的，李圣五只判了十年徒刑，周佛海还在重庆跳舞，周作人与他们比起来总还罪孽欠重一点罢？奈何自己大谈其以第三流文化人保存沦陷区的文化，听了简直使人肌肤起粟，这是使我觉得不愉快的第二点。

最近又找到周作人的“破门文件”来看，这是与他的“小徒”沈启无的交涉，正如他自己所说，这是吵架的文章，在看官们看来是很有趣的，不过双方彼此揭发阴私在他们本身倒是不大合算。周作人自称是沈的恩师，又说：“不过觉得徒弟要吃师父，世界各国无此规定。”又说：“（沈）在我指导之下任事已有多年，就是有一次出席文学者大会，算是一名代表，也是我派他出去的。”

这些话的丑恶，不用说明也可以感到了吧？周作人过去常常自己声明他的文章并非闲适的一路，“拙文貌似闲适，往往误人，唯一二旧友知其苦味。”这一点我很明了，也能加以欣赏。不过到了这样的地方就再也不能忍耐，正如把红珊瑚装在手杖顶上，他自己以为极为风雅，我们看来就难免发笑一般，这是使我觉得不愉快的第三点。听说他还有一张穿了军服在检阅什么“童子军”的照片登在报上，幸亏无法找到，否则看了真会使人呕出隔夜的饭菜也不一定。

三年前在重庆，住在扬子江滨的乡下，找不到一本书看，异常无聊。有一天学校忽然接收了一批图书，是铁路局的藏书撤退下来的，不过收藏得不好，受了潮，就放在广场上来晒。其中有一部份是“《四库》珍本”，偶然一阵风来，纸灰飞作白蝴蝶，不禁使人非常寂寞，在这里面我检了两部书回去看。其中之一是宋末元初的诗人方回的集子，关于这位诗人，说起来人格是非常卑下的。他曾经逢迎过贾似道，后来贾失势时又加以痛骂，到底投降了元朝。不过他的诗实在是宋诗凄恻的最高的境界，翻读之余，使人悒郁不欢。现在只记得一联云：“每重九日例凄苦，垂七十年更乱离。”流离之中得读此书，情怀更是抑塞。不知如何忽然想起周作人的打油诗来，其中颇多咏七夕的诗，大约共有五首。重九、七夕都是令节，可是他们都没有什么好语。周诗之一云：

乌鹊呼号绕树飞，天河暗淡小星稀。不须更读枝巢记，如此秋光已可悲。

记得原来“暗淡”作“清浅”、“秋光”作“风光”，后来改订如此，就改得愈为悲惨了。周作人闭户读史的结果，对中国的看法是悲观是暗淡，这是他的命定的悲哀。本来中国历代多难，无论南北朝、南宋、南明，亡国之后，短时间内很难再起，这次却是沾了原子弹的光，得以及身而见王师的北定中原。这话说得未免太灰色了，难免不被斥为“卑怯”，不过看了胜利以来的光景，听了朋友们的意见，觉得却也并非谎言。所不同的，是还不致于悲观得连挣扎的勇气都没有了而已。

过去曾经有不少人以周作人方之陶潜、庾信、吴梅村，引起了争辩。这当然是不会全同的，然而他们的境遇是相类的。心头上也都有一种“啼笑不敢之情”，“好像有虫在心里蛀似的”。自《李陵答苏武书》（姑且认为是真的）开始，这一类文学在中国历史上占了颇大的分量，而周作人则是结末的一个。这正是时势使然，使我们还有心情来欣赏这一套。但愿国家承平，人民安乐，大家去歌诵光明，更没有人再记起这些不愉快的事，那就好了。

八月六日

# 老虎桥边看“知堂”

在重庆滞留了颇久，周作人两次公审都未能旁听。到南京后，人地生疏，买了一张地图在街上闲步。走过延龄巷，穿过国府路，看见了那座朱红剥落了的国民大会的大牌楼，再走过去，翻开地图一看，已经到了洪武路，向左一转即是老虎桥，也就是“模范监狱”了，心想何不就去看看周作人呢？于是就又穿过了几湾臭水坑，远远有一座红墙的大院落，走过去看，很多人在那里等候探监。我在人群中走上一问，说是要看汉奸周作人，卫队长答说这星期中已经有人看过了，怕不便；交涉的结果，由我写一张“声请书”给所长，又在门房等了一会，就有一位领了我进去。进了外面的监门，曲曲折折地走了一会，来到一大间办公室，所长降阶相迎，寒暄之后，他让我坐在一张长条的会议桌上，所长正坐，我在左边第一张椅子上，又泡上两杯茶来。

寂然有顷，我问所长，可有什么规则要预先知道一些。所长问我是否与周认识，我答说不认识。所长说一向不大欢迎记者与他们会见，因为这批汉奸往往一遇机会即大发谬论。我当即声明，决无代为宣传的意思，于是又寂然。

一会，我在窗外看见一位狱吏带了一个老头儿来了。这是我第一次看见周作人，不过在印象中，是早已有了一个影子了的，现在看着“正身”，大抵差不多。他穿了府绸短衫裤，浅蓝袜子，青布鞋，光头，瘦削，右面庞上有老年人常有的瘢痕，寸许的短髭灰白间杂，金丝眼镜。(这是他在一篇文章中提到过的“唯一”的一付金器，三十年前的老样子)

与想象中不同的是没有了那一脸岸然的道貌，却添上了满面的小心，颇有《审头刺汤》中汤裱褙的那种胁肩堆笑的样儿。

请他坐了下来。他搓着手，满脸不安，等候我发问。这种“会审”式的访问很糟，简直没有什么话好说，只问他这儿过得还好否？他回答还好。我问，这是第几次来南京了，他说南京是他作学生时住过的地方，以后来往路过也有好几次，最后又含糊地提了上前年的那一次南游。那次“荣归”，在当时敌伪的报纸上很宣传过一阵子，我曾经稍翻过一下，也颇领略了一下当时的盛况，记得《苦雨斋打油诗》中有一首道：“疲车羸马招摇过，为吃干丝到后湖。”悬揣当时的知堂不至没有汽车坐，这疲车羸马大抵是所谓庾词吧？虽然现在南京市上也正多着这样的马车。

后来他提到最近没有再审的消息，大约是在收集证据的罢？有一位律师愿意为他辩护。他自己写过一篇《自白书》，两篇《答辩状》，所说的话大约都在那里了。我即发问，一向是佩服倪元镇绝口不言一说便俗的他，何以在这次法庭上又说了那么许多不免于“俗”的话？这很使他有些嗫嚅了。

最后他说，有许多事，在个人方面的确是不说的好，愈声明而愈糟，不过这次是国家的大法，情形便又微有不同，作为一个国民，他不能不答辩云云。他重复声说，现在想说的只是一点，起诉书中说他“通谋敌国”，而日本人也说他“反动”，是“大东亚思想之敌”，事实上绝没有在两方面都是“敌”的人。除了这点以外，其余的都可不说。

他又说发表在《国闻周报》上的一篇《日本管窥之四》，有很多人没有看过。我告诉他这篇文章我是剪存了的，他很惊异，说这篇文章的结论与《日本之再认识》中的结论是相同的。

他又说文人报国的方法，也只有写写文章，不误人便好。他又说其实也可以上前线去一刀一枪的，本来是海军出身，还是武人哩。

我又提起那一次元旦被刺的事，他说这事至今还没有弄清楚，恐怕是日本人的诡计。我就又提起日本人恐怕没有弄死他的意思罢？他说这事有几点可疑：其一，那时他在燕大教书，还未投伪，中央未必要处决他；其二，日本人后来终未能查出这事，其实是应该查得出的；其三，该时他每周有定时出城教书，坐洋车多经荒僻之处，要下手正好下手，为了避免嫌疑，所以才到苦雨斋去刺他的。他又说事后燕大的司徒校长还去慰问过他，后来教育部特派员某氏也去慰问过他云云。

我又问他是否还有许多集外文没有收集？他说没有了。我又记起了一次偶然在《中华日报》上剪了下来的《参拜汤岛圣堂纪念》的文章，他就说这些应酬文章照例是不收集的，也还有许多在外面。我不禁又想起那张穿了军装检阅童子军的照片来，问了他，他好像觉得无所谓，马上答说，他“演戏两年”，那些都是丑角的姿态云云。

最后话题转到苦雨斋的藏书，我问他是否都已封掉？他答不知。虽然可以通信，但是也不好再去问这些事了。我问他大约还藏有不少鲁迅的遗稿罢？他说有是有的，不过大抵是早年的零碎作品，而且也并非创作。

好像后来苦雨斋也在大批的收书，也颇有些善本，照纪果庵所说，满架琳琅，很是可观的了。他说这也没有什么好东西，他的买书与别人的藏书不同。他所买大抵在别人是不要的，一些西洋书也大抵是生冷的货色。

未能免俗，我又要他写点东西，如近诗之类，他说近来很久不曾作诗了。也难怪，在老虎桥边是很少可能有打油的“雅兴”的。他想了一会说，有一次在监中为一位朋友题画的诗，写了下来：

墨梅画出凭人看，笔下神情费估量。恰似乌台诗狱里，东坡风貌不寻常。

为友人题画梅　知堂

读了这诗颇使我“有感”。正如他说过的一句话，虽然是在说别人，也难免不涉及自己，这里“笔下神情费估量”，正是写自白书时的写照罢？居然“风貌不寻常”，这在我一些也看不出来，只觉得这个“老人”的愈益丑恶而已。很奇怪，这诗没有衰飒之音，而反倒颇有“火气”，岂真是愈老愈要“向世味上浓一番”乎？

时间拖得太长也不好，只好请他回去休息了。我就又向所长说希望看一下他们的狱中生活，就又由一位狱吏陪了我走进了“忠”字监。这是一个小院子，里边是孤零零的一所红砖房，其中是一间间的小房间，从门口上面的一小块铁丝网窗中可以望进去。房子极小，可是横躺竖卧的有五个人，汪时璟、刘玉书、唐仰杜这些老奸都赤了膊席地而卧，有的在一叠饼干匣上面写信。梅思平在里面的角落里看书，殷汝耕在看《聊斋》，王荫泰藏在墙角看不见。走到第四间，“知堂”刚刚回来，在里面一角里的席地上，脱下了他的小褂小心地挂在墙上，赤了膊赤了脚在席上爬，躺下去了。旁边放着一个花露水瓶子。

我又想起了刚刚的那首诗，好一个“东坡风貌不寻常”！不过这儿我没有嘲讽的意思，那情景真已是够凄惨的了。

附记：这是一篇报道，我只是记下了他的话，其“谬论”在明眼人看来，自然是雪亮的。而且在监狱里辩论也不免为奇谈，因此也就不再加以仔细的批注了。

八月廿七夜记

# 后记

这里收集了我近两年间胡乱写下来的文章的一部份。结集的时候在今年夏天，找寻出版的地方颇感到了困难，终于还是交给了 PK 先生。我的第一本集子《锦帆集》也是由他介绍出版的，这本《集外》就又麻烦了他。在这个烽火满天、万方多难的时代，能看到这一本稿子寄出发排，我心里是充满了衷诚的欢喜与感谢的。

《江上杂记》本已收入《锦帆集》中，这里的是几篇遗漏了的残稿。所谓“江上”是说的重庆九龙坡的扬子江上，我在那儿过了一年寂寞的日子。那是一个美丽的地方，除了下雨天的泥泞的小路以外，无一处不使人留恋。那是一个作梦的好地方，平安而静寂，生活很苦，可是并未断绝了希望，这样，一个人自然是有理由作梦来安慰自己的了。

《桂林杂记》写于印度。几个月以后，我在郁热的兰伽回忆初夏的桂林，在后方回忆前线，我的笔枯涩得很，始终未能完篇，剩下来的一点，后来留给《关于美国兵》中的《前线景象》了。

在贵阳度过“胜利”来临的前后两个月，又回到昆明作了两个月的“寓公”。生活由烦忙突归闲静，在无聊中到处走走，正巧这两个地方都多少跟残明的历史人物发生关涉，一点点趣味，使我写下那两篇《杂记》，并不是人变得风雅了，实在是不能不想法打发这些无聊的日子的原故。

这以后我又作过一个时期的记者。那正是“和谈”鼎盛的时代，在每天追逐消息动态给弄得晕头晕脑之余，也还抽暇玩了南京的古迹，积习未忘，又写下了文字。至于重复拾起“闲情”，那是已经离开南京再度堕入无聊之后了。

我已经厌恶了这些文字。

记得在陕南留壩的张良庙里，有一间古色古香的殿宇，墙壁上涂了一片白灰，看去十分不调和而可恶，旁边挂一小牌曰：“禁止题字。”原来善男信女在游览之余，往往自己题上大名，图垂千古，不料白粉一涂，终成虚话，是十分杀风景也十分可怜的事。

我想我的到处做文，滥用情感，终于也将不免给人家涂上白粉，彻悟之余，我以后大约是不会再做这种文章的了。

至于还有一些杂文，将来想另编一集，不附此卷之末。编校既毕，聊记写这些文章的时地因缘如上。

三十六年除夕，上海

# 关于美国兵

《关于美国兵》，散文集，1947 年 3 月上海出版公司初版，列为“周报丛书”第一辑之一。收入 1996 年 1 月辽宁教育出版社初版《音尘集》（列为“书趣文丛”第三辑之一）。

据初版本编入。

# 叙言

近两年来因为职业的关系，与“洋兵”接触不少。居常颇有些感想，有写下来的意思。不过没有时间着笔。而且自己相信，要说的话，牢骚多于称颂，感慨溢于谀辞，恐未必有合于敦睦之道。现在战争结束，一大部份驻华的美军也都已经回了国。然而在上海在华北，也还有尚未撤退的美军在。并且听说，最近的上海，几乎已经成了美国兵的世界，吉普横飞，所过之处，伤人毁物，连警察都无法制止。人民的感情，也渐渐改变，不是伸出拇指高呼“顶好”那种情景了。中国人对于美国的看法，一向是很好的，这固然因为中美两国关系的密切，美国对中国的确也有帮忙之处。然而这认识究竟太偏。社会上一般深悉美国情形的人士，多半是教会学校出身，或者曾经出洋镀金，看见的是摩天大厦，相与的是绅士名媛，自然要觉得美国是“顶好”的国家了。其实这不过只是一个侧面，美国也自有其贫穷失业与丑恶。如果认识较为清楚，自然就不会觉得什么。用平淡的感情，冷静的理智去应付，结果怕要好得多。这正应了中国的一句古话，“君子之交淡如水”，有许多地方，原不必十分卖力，弄得使对方都有点不舒服的。

美国的军队里面的份子，可以说是集合各种族，各流人物，各种职业的大全的。那里边各种类型的人物齐备得很。所以由美国军队去看美国人，也许不是一个不通的办法。然而究竟因为时间过短，跑的地方不多，能力有限，如果据以论断，殊有管窥蠡测的危险。这里，我也只写下了一点事实，感想，只代表个人的看法。聊为想明白一点实际情形者的一助云尔。

# 他们怎样看中国

美国人对中国的认识是不十分清楚的。在好莱坞所演的电影中，中国人还大抵拖了辫子，戴着瓜皮小帽，举动造成笑料。以专门贩卖中国景物成名的赛珍珠的笔下所写，也大都并不真实。如果说美国人实际的了解中国，应当是从这一次战争开始。他们深入滇西，黔南，每一个自由中国的小角落，经过了每一个小城。有许多情形，恐怕是连呆在上海的中国人士都未曾想到的，他们都看见了。如果要说了解中国，应当说从现在开始。

在驻华美军中流传着一种小册子，介绍着中国一般的情形，和一些简单的中文会话。在这本小书中，就详细的写着什么事物是为中国人所不喜的，不可乱加讯问。举例来说，它告诫士兵们说，中国的女性和西洋的不同，不可对她们露出过于亲热的举动来。当面称赞她们的美丽，也不免唐突。这样，他们大抵守口如瓶，缄默得很，如果你问他关于中国的感想，往往是大捧一阵，使你异常舒服。比较老实的，回答说“这不是一个太好的问题”。去年在湘桂前线，我们在全县乡下找到了一所房子，住了进去，那房子自然是不大高明的，不过在乡下也真就十分难得了。我向一个中尉说："你喜欢这房子吗?"他马上面露笑容说："很好很好!"等我走出门去以后，却听见他低声说："我讨厌这倒楣地方，黑得像地狱!"

在昆明，炮兵学校，美方最高指挥官，华特斯准将有一天召集我们训话了。此公是一个五十余岁的小老头子，威仪严肃，口齿清晰。那一天的训话是因为我们曾要求改善伙食等一些小事，所以他的方法是用为国服务等大帽子来压平我们的火气。他一开头说：

"我在前些年奉令来中国视察炮兵情形，我的结论是中国炮兵有三类，第一类是史前期的（指红衣大炮之类），其二是历史的，其三就是美国租借法案的新炮。"这使我听了以后颇感到惭愧。好像我们应该自居于某一种地位，的确不该有什么非份的要求的了。他后来又说了一个笑话说 F. A. T. C. (Field Artillery Training Center)，即炮校，有人说是"Foolish Americans Training Chinese"（美国傻子训练中国兵），赢得满堂大笑。后来想想，这事似乎不该一笑。最后他的结论是：有朝一日，美国人离华返国，总希望中国人说一句话，"你们在中国，我们是觉得高兴的"。这样，他结束了演讲，那一次的大家的印象都是说这老头子太神气活现了。其实我是颇喜欢他的。他很诚实的表现了自己，比起那位文学家的中尉高明得多了。

以后也有很多人喜欢说："我们美国人来帮助你们中国人……"不过我们不大喜欢听这句话，他们碰了几次钉子，说的人就比较少了。

还有一句话，使我听了十分刺耳，然而又没有办法。原来他们是诚恳的善意的说着的。在汽车学校时，教官教学生每次开车之前要仔细检查机油，水量，车灯……这原是毫不为奇的。但是他却多添了一样，检查轮子全不全。这使我大不了然。他加了一句："在中国什么事情都会发生的！"

我曾经说过，大官比小官严谨得多，小兵又比较随便些。所以和小兵谈天，往往能够得到他们对于中国真实的观感。可惜这种"畅谈衷曲"的机会不太多。有一次，是从史迪威公路回来时的事。行军途过保山，我们宿营在离城五里的沙滩上。晚上进城去玩。十点多了，脱了车子，回来颇不方便，在城门地方看见一部大卡车，有一个小洋兵站在那里吸烟。我们走过时他问我什么时候了。我告诉了他。他说还有半个钟头他们就来了，可以带我们回去。于是就和他谈起天来。他是被派作车守的，其余的人们都去喝酒找女人去了。只剩他一个人在那里吹着冷风。他拼命的抽烟，遇见我们和他聊天，他很高兴。

他是一个特级上士，在小兵中算是最高的了，是南方人。一开头，照例说些下流话。我问他是在那一个部队里的。他摇摇头。我知道这是"不说"（Don't talk）的教训，也就不问，他只告诉我说他是在这条路上跑来跑去的。他十分喜欢这个小城的酒绿灯红，好像是从沙漠里来到了绿洲一般。然而这是多么寒窘的一个山城呀！谈话间，有两个衣不蔽体的小同胞来向他要钱了："顶好！顶好！"伸出了可怜的拇指。

他不屑地说着“去！去！”回头，好像又有些失礼似的向我们尴尬地笑了一笑。后来他忽然感情冲动了，很正经地向我说：“请你告诉我你对美国人的看法，坦白地说，我也坦白地告诉你我对中国的看法。”他的态度是那么严肃，使我非常吃惊，美国小兵是很难得如此正经的。我就和他坦白了一番。他轮到向我坦白了。

他揉了揉鼻子，说：“照我看，中国的人民是世界上极优秀的民族，他们聪明，高尚，漂亮，……就像你，”他向同来的黄笑了一笑，黄是很漂亮的大孩子。“可是，”他皱了皱眉，两只手摆了一摆，眼睛望着远处的两个小同胞，“太缺乏教育了，……像这样的人，在美国，国家可以给他受教育，他将来可以有一个很好的职业，娶妻生子，扶植起一个很好的家庭来。就像我，我有一个很漂亮的太太，两个可爱的孩子，我在美国是当跑堂的。”他的眼睛发出美丽的光辉来。

我和黄默然无话。他也停止了说话，他拿出烟来让我们抽。黄掏出刚买来的一包土造的廉价香烟来，说：“我自己有。”他说：“给我一根！”他点了火，吸了一口：“我也很喜欢中国香烟，有时我抽完了美国烟，就买中国烟来抽。中国烟的价钱很不便宜，合到一块多钱（美金）一包呢！”我没有好意思说，那时保山城里充满了美国烟，每包的价钱是二千元法币。

他是小兵，没有受过十分好的教育。他只能站在人类的立场上对中国人民发出伟大的同情来。他研究出中国人的需要是教育，这是他的十分诚恳出于衷诚的话。

又有一次，我听到了比他更要透澈的话。也是在中印公路上的事。

在云南驿。

我们的部队要领给养了。联络官——一个年纪青青的中尉——和我一起出去。在印度，部队的给养是不坏的。除了米以外还发给菜、肉、鱼、蛋，以及美国的罐头食品。一进国门，给养只剩下了米，还是其坏不堪的米。这个中尉感到很奇怪了。“这怎样吃饭呢?”

原来在印度听惯了许多人的吹嘘，说昆明是怎样的一个美丽的城，中国的女孩子是多么的漂亮，一入国门，却正好看到中国最贫苦的一个角落，滇西。一路上小孩子光着屁股，一个个小脚女人，担了水到营房里来卖，每担水要五百元。鸡蛋三百元一枚。街上新开的百货店里充满了美国的香烟糖果……

这位中尉的年纪非常青。看来还只有二十岁，嘴巴上还留着殷红的痕迹。他是芝加哥大学毕业的工程师。人很直爽，遇到有什么炮上的特别零件我不知道时，总是详细地告诉我，说：“将来是要用到的。”那时是预备好好地打一仗的。

我们站在吉普旁边，看着青山绿水，残破的城池，褴褛的居民，他的浅绿的眸子里好像深藏着忧愁。他向我说：“中国人民没有组织，都是这样散漫的一群一群。一个做官的应当知道怎样教育他们，怎样在后面推动。……”他说了很多话。我当时也觉得他的天真可爱，让他说下去，后来他似乎越发激昂了：“看看这残破的城，褴褛饥饿的人民。他们太善良了，就让人们这样的剥削（Rob）。”

他大概不曾读过那本小册子，也许是不管那一套，对我坦白地说了这些话，使我感动极了。我相信美国人是中国人民的朋友，他们有伟大的同情，而愿意帮助我们。同时我也觉得年青的朋友，无论是知识份子或是劳动者，都是可爱的。

# “中国通”

日本人，有许多“中国通”，那真是比中国人自己还要通，是可怕的。他们的“东亚同文书院”中是用《红楼梦》与《儿女英雄传》作教本的。有许多人讲出来的国语，实在要比上海的舞台上一般话剧演员还要好得多。这许多“中国通”真使我望而生畏。至于美国人的“中国通”则标准相差过远，至少以我所见的一些人物，能够说纯粹的中国语的已经不多见，更何况深入而研究中国的社会，文化……在增进两国了解上，我是非常希望有很多的美国的“中国通”出现，使他们的观念比较正确一点，在中美两方面，似乎都是大有好处的事。

战时在中国的几位美国将军，如史迪威，魏德迈全是因为曾在中国住过若干年，对中国似乎稍有认识，才因缘时会，升为上将，固然他们本身也很有能力，如史迪威将军就是一个能干的统帅。听说他的中国话说得真是颇为地道。而且也真能深入军中，能够了解小兵的疾苦。即如最近马歇尔元帅来华，也曾经述说过他过去曾在天津住过一个相当的时期。然而他的确很诚实，说虽然在中国居留过，可实在并没有能够对中国深深地了解，还要虚心地听受许多中国人士供给的材料。在这么一个重要的使命之下，美国竟不可能简派一个能对中国情势了如指掌的大员，这也许是一件事实，证明在美国，“中国通”实在是很少的罢！

因为实际上的需要，派来中国的美军中很有些和中国有关系的人物。其中的一部份是入了美国籍的华侨，他们除了一付嘴脸生得与中国人无异以外，其余就没有什么特点了。从小就生长在美国，说的是美国话，一切生活方式也全是美国的。他们的来到中国，除了使中国人民有一种亲切之感，觉得真是在并肩作战的这一点以外，可说别无功用。其次是一部份教士，医生，和他们的儿子。这些人大抵能说一口好方言，在北碚时，曾经来过一个少尉，他一踏进大门，就好像遇见亲人一般地向大众说了一堆话，他期待着热烈的反响，结果大家都莫明其妙。因为他所讲的是福建的一种特别方言，即使闽人也还是听不懂的。

这也使人想起赛珍珠，她虽然在南京住了许久，然而还未能深入农村，她所写的那些以中国为背景的小说，其中的人物除了都戴着瓜皮小帽或者拖了辫子以外，其余就很不真实。我看她的著作改编成的电影时，总觉得是在看童话，有时连有趣是都不敢说的。还有一位华医生，最近有一个电影——《华医生传》，就是说他的故事的，由贾莱古柏主演。他是一个曾经生活在中国长江流域很久的医生，电影里穿插着他与一位女护士的罗曼史。最后他从了军，在马来亚一带立了非常的功劳。美国故总统罗斯福曾给他很高的荣誉。朋友来信说在美亚米就曾经遇见过这位老医生，他对中国的孩子们很好，说：“如果有人欺侮你们，来告诉华医生罢，我一定不答应他们。”至于那通电影呢，除了一些短短的中国农村的风景以外，使人感到的几乎全是轻飘的罗曼气氛，不过是用中国景物加上些奇异的联想而已。我觉得这是过去美国人对中国的看法，只是好奇，有趣，即使是善意的，也无非仅足以供消闲。等到真需要了解中国的时候，就很有点觉得不够了。

看看最近的情形，不能不说他们是很想努力在这方面下点功夫的。在美国的几个著名的大学里，如芝加哥大学和哈佛大学等都设有中国语的课程，有许多年青的军官，就是在这些大学里受了初步的训练然后派到中印缅战区来工作的。他们虽然只受了短期的训练，有许多人是已经能说颇正确的简单的中国话了。这不能不令人钦佩，中国文字是世界上最难的文字之一，这大约是事实。只要想想那位老上校努力学习中文，却始终不能分别“希望”和“喜欢”两个词的读音，后来他只能用手来帮忙，读“希望”时，手向下指，音节下降；“喜欢”则因为手一扬的关系而高起来。除了这方法简直不能令人分辨这两个意义全非的词儿。看了这种情景，可以觉得他们要学中文是如何的困难。最近看报，这位老上校又仆仆于张家口太原之间，执行停战的任务了，不知道他能够多运用一点中文来演说不曾。这两个词儿在他现在的任务中大概是颇有用的罢？

在炮校里的一位中尉，是被认为对中国语有相当研究的人物。他的确也颇有点功劳。有一种课程叫做“射击口令”，是一些用于炮兵中通讯兵的训练课程之中的。如“向左××”“向右××”“营射击”之类。用一种厚纸板写成，要中国小兵们拿了来熟读。上面写得是曲曲弯弯地有如小学生写的字迹。下面拼了英文拼音，就是他的手笔。不过这位中尉却很有点过于自信，有时对于“翻译官”的传译很不信任，常常批评说是某处错了，某处字音不准之类。也有许多人特意和他开玩笑，用意义相同而声音和他所熟习的字全殊的词，常弄得他伸起了耳朵来表示异议，是很可笑的一件事。

在军人中，还有许多令人感到亲切的事。如一位老上校，是一位鸟类专家，他颇想收集记录中国鸟类的图志，托我为他在市场上访求，这似乎是一个极困难的题目。中国有没有这种著作是一个问题，而在后方的可怜的书市上当然是难以遇到的珍籍，我想在北平的书店内，大概可以找到几部，也许在日本人的著作中有这种东西也不一定。另外一件事情是在一个好天气的昆明翠湖中的昆华图书馆里。我正想去找两本关于昆明的地方志之类，查一点关于吴藩的事迹，结果是失望，因为这都已经运到防空洞里去了。正当我在那古老的空空的藏书楼里徘徊的时候，有一位美空军的少校进来了。在这个寂寞的地方，他真是一位希客。他用着生疏的语言说要看一下《昆明府志》。自然也是失望的。当他用温柔的眼睛看着这个古旧的房子的时候，我颇感到一种温暖。说“文化交流”“中美亲善”的响亮的口号的那许多高尚的场所里所表现出来的情状都没有这个寂寞的场合中的情形浓郁，纯洁。

在美国的每月好书中，畅销书中，颇有不少是关于中国现状报导的书。这些作者大约是各大报纸通讯社派到中国来的记者。他们或到“边区”去了一次，写了一些“震撼人心”的文章，于是成名了。这很可以表现在目前一般美国民众对中国的关心。不过，着重趣味的一点是显然的。林语堂大师的东西不也是很受人欢迎吗？在几个美国著名的杂志上，如《星期六晚邮报》《柯里尔周刊》上也几乎每期都有关于中国的报导。文章中还时常附有照片，于是褴褛的中国士兵的面影不但使来华的美军看见了，全美的公民也都看见了。在《时代周刊》和《每周新闻》中也常常有中国事情的报导，他们的报导的手法是颇为生动的，决不板起面孔来讲话，这都使我爱读，常常可以从里面读到有趣的“秘闻”，如有一次委员长怎样发怒连茶杯都掼坏了的新闻，就是中国报纸上看不到的。还有一则记“重庆求雨”，说不管报纸上文化界的反对，古老的求雨行列到底出发了，同时农林部社会部也都派了专员参加。在叙述了一大篇事实之后，它的结语是有趣的。“第二天，下雨了！”

记载这些新闻的人物，大抵穿了与美军相同的制服，粗看是不知道他们的身份的。他们没有阶级，只在肩上有圆形的徽帜“战地记者”。他们可以享受军队里的一切权益，交通，电讯……这使他们的活动力量大为增强，不过最近的运气不大好，有几位已经因为某种关系被拒绝进入中国了，也许他们对于说话太没有研究，使当局在许多地方很不高兴了。

真的，了解中国，是十分困难的一件事。

这情形，在美国军队里尤其显著。因为对于中国事情不能十分明白，有许多地方，他们的力气是白费了。有许多地方，他们的举动不免是太幼稚了。如果他们是“中国通”，就决不会犯这种错误。

在桂林撤守的前夜，在新建的广大的 Z 军总部中，几位留守的美国军官，把“后事”交待给几位城防军官，在必要时是要把那房子烧去的。他们交了来足够烧毁整个总部的房子的汽油，并且极详细地解释如何烧房子的方法，把汽油筒放在房子中间，上面的房顶掘一个洞，这样一烧就可以烧得澈底，使敌人一些什么也得不到，而且不能扑救。我觉得他们那种解释真是多余，因为刚一离开，这些汽油就卖给了撤退商货的老板们了。如果他们对中国有些了解，就不会犯这种错误。

最近有两件事很伤了美国人的感情。其一即是拒绝记者入境，另一件则是关于“中训团”的。把许多行政人员如县长老爷，行政专员；教育人员，上至大学校长，下至小学教师；以及其它的所有的中国基层干部，都集中了来加以思想的训练，这事在美国人看来，简直不得了，即使希特拉戈倍尔也不会如此“荒谬”厉害罢？于是八十几岁的杜威老博士也激动了，要向中国广播了，在广播之前，他找了一位他的中国学生去谈话（这事就是从他那位学生那里听来的），征询他的意见。经过了解释，杜威先生决定取销这次演讲。他的学生的意见，是这种事是不必如此大惊小怪的。至于中训团的情形，我在曾进去受训的朋友那里稍知一二。据他所说，使我觉得杜威老先生的恐惧是多余的。那里的主要工作，是早晨六点钟起床，每天集会若干次，唱党歌，高呼口号，把床铺铺成四四方方的豆腐干状，和听一些军校毕业的朋友们的“精神讲话”，唯一的用处是“杀死时间”（Kill Time），这一点连那些教官自己也是承认的。他们自认学识不足，讲话无味，诸位同志只要装成静听的样子，至于或睡觉或看小说，是任听尊便的。训练的结果，脑筋简单的人将成为白痴，较有定力的则成为精神萎靡，如此而已。

另外一件粗重的工作是训练点名的动作。因为这在最高领袖来点名时是一定要用到的。而且也是考察成绩的唯一的着重点。除了在操场上常加操作之外，还特别印了一张“点名动作表解”。我向一位朋友讨了一张来珍藏起来。里边分四项，每项都表示出了动作的要点。如“立正”要“严肃端正，有顶天立地之气概”；“应声”要“声音宏亮短捷，有气吞山河之势”；“举手”要“充沛全力，握拳竖臂，有只手擎天，担承一切之概”；“注目”要“尊忠思诚，有赴汤蹈火，万死不辞之情绪”。读了这一张表解之后，让我大为澈悟，恍然于过去自己的“浅薄”“猥以菲材”，自问无论如何是也作不到这样的要求的。听说有一次在点名时，一位学员就因为神经过于紧张“脑充血”，死掉了。这实在是过于神秘，难怪要由全国最高的训练机关来加以训练。

杜威老先生虽然来过中国，他的学说也经过胡适之博士加以宣扬，所以对中国如此关心。可惜他倒底不是“中国通”，难免犯了“幼稚”的毛病。

这次大战，把“天下”打成了“一家”，我想美国人对中国的了解是大大的增强了的。美国的小兵，走过了整个中国的大后方，滇西，粤北，湘南……每一个中国的古老的角落，他们的认识是清楚的。虽然用了煤渣铺路，拆掉草蓬，也不过仅能瞒过了大员如马歇尔、威尔基的眼睛，真相还不免被一些二等兵看了去。我觉得这也未必不是一件好事。因为他们究竟进一步了解了中国，以后能分辨什么是“实行”，什么是“谎言”。要想交朋友，还是知道对方到底是怎样一种人的好些，我以为。

# 人种·职业·人性的大集合

美国是民主的国家，实施着征兵制，所以他们的军队组成的份子真是相当复杂。有着各种民族的人民，有着各种职业的阶层。有人骂美国是一个杂种的国家，这在他们自己也是承认的。不但承认，而且还引为荣耀，在报纸上，杂志上，宣传的小册子里，电影里都曾经将这种事实加以宣扬。自然，他们不像中国人那样歧视杂种，而且还是看重的。比如说某好莱坞女明星父亲是英国人，母亲是法国人，而生下来的女儿就有着浅蓝的眼珠，金黄的头发，苗条的大腿……这在优生学里或者是有着根据的。不过，事实也未可一概而论，有许多民族，他们还是在有点无形的歧视着。举例来说，有许多中国美国人（American-Chinese）在美国军队里服役，他们大抵是作小兵，连作上士的机会都很少，官则更少了。新闻处的宣传图片上有一个中国上校，我所看见的最高阶级的军官则仅是上尉。还有一个特点，则是美国军官都很喜欢带两位中国厨司，在欧洲作战的第八军军长某将军与特使马歇尔元帅都各有几个军厨是中国人，他们自然全是士兵。

其他的人了美国籍的日本人，或是红印第安人，尼格鲁黑人，意大利人，波兰人……在军队里也都没有什么太好的地位，我看见过一位祖先是意大利人的中尉，他辛勤地作事，几次考绩都好，不过还是没有升。比他资格浅的美国小伙子则都上尉、少校了。他自然颇有些抑郁与牢骚。还有一种办法，就是使这些异民族的人单独组成一个作战的部队。有一个红印第安人的朋友告诉我说，他们在欧洲有一个师，里面全是印第安人，作起战来所用的语言全是自己的，无线电也不怕德人收听，所向无敌，他说来真是骄傲得很。日本美国人也有这样的部队转战于欧洲。不过军队里的将领干部自然还是要用纯粹的美国人率领的。

他们所视为正宗的血统，除了美国土著以外，大部份是英国人，来自西欧的德国的雅利安族也不被歧视。如果看看他们的名单，上校中校少校的姓氏，就可以发现这事实，尤其是英国贵族的姓为多。这当然不能视为定律，小小的出入自然也有。然而大体上说来是不错的。

还有一点，则是民主党与共和党的党争在军队里也有一点可以看出。因为他们从上校升为准将，一定要经过国会里的提名，才能发生效力。而这提名的一关在在野党是颇不容易打通的。有一位上校对我说，他的名字曾经几次要在国会里提出，全因为他是属于在野政党的关系而不果。他的那些老朋友或部下，却已经有两三个作了准将、少将。这自然也是一种事实。

人类对于肤色的敏感大概是颇厉害的吧？在美国，为了肤色就曾经打过一次内战，虽然是出来了伟大的林肯总统把黑奴解放了，然而还有许多美国人说着这样的话：“华盛顿城倒不坏，就是一点不好，那儿的黑奴太多了。”这些黑奴在军队中的地位也不太高，好像他们也的确有一点“自卑感”，很喜欢作出一点不大好的事情来，他们喜欢酗酒，喜欢卖出军用品，喜欢打架。在现在，似乎还存在着这么一个事实，白种人是不和黑人结婚的。在雷多，就有一个强奸了白种护士的黑人士兵上了绞刑台。在一些公共地方贴出来的罪犯通缉照片也几乎全是黑人，听说还有几个黑人士兵犯罪越狱，逃到印缅之间的野人山上去落草为王了。美国人似乎也很重视这种问题，我看到过一张漫画，上面画了一个黑人士兵在海外带了个漂亮的女人，上面有一句话是，怎样使他们回去以后仍旧忍受那被歧视的生活呢？

然而，黑人在美国军队里的确是一个坚强的支柱。我尤其喜欢这些乌黑面庞，露着雪白牙齿天真的笑着的朋友。即是美国人也说：“黑人是世界上最好的驾驶手。”在雷多，鬼门关，史迪威公路上，他们如飞的开着卡车，一只手管了方向盘，一只脚踏在油门上，其余的一只手抽着烟，一只脚放在车外。路是狭而滑，旁边即是无底的深渊，然而他们还是行所无事，如飞的一般开着。他们的身体非常好，能吃苦耐劳，为中国开进了几千部卡车，运来了不少物资，在缅甸的雨季，他们奔驰于史迪威公路之上，没有休息。这就是有名的“黑人车队”。

怎样开辟中印公路的呢？这也全靠了他们。在印度的毒太阳下面，他们赤了膊，坐在开山机上面，机器吼着，喷出一股忍受不住的热气来。他们却还是行所无事，抽着烟，开上前去。数分钟后，丛莽，竹林变成了一块平地，几丈高的大树连根掘了起来，他们坐在车上，露出白牙齿，笑了。

对于这些朋友，我衷心地喜欢着他们。他们直爽，可爱，而且也不像别的人，对于中国小兵是真有着点“平等”的感情的。

关于美国军人的平时职业阶层，也是穿透了美国的社会，什么样的人物也都有一些的。而且他们看官长与士兵的界限也不像中国军人的那么严格。如果带了国内的对军界看法的眼镜去看，他们是不客气的要给你钉子碰的。他们最公正最坦白的出发点是“钱”。他们说情愿作一个军曹（上士）而不愿意做准尉少尉那样的起码官。一个上士对我说，他作一个小兵，吃穿全是国家的。再加上他的年金的增加，和安家费，和海外戍役的增加薪给，算起来倒要比一个上尉还要多，而一个准尉，因为他已经是官了，就得付出自己的伙食费，服装费……实在颇为可怜。实际颇有点自得之乐。他还说再过多少年，他就可以有一笔养老金，每月可以拿到一百多元，他可以和他的太太孩子很快活的生活，一些也用不到忧愁。他算起那时候不过才四十岁，因为他进军界的时候相当早。同时他说海外服役一年要做两年算，他情愿再多留在印缅区或中国几年。

现在我根据一九四四年的美国空军手册看一下，一个空军上将的每月薪给是六百六十六元美金（他自然还有别的津贴），一个二等兵的每月基本薪给是五十元（他也有别的加薪），相差十倍多。但是一个中国上将与二等兵的差额是多少呢？而在中国小兵所拿的是薪水，此外无有，将军们则不同了。此中美两国差异之点也。

还有这样的“笑话”，一个特级上士（他的阶级在士兵里是最高的了）因为成绩优异，上峰传令嘉奖，屡欲擢升他做官，却都遭他拒绝了。自然，这位先生并不是一位“不慕荣利”的人物。

因为这样的关系，士兵里也自多社会上的智识阶层。我所认识的就有一位芝加哥大学的物理助教在做驾驶员，小兵中的大学生更是多有，不像中国智识青年从军的那样居为奇货。

军官里面也有许多农夫，百货商店店员，尤其是技术军官，几乎全是本行里的从业员。传教师还是宗教官，无线电工程师是通讯军官，医生做医官，就都是的。我的一个朋友，现在是军械上尉，专管汽车，他是做旧车翻新的生意的。他的吉普上装了舒服的坐椅，特别的喇叭，改造过的开关和发动器，特号的车轮，号称为“中国的第一部吉普”，我觉得这是当之无愧的。

美国军人大抵可以分为职业军人与非职业军人两种。后者大半从学校里工厂中……征调而来，参加几月的训练就是军官了。也有特异的情形，如修建“史迪威公路”的皮克准将本来是一位工程师。政府里也肯给有特异能力的人以较高的官阶，如后勤部的几位将军也都是的。医科毕业生大都是上尉，名医则多半是上校中校。看护小姐因为恐怕士兵的啰唣也都给予少尉中尉，戴着煌煌的金色银色的徽章。

一般说起来，职业军人是不大看得起那些征调出来的军官的。我听见过这样的笑话。

“两位医官研究起刚发下来的手枪的口径来了，久久不能决定，一个说恐怕是55，另一个则决定了是21，其实是45。”这笑话是两位专管军械的军官所说，或有过火之处亦未可知，然而一般情形确是如此。一位军医官和我比赛打马枪，就一点都不行。

还有一位当兵二十余年升成准尉的朋友，平日老气横秋，善于骂人，他十分看不起那些征调出来的毛头小伙子，虽然他们的官都比他高。谈话时他从不称呼“老爷”（Sir），那些人也不敢怎样。照规矩下级对上级是都要称“老爷”的。有一次一个小兵被上司大骂一通，小兵愤愤而去，最后还是叫了回来，问他：“你叫了‘是，老爷’没有？”到底那个可怜的小兵还是恭恭敬敬地说了一句：“是，老爷！”

那位准尉的朋友时常向我发他的没有完的牢骚，他看不起赫尔利，说他没有资格作大使，什么都不懂。他也向我揭破了一件秘密，有一天我们坐在广场上的一部小车子上，他谈起他的二十年的军人生活来了。他说：“你不要看现在大家都对军人那么好，一切都为的是军人，见鬼，谁知道我们在平时受的是什么待遇！如果你要是和一个女孩子一起走，被她的母亲看见了，就会叫她回去，别跟那个小流氓一起。当兵的并不是一定要到那些下流的地方去，实在他们到处不受欢迎。”这使我知道了在美国，也是有着“好男不当兵”的观念的，不过在战时，一切情形都变了，这也可以看出，正规军人对非职业军人的感情的为什么会不好。

# 几个人物

在上一篇里，我企图分析一下“人性”，这工作不免过难。因为一个人的见识究竟很偏狭，如果冒然立说，不免要受主观的影响，而有坐井观天之讥。现在想就几个熟习的人物里来谈一下，这些人都是有着他们独特的个性的，一些小故事也许可以回答一部份的问题。

首先我想先谈一下史迪威将军。可惜得很，我没有机会见到这位将军。不过他的故事是已经传遍了中国驻印军中了的。现在先选择有趣的几件事来说一说。

有一次史迪威将军到前线去视察了——他是常常到前线去的，中国小兵都认识他，喊他乔（JOE），他停在一个中国小兵后面，拍拍他的肩膀，问道：“好不好?”小兵摇摇头：“顶不好，没有 Cigarette!”香烟这个生字，中国小兵都知道的，因为印度人常向他们讨香烟，喊着“锡加瑞特!”的原故。史将军马上打开自己的烟盒请小兵抽烟，并且告诉副官，弄了一吉普的骆驼牌来。

还有一次攻打八莫。在一个森林里日本人有两尊炮，向我们射击，后来日本人撤退了，天下着大雨。史迪威将军视察前线，孙立人廖耀湘两将军陪着。史将军说日本人决不会把那两门炮带了走掉的。一定要到森林里去找。孙廖两将军劝他明天天晴了再找，可是这位执拗的将军仍然走进森林里去了，不顾大雨和森林里的泥淖蚂蝗，走到天黑，到底将这两门炮找到了。

这是听朋友讲的。如果要学一下太史公的笔法，真可以这样说有“名将”风。看他对待小兵和高级将领是有点不同的。知道这位老将军的脾气的大概是都知道的。

主持兰伽中美训练营的马克甫准将是缅甸撤退时随了史迪威将军和三十八师在野人山上走过来的。这是一位慈祥的将军，好像慈母一样那么一个老人。有一次他一个人开了一部小车子在军区里边走，马路边有一个中国小兵挥一挥手，喊：

“哈啰，乔!”

车子停下来了。小兵坐了上去，一手搭在将军的肩上，一手抽着香烟，喊：

“走啊!”（这个应当写作“拉死狗”，即“Let’s go”也。）

将军开着车子，小兵嘴里哼着小调。转遍了整个的军区，因为言语不通，不知他究竟是要到那里去。最后开到炮校，正在训练着的美国军官都跑过来敬礼了，那小兵还安坐在车上不动。后来将军请了一位我的朋友来问他到底要到那里去，好送他去。过来一见，原来就是我们的伙夫，他走下来笑嘻嘻地敬了一个礼说："翻译官，你也在这里耍子?"这使我那个朋友大为发窘，到底是申斥了他一顿算数，自然也不曾再送他去看朋友。我听那朋友复述这个故事就不禁发笑，中国小兵对美国军官并不觉得可怕，那位将军的脾气也的确好得很。

同我一起工作的一位上校也是一个很好的老人。我们住在一排房子的相隔的两间里，每天吃完晚饭，大家坐在走廊上乘凉。他要我教他一点中文，虽然是在前线也并不间断，然而他的语言天才不太好，说出来的话，常会惹得大笑。同时指手划脚地讲着高低音，样子真有趣。有一次我们一起去看一位炮兵旅长，在他的房子里挂了满壁的一张大地图，谈了一些前方的情形。回来以后，他很高兴地向我说：

"旅长谈话的时候，我努力去听。他妈的，什么也没有听见，除掉那倒楣蛋的〇〇（Zero Zero）。"我知道他是有点得意的，因为听出了两个字，可是我也不好意思告诉他，就是这两个字也还是听错了。原来那是"零陵"。第二个 Zero 就是"别字"。

他常常把"希望"和"喜欢"两个字读成完全一样，后来我告诉了他平声上声和去声，他牢牢地记住了，每逢读这两个字的时候，一定要用手指表示，"希望"向下，"喜欢"则向上。

他有一本簿子，里边写了很多中文的单词，他很喜欢形容桂林的像笋一般的山"高低不平"，桂林的公路也是"高低不平”的。

他年纪已经很大，头顶全秃。脾气古板，像安秀丽丹到桂林来劳军，他就不去看。他在西点军校里作过教官，一般小兵对他都不大满意，因为他大概不大明白行伍中带兵的原则，使他们感到颇不舒服了。

他曾经向我说过一段话，使我不能忘记：“美国并不像想像里的那么好，那么富；电影上的风景是靠不住的。美国也有贫穷，并不比中国的穷人高明。”自然这话是有一点“外交词令”的，然而，我相信这也是真话。

像这种中庸的性格自然最多。例外也不是没有。那一位在桂林危急时遇见的朋友，一个小兵，我已经在《桂林杂记》里得到介绍的光荣了。我相信，这种中国真正的朋友一定很不少，然而，相反地，也有许多很使人不愉快的人物。美国人也是很讲实际主义的民族。有时如果拿了中国的交朋友的热情，如传说中“燕赵多慷慨悲歌之士”的那种办法去应付，不免要大上其当。有时是彼此可以互相利用时则保持相当的友谊，一等关系断绝，即成路人，这也或者不失为“直者”之道。还有欲加利用，特用手腕的一种，就不免更是次等的货色了。关于这种例子，也许在别的地方可以写一点出来。

# 中国将军怎样应付美国兵

如果有人问我中美的邦交是不是亲善，我可以回答“是的”。岂只是亲善而已，简直是像兄弟那样的亲热，不，我找不出适当的形容词来。这个说法太笨了，太平凡了，不能达出实际情况的万分之一。

每当我想起这个题目我总忘不了前年在前方三个月时间的若干次盛宴。我们那里是作战，我们简直是在作客。

中国菜是世界第一的，我忘记了谁说过这句话了。事实上也的确使美国兵惊异赞叹了。在桂林，东南干训团的罗卓英将军（他是一位儒将，会写字吟诗的）曾经在短短的一个月中举行过三次宴会招待美军，我也与有荣焉的参加了。席上真是山珍海味样样俱全，尤其令人佩服的是他们对外国人的脾气的揣想功夫。因为外国人特别喜欢吃炸的东西，所以在宴会中几乎全是炸品与炒品，蒸煮的就不大有。鸡鸭鱼肉，海鲜等等全是炸的。味道也实在好，大概是集合了广东、四川、闽、沪……各种菜的长处的罢？我不是“吃家”，对此不能知道，总之，毛子酒酣耳热高呼“顶好”的效果是收到了的。恐怕这一批人回到美国以后，对于纽约的那些“中华楼”之类的馆子，真要不屑一顾。老实说，在那样的场合，我们的处境是颇窘的。能够静坐大嚼的机会真是很少，大部份的时间是用在“祝你健康!”“干杯!”的传译之中。尤其糟糕的是有一次我与一位负责办理“亲爱社”（一个饮食部，宴会大都是由它承包的）的秘书同席，这位老先生有四五十岁了，平素对于“食谱”是有极深的研究的。外国人在嚼完了异味以后，照例要伸出拇指来称赞一下，他老先生就要我转告他的精心杰构了，那一样菜是产在某处，以什么时令出生的为最佳，要如何活捉了来就杀了，要怎样地煮，炒……这些还不算太难，最讨厌的是“食谱”，海参鱼翅已经算是平常的物品，转译起来不生问题，有许多新花样真是可畏，蕈类大约有几百种罢？除了植物学家大概不会全知道。鱼也有若干类。举一个小例，吃酒时有一种“皮蛋”，在北方是称作“松花”或“变蛋”的，翻作“Leather Egg”自然不通，在几经思索以后，只能用了一个“Denatured”（变也），外国人马上大惊失色，放箸不吃了。后来还是那位秘书先生亲自举箸表演，并极力称赞其味道之佳，这自然克服了洋人，使他们终于拜倒而伸出拇指来。

在宴会上第二个困难就是“干杯”问题了。听说“干杯”两字也已经采入新的英文字典中，作“Gang Beh”，这大概可以说是“中西文化交流”口号下的一个副产物。对于我们的国情，洋人是不大清楚的，我们劝客是惟恐其不醉，尤其是愈好的朋友愈要让他多吃点酒。这情形在丰子恺先生的《作客者言》里边似乎已经描写过了。这情景在敦睦中美邦交的场合之下就更加来得显著。题目多的是，“祝蒋委员长健康”“祝罗斯福总统健康”“祝同盟胜利”“祝杀到东京”……非拼个痛快不可。洋人是爽直的，一吃就是一大杯，他们虽然好喝，可是普通吃的都是“葡萄酒”，不是我们的“白干”。在桂林，有一种名酒，名为“三花”，倒也非常幽雅，可惜我觉得它有一种臭虫味。这也是白干之一型，三五杯后，洋人已经醺然，可是中国的将军们还劝之不已，好像不吃醉就没有尽到了责任似的。这结果可想而知。甚至有人大醉归来，第二天清醒以后向我问：“他们是不是有意要出我的花样?”虽然怎样的解释，他总还有点疑心。有一位中尉，吃得沉沉大醉了，却还要骑马回去，在马上掏出枪来表演他那“西部英雄”（WESTERNER）的作风。正好那天有警报，日本飞机就在头上扫射，只好拖他下来在河滨芦苇中暂避。这时的情景是颇为尴尬的。

又一次座中有一位中国的少将，他的身材胖得出奇，看了就使人有怡然之感。他是招待股的主任，酒量极好，几乎全席都敬过三杯，这时他大概已经吃了五六十杯酒了。不过精神仍旧极好，碰杯的兴致，毫不减退，又找一位会说中国话的美国少校吃酒，少将的酒吃下口去马上就由嘴边流了出来，少校也不大能够控制理性了。这时他们就互相争论起来，那情形是颇为激烈的。问题是中国应该感谢美国还是美国要感谢中国，少将一定要坚执前说，少校则反对。少校三杯吃过，戟指朝天大声地声述他的理由了。“中国打了八年仗，美国才打了一年。”“美国要飞机，飞机这样就来了（招手介），美国要大炮，大炮这样就来了；中国呢，没有!”结论是“所以美国要感谢中国!”这次的激辩，双方都是真情流露，给我的印象是极深刻的。

对于美国兵生活方面的舒适，中国当局是非常重视的。这次美国兵在华北驻防，中枢马上派了黄主任仁霖到北方去解决怎样使他们生活得快乐的问题。黄主任在这方面的贡献是极为伟大的。他办的战地服务团招待所就布满了整个的大后方与前方。不过这招待似乎又并不能使洋人满意，有一次一位中校回昆明，我问他高兴回去住否。他却皱了眉头说，我回去再住一个月就非得进医院不可了。据说他们的伙食每餐只有那么两块小牛肉，这使他们头痛已极。昆明的招待所用钱是没有预算的。每天要收买价值数百万元（前两年）的鸡蛋、牛肉……据说中国西南方的牛都要被美国人吃光了，正预备从西北大批的赶了来。

对于美国兵的招待，礼貌上也是非常隆重的。在桂林一次开茶会，到场的美国军官最高阶级是一位准将，中国方面，任招待的却也都是一些少将。搬椅子是上校副官的责任，倒茶敬酒的都是少将。这使那一批美国小军官大为不安，几乎要坐立皆非了，好在这情景后来他们也看得惯了。中国的人材是丰富的，将军又实在太多。在这里我只能举出一个例外来。在印缅战区中国新一军军长孙立人将军是很有点威仪的。听说他和两位美国将军走进礼堂，在门口他就把大衣脱下交给一位美国准将替他拿了，孙将军的阶级是中将，洋兵对他倒很有点佩服。

关于这种小故事，还可以叙说不少。如飞虎队的陈纳德将军卸职回国的时候，昆明的士民们就用了最好的湘绣绣了万民伞送给他。还有红锦函绫装的册页，里边题满了官吏绅士的名字和奉承的话语，这初看来自然不免有点肉麻，实际想想，倒的确比送给自己的大官的同样的东西和德政碑之类要有意义的多。究竟飞虎队给中国老百姓的帮助不少。昆明自从他们来了以后就没有了日本飞机，至少能使市民得到充份的睡眠的这一点就是很可以感念的了。

除了这些以外，还有什么可以使洋人感到愉快的呢？可以说没有。中国的将军们大都是不善口材的。也许他们除了“熟读”兵书以外，别的东西很少过目，在宴会上总是千篇一律的那么两句话。据从西安来的朋友们说，胡宗南就是一位沉默寡言的将军，他每次招待外宾的宴会，只说两句话。开头时他说：“菜蔬很坏，招待不周。”散席时说的还是这两句。当洋人饱吃了一顿丰盛的酒菜之后听见这么两句话自然是很奇怪的。他们平常有什么事想去拜访胡将军时，总是见不到，派了参谋长代见。唯一的机会能与将军接触就是吃饭，而能够听到的，也只是这么两句“招待不周”。

他们想要得到合作的效果，在会谈的时候，想要询问中国将军们的意见时，就更为失望了。所得到的不外是“敬请指教”之类的客气话，洋人是爽直的，就发表一套言论。唯唯而退，各得其所，至于真真作战时，自然是另外一回事。

最使我印象深刻的是前年湘桂大战时的一幕。那已经是情况非常紧张的时候了。全县不守，日本人的军队已经离开桂林不到一公里路，马上就要进行城防战了。一天，我们去到象鼻山上去观察，决定城防阵地。那真是颇为美丽的风景，站在山顶上，看桂林的城市，山峰，四郊的公路，美丽的湖，都在眼底下。（这地方是久矣夫不让平民上来游玩的了。）观察的时候自然要征询美方军官的意见，他们就说了一通，炮位要放在城外的公路两侧，预备歼灭敌人。一时当然唯唯称是，协议而退，第二天又去布置炮阵地了，原来不在城外而在城内，不但在城内，而只在独秀峰下面和几座山脚下面。好热的天气，跑到了“老人山”的峰顶，汗都要出光了。看看阵地实在是不太高明，射角只有九十度。那意思即是炮只能向一个方向（九十度角）射击，如果想射击背后来的或是左右来的敌人时就不成了。是什么人改变了计划，把炮放在如此“安全”的所在呢？这是负最高指挥责任的长官。昨天一起去测查的炮兵指挥官虽然同意放在城外，这时也不能不撤回意见。因为中国部队如果失了一门炮，营长就会头掉下来，这使他们不得不为安全着想了。至于美国人的意见，那是另一回事。

在训练的时候，长官也常常发表这种意见。“因为是用人家的武器，所以他们怎么训练，我们怎样做，至于将来作战，我们是自有办法的。我们的经验还不够多么？”

桂林围城战前两天，史迪威将军飞来了。在飞机场问张长官发奎“有没有把握守三个月？”“如果有把握，我尽力把所有的武器弹药从空运运来。”张长官痛苦地想了一下，说：“可以。”史迪威将军马上飞走了，空运的武器来了，七五山炮的炮弹足够十万发。然而结果守了没有十天。

这些场面与酒绿灯红，痛舞狂歌不同了。“朱娇粉腻晚妆妍，依旧新声爵士似当年”和“千家野哭百城倾”的风景是两样了，然而其为悲剧的本质则一也。

这次自中印公路回国，车经密支那，我又欣赏了一次“群英会”，或当称作“鸿门宴”罢？原来每天晚上要在空场上举行一次晚会，检讨行军等等事宜，由中国少将团长主持。出席者是全体的美方军官和中国官长。当一些小事提出来之后，将军提出另一件事，是一天早晨接收车辆时发生的。一位中国连长因为什么事误会了，美国少校联络官骂了一句“天杀的！”“GOD DAMN！”中国少校连长虽然不懂英文，这两个字是知道的，于是提请团长法办。团长则请美方总联络官某上校回答。上校说：“这在美国人是常说的一句话，如中国的‘他妈的’。不足为奇，如果在下面加一个你字，如‘GOD DAMN YOU！’才是骂人。所以请勿误会！”这回答并不完满，还是由上校要少校向连长道歉，道歉之后，副团长又提出他们两位应当握手言欢，结果，两位少校握手了，团长拿出上校送来的炸肉饼大家分吃而散。

这位少将团长是颇为庄严的。他的应付美国兵是另一种方法。其中的原因还多，曲折得很，很可以写一篇小说，这只是一个小火花而已。然而是在多少事件中的一点特异，十分难得，所以值得记下也。

# 美国兵与女人

我预备写《关于美国兵》，在一张纸上排列了几个题目，预备按照顺序慢慢地写。这一个题目本来是写在前面的。后来却不曾先写它。以免一开口就是女人，有趋于下流的危险。然而想想，这件事的重要性是不下于其它的，说来说去还是那句圣人的老话，“饮食男女，人生之大欲存焉。”实在是很重要的一件事，虽然听说有“文妖”“文妓”之流也援引了这句话大写其文章，不过那总是别一件事，与此无涉。

美国人是比较在性方面有较大的解放的民族，他们的看两性的事件比较单纯，并不像我们那样的神秘，所以在一般的应付这种事件上面，也特别的平淡而坦白。几乎认为是极普通的一件“例行公事”。所以现在我们来看这个问题也应当觉得平平常常，不要大惊小怪才好。记得有一次在桂林，一个美国中尉问我，“你结婚了没有？”我回答说“还不曾”，他就大为惊奇地说：“我在两岁时就结婚了。”这当然是夸张的话，他们大约是在廿岁左右就结过婚的了，退一步讲，也都各有一个女朋友。和他们相处，很容易有机会欣赏他们的心上人的芳姿。只要稍微谈上两句话，就会谈到女人，接着就马上拿出照像来给你欣赏了。这时你一定要加意观摩，无论她美丽如电影明星，或是难看得像一个女巫，总要称赞上两句，于是就功德圆满皆大欢喜。这种照片大都放在皮夹子里，随身携带，有时还有一张硬纸片，上面是她的红红的两片吻痕，也夹在里面。算是随身的法宝，须臾不离的。

去国远戍，往往一别就是两三年，这时候怎么办呢？有的人一天到晚盼家信，有的一天准能得到一封。他们也在无事时就写信回去，几乎成了每天唯一的大事。有些人彼此誓守贞操，约定在别离的期间彼此都守身如玉；也有的发生了小问题。有一次听他们彼此说笑话，一个小兵向另一位开玩笑说，“你的太太怎么样，大概有别人为你代劳吧？”更有一次一位上士拿到一封信，颇气愤地走来向我说：“他妈的，我太太说她又添了一位少爷了！”这时他是已经离家第三年了。这种题材也被画在漫画上过，大可以解释最近他们要求回家游行的一个重要的理由。

军队的生活是最无聊的，酒与女人几乎成了战争的台柱子。这种“守身如玉”的人究竟不大多，无事时找找女人成为很普遍的事。军队中的长官对于这事是非常注意的。在印度兰伽，就有一个官办的妓院，那是很干净的一排小白房子，里边的女人是由英国政府负责选来的，很舒服地住在里面，有专人司管理之责，每星期两次用汽车接到医院里去检查。每天服务的时间分为上下午和晚上，白天是士兵的时间，晚上则是官长的时间。每次收费十五卢比，约合五个美金。然而到这里去的人究竟还不多，他们觉得这是太贵了。所以还不曾杜绝了向外发展的机会。这里我想提一下另外的一件事。中国军队入印之初，英国政府也曾照会我们，说是同样地要给我们预备这样一批人，以免军中性欲问题不能解决而弄出别的问题。不过这件事在我们礼义之邦的中国简直成为一桩笑话，岂有此理，当然“无此需要，着勿庸议”！不过后来的结果是野外的河滨，森林里变成了交易场所，在印度村落的门口都钉上了“此系民家，不准擅入”的牌子，医院里患性病的士兵也多起来了。

战争带来了贫穷和失业，也带来了大批的无家可归的难民。在这里面的女性们可以走的唯一的路只有卖淫，如果她还不太老的话。美国兵在这些人的眼中自然是很可羡慕的猎物。在印度时就有不少小兵向我问中国的女孩子是不是漂亮，好像久已神往了的样子，无怪他们一来中国就有乐不思蜀之感。这一批女人分起来也很有几类，最“上等”的是一批社会上的名媛，如在蒋梦麟夫人领导之下，昆明的西南联大和云南大学的女生们都起而慰劳盟军参与伴舞，那初意倒是并不为错的，不过后来竟弄得计时论钱，如每小时四元美金，则大为失策，与普通的舞女没有什么分别了。其次的即是从香港上海来的舞女之流，她们会说英文而且是“行家”，自然得心应手，不过这种人材也不多。降至末流即是一批专作洋人生意的女人，她们并不懂英文，不过也多少会说两句洋泾浜，讨价还价的本领是有的。头发烫得奇形怪状，而且都穿了“洋服”，不过那“洋服”是用最蹩脚的印花布制成，剪裁得也十分奇异，穿在身上令人有一种特异的感觉。当她们被揽在洋人的手里在街上走的时候，搔首弄姿大有不可一世之势。在昆明的晓东街上的南屏戏院门口，咖啡室内，几乎全是他们的世界，那样子多半是像京戏中的《蝴蝶梦》里的二百五，满面涂得雪白，两道红唇，冷然可畏，眼睛是无神的，好像已经疲弱得不堪，狂吸着美国香烟大口地喷着。这种风景让人看了总是惨然不欢。给我印象尤其深刻的是一次在保山，看见在那个战后繁荣起来的小城的夜市里一个美国军官手里揽了一个小女人，看她的样子不过才十六七岁，并不曾涂了脂粉，可是也穿了“洋服”，和她那个异国的男朋友比起来，真是瘦小得可怜。想想中国是真要靠了她们去“敦睦邦交”吗？这又岂是那批豪门贵妇和大人先生之专门以招待外宾为荣的人们所曾想过的问题？

写到这里，我又想起去年（或者已是前年了）《大公晚报》的副刊上曾经刊载过几首涉江近词，是《成都秋词》和《成渝纪闻》。照我看来，其中关涉到美国兵的地方很不少，先抄两首《减字木兰花》：

弦歌未了，忍信狂风摧蔓草，小队戎装，更逐啼莺过粉墙。罗衣染遍，双脸燕脂输血艳，碧海冤深，伤尽人间父母心。

秋灯罢读，伴舞嘉宾人似玉，一曲霓裳，领队谁家窈窕娘。红楼遥指，路上行人知姓氏，细数清流，夫婿还应在上头。

这两首都是《成渝纪闻》，大概都有典故可寻，可惜作者不曾把它写将下来，然而细绎词意，则嘉宾的骄横与豪门的无耻，已经明明白白不必研究了。其余的几首，还有不少妙句，稍摘如下：

酒楼歌榭消长夜，休日还多暇；文书针线尽休攻，只恨鲜卑学语未能工！

休夸妙手，憎命文章供覆瓿；细步纤纤，一夕翩跹值万钱！

这是词人的吟咏，我觉得很有意义，至少留下了这么一段事实，再过多少年就会是可珍贵的历史。至于那些站在南屏门口，专门招揽外国人，而为一般国人所看不起的“下流”女人们的嘴里，是也有一首歌的。英文原稿是一位朋友所告诉，颇为珍贵，我设法译它一下，不过只能成为四不像的东西了。

干净被单，没毛病，
门户严紧，少宪兵。
你给多少呢？
小洋兵！

那原文是这样的：

Clean Sheets,

No Disease,
Secret door, No M. P.'s
you say, how much Joe?

原词不知出于何人之手，但一定不是妓女所作，因为她们大约还没有如此精通，那么究竟是什么“才子”的作品呢？悬想晓东街上，红裙翠袖，都用了滇南音韵唱着这首名歌；那风流高致，大概不下于唐朝王之涣的旂亭画壁吧？

中国是礼义之邦，他们自然不好意思像在印度时一般向英国政府要求供给女人（其实英政府供给的还是该死的印度人），只能任其自然发展，好在操这种“寄饮食于男女之中”的“招待外宾”职业的妇女很不少，中国政府也眼开眼闭，所以很不成问题。在贵阳的一家旅社里就有这么一位专接洋人的小姐，如果中国人想要，即使出上几倍的价钱也办不到，那原因我不知道。还有一种 G. I. Girl，平时等在贵阳的一家百乐门饭店里，也专作洋人生意的。据说如果有中国人和她们发生了关系，则将被捉进官里去关个几年，这法律是否公布，我不知道，不过我相信这是极可能的。至于她们的夜度资，我不曾调查过，不过我想大抵是异常悲惨的。一般人认为美国兵都是阔少，不过有许多地方，他们也是颇为吝啬的。这里我将叙说一件很可珍贵的经验。那是在保山，一天晚上，我在城里搭一部美国军车回营房去，那时我们所穿的是驻印军的制服，与小兵无异，一部卡车中只有我们两个中国人，其余全是美国小兵，他们是到保山城里去过周末去的。时间是晚上十点，当他们爬上车来的时候，一个个酒气喷人，脚步蹒跚，已经失去清醒的头脑了。因此我有机会听他们彼此述说彼此认为十分满足的夜生活。他们对于这个小城真是满意极了，也难怪，在滇缅路上，处处全是穷山恶水，往往数十百里以内没有人烟，偶然有这么一个地方，不管它是多么破烂，多么污秽，然而多的是为美国人预备好了的美金兑换处、洋酒店、酒吧间和最重要的，女人们。难怪他们要叹为“奇异的地方”了。平常如果想知道一点这方面的情形很不容易，现在居然从他们的对话里得到了充份的知识，真是难得。然而作为一个中国人，默默地坐在旁边听他们说那些话，感情上是很不容易平静的。我不想多写，总之，那是很使人不欢的。他们在街上找到了女人就带到离城一二里外的野地里去，据说那代价有的只是一包美国香烟。这当然也是他们认为是“奇异的地方”的一个原因，在他们花了不过是六分美金，中国的小姐们就欢欢喜喜地跟了去了。这究竟是“奇迹”呢还是什么，我不想多说。只想补叙一点，在那个小城里，到处都是木头作成的小房子，里面卖的全是美国军用品，香烟最多，价钱是两千五百元一包。享用的人们则是商人，和有发财机会的官吏军官和驾驶兵们。

美国军官里除了偶尔去猎一下艳之外，有许多是更有别的方法的。在贵阳时每天早晨坐了车子去上办公，路上总会遇到一个坐在包车上的女人，样子非常华贵，朋友告诉这就是贵阳美军最高指挥官某准将的外室。关于这位将军，在桂林时也是一起的，那时不过是上校，等我出去走了一转回来以后他却升为准将了。那位华贵的夫人也是在桂林时的旧识，本来是一位中国将军的太太，不幸那位将军却因为擅弃名城被枪毙了，未亡人就跟了“沙吒利”。在昆明的华特斯准将的艳史，知道的人恐怕也很不少，因为某种缘因我暂时不去说他。有这种机会的人很不多，大半要高级的将领才办得到。如某夫人家里的汽车坏了就开到准将的地方去修理，加油；家里的电冰箱坏了，着派某军曹去修之类。算是友谊的交换条件。官微职小的自然就不能得到她们的青睐，只能相与街头上的小姐们了。也还有“一见钟情”的人物，写了长长的英文情书送给她们的，这种“痴情”自然是值得同情的。也有人问我为什么他们找到的全是不大好的，那些非常漂亮高贵的小姐们总是不睬他们，因为这个道理我也没有研究，所以没有答复他。

至于他们自己军队中，也有许多女军人，其中有一种“外克”（Waac），是“军中妇女辅助队”（Women's Army Auxiliary Corps）的缩写。她们工作的范围很广，各部门都有，详细情形不大知道。医院里的护士小姐则大抵都是少尉或中尉，煌煌地挂了金色银色的官阶，据说那用意是使被看护的小兵们不得无礼。听小兵们的话，知道这些护士小姐们是专门陪了官去玩的，小兵没有资格，这使他们很气。

为了使远戍海外的征人可以减轻乡思起见，他们更有一种歌舞团的组织。人选大约是好莱坞的电影明星和百老汇的歌舞女郎。她们由美国出发，到全世界各地的美军营地里去表演。到中国来过的也很有几位有名的人物，如那位出名的滑稽脚色包卜郝伯（Bob Hope），他还做了一本书叫《我从不离开过家》（I Never Left Home）。此公的面孔一看就要使人笑出来。当他站在台上的扩音器前面的时候，或者独白，或者和一位女角搭档，表演对口相声，几乎每一句话都使下面的人们哄堂大笑。自然，有许多话是非常猥亵的。自然，只有这种东西，才能使神经麻木了的兵大爷们刺激一下，他的那本书的名字就是说到处都受欢迎，都是家乡风味，好像在美国一样。女人们当然是台柱，大腿戏是最受欢迎的节目。曾叨光看过几场，那热烈，香艳，真是不差，难怪小兵们一个个都兴高采烈赞叹不置的了。桂林、湖南前线都去过不少名人，如宝莲高黛、安秀丽丹，我看她们全都是四十岁左右的老妖精了，可是还肉麻地表演着，全不是银幕上的那两个人，不过小兵们的欢迎情绪是并不低落的。

郁达夫有一句话很有名："乱世男女离合，本属寻常。"这在大后方跑过的人们大抵都能够有此感觉。如果到前线去过，在战壕里躺着，听枪子炮弹嘶嘶地从头上飞过，或是听着敌机的隆隆的响声，那时就很能体会一种心情，真是"不知命尽何时"，一旦有了休息的机会，自然就会有一种心理，"今朝有酒今朝醉"，浪漫的情绪，就是如此养成的。关于女人，更要觉到那些平时写情书，求爱……的方式不免太迂远了，这很可以解释为什么战后男女的关系会变成那么乱，在美国，这问题非常严重。《读者文摘》上有一篇文章，《墙角落里的烦恼事件》，就谈到这个问题，据云现在美国的女孩子有的只有十五六岁就已经和士兵交朋友了，美其名曰慰劳军人。那原因是父亲出征在外，母亲在工厂里工作，没有人去照顾她们。性病的指数急遽地上升，使老先生们大为叹气，急求所以防止之道。这真是一个“亘古常新”的问题，在现社会制度之下恐怕还没有什么方法可以解决，这或者要成为永远的一个人类的悲剧也说不定的。

# “伟大”的 S.O.S.

当我从中印公路回国的时候，一入国门（畹町），触目一片穷山恶水，没有树木的童山，没有庄稼的荒原，破敝的茅草小屋，没有衣服穿的女孩子，这一些给我的印象是穷苦，破坏，受难。汽车行驶在失修的公路（那是一条铺了黄金的路，在英国人封锁滇缅路之前）上，几乎半天走不到一个小镇，几十里没有一户人家。然而有一件事情很使我惊奇，无论是多么荒僻地方的一家小茶馆，仅有一间门面的小茶馆，它的香烟架子上一定整齐地摆列着美丽的美国香烟，红吉士，骆驼，菲列普……这些香烟的包封上全有一张为海外美军应用而免税的印花票。我马上发生两个疑问。他们从什么地方弄到这样珍异的舶来品？这些售价奇昂的香烟是卖给什么人吃的，穿着褴褛的衣裳的乡下人大概是没有福气享受这个的罢？此外还有一个感想，就是美国军队中 S. O. S. 的“伟大”。

S. O. S. 是 Service of Supply 的简称。中文译作后勤部。我首先想解释一点，后勤部在美国军队中是一个独特的组织，并不隶属于海陆军。它的总负责人是一位中将，据说这本来是一位有名的企业家，在战时征调出来，作了三颗星的中将，他的任务是告诉老百姓军队里面需要什么东西，要他们节省下来。同时如果海陆空军需要什么东西，需要一种新型武器，也全由他去张罗，订货，设计。它是一个很有独立性的机构，我可以举出一桩小例子来解释。桂林战役时 Z 军总部本来是借住 S. O. S. 的房子，后来得到通知移出，只得赶造新房子。桂林紧张，S. O. S. 的供应品撤退到柳州去了。Z 军的林赛准将问他们要给养，没有，黄油已经断了两星期。可是 S. O. S. 里的小兵们还在大吃飞机上运来的黄油。

如果说这次战争的胜利，多半是靠了美国的物资供应，我想大抵没有人会否认。S. O. S. 真像是一个仙人的百宝箱，需要什么东西，都可以从它获得。它下面有一个军械局（Ordnance），这里供应了飞机、大炮、坦克车、汽车、开山机、各种的枪械……以中印公路作例，从工程人才开始，到测量，修路，行车，运进来的物资，铺好了的油管，流进来的汽油，这一套，几乎全是 S. O. S. 的花样。在我们失去了国际通路的时候，全仗着一个空运大队从印度向昆明运物资。昆明的巫家坝飞机场，呈贡飞机场，平均每三分钟降落 C47 运输机一架。虽然重武器不能运，卡车不能运，然而七五山炮是能运的，四分之一吨的小吉普及四分之三吨的载械车是可以运的。“驼峰”的最盛时期，运输量听说中印公路赶不上它的三分之一。

如果曾经走过加尔各答的停车场，会看见大地上停留着数不清的崭新吉普，坦克车的履带。……藏在那些铅皮圆顶的堆栈里边的更不知道要有多少物资。

如果到雷多（Ledo）去过，可以看到从车站伸出的一条干路，两边有多少地方全是 S. O. S. 的栈房，里边有着各式各样的武器，装备，够用来装备供应整个的中印缅战区的盟国军队的。

医院也是属于 S. O. S. 的。这又是一个有独立性的部门。野战医院，后方医院，小飞机（L5），前方的伤兵可以在任何地方救护，起飞，运到后方医院去。这里大量的配尼西林，大量的血清……全是后方平民限制享用的药品。

最重要的还有一个“特务部”（Special Service），读者不要误会，这里是并没有投掷石块的英雄的。他们所作的事大抵与士兵有极大的好处。电影，广播，运动……还有一个士兵们的快乐之原，P. X.（Post Exchange），在这里你可以买到任何美国市场上面有的消耗品。在去年，香烟在美国本土已经成了珍物，有许多人都买不到骆驼牌，吉士牌了，然而在海外的 P. X. 中这些是充斥着的。其余的，衣着，口香糖，雪茄烟，钢笔墨水，烟斗……甚至到短裤都预备齐全，价钱之公道不必说了。因为免税的关系有的东西要比国内便宜得多，如香烟每包只卖六分钱。常常可以看见美国小兵在 P. X. 里买来了大批的东西，跑着跳着回来了，好像回到家里去了一样。从这里他们还得到免费赠送的杂志，报纸，这使他们虽然身居海外，然而与在家里时候，简直没有什么差别。

这是一个极为庞大复杂的机构，S. O. S. 在我们门外汉看来，只不过就日常所见，掇拾一二，就很够说老大半天的了。其实这儿也不必啰嗦，这正像一个百足之虫，它是一个活的整个的有机体，每一个关节都彼此有联系的。它正是美国金元文化的一个具体而微的缩影，每一个角落这儿都有一点点了。从桃子、杏子、牛肉、火腿，到百老汇女人的大腿，都有。

如果离开了它，美国兵是不能战斗的。

圣诞节在延安，因为天气的恶劣，飞机找了三次，最后终于冒险下降，到底送来了糖果、酒菜、圣诞树。

执行小组在前方，补给的飞机，不断的起飞供应。在印缅战区，所有的给养、香烟、衣着，有些就全是用飞机投落的。因为交通的困难。如果没有这些，作战将成为不可能的事了。

在我写上"'伟大'的S. O. S."的题目之前，是本来想写作"也有贪污"的。后来想想，这有点近于"外国也有臭虫"，似乎不大好。其实这倒是一桩事实，因为就是他们自己，也是称S. O. S. 为"揩油部"的（Service of Squeeze）。这事是很明显而公开的，即如在文章开头所说的那些美国香烟，在昆明，重庆，上海市上公开地发售着。如果说这些全是中国的不肖之徒偷出来的，那未免太看得起该梁上君子等了；要是说全是美国兵拿出来卖的，也不大正确。照我所知这都是大批的走私。国内的情形不大熟习，在雷多时听过许多很诙谐的故事，值得提一下。

在印度，有许多中国的小兵是很阔绰的。他们在袋里一摸就是几千个卢比，或几十个金拖拉，完全不算一回事。他们仗着一口"洋泾浜"，和黑人作交易，真是得心应手。如有一个小兵用了三百卢比买到香烟一大箱，里面有骆驼牌一百条。他们卖出来，每条要卖到十个卢比左右。利钱是很不坏的。

又有人用一百卢比买到不名的物品一大包，回来一看，里边全是皮鞋，约五十双，或是卡叽裤子一百条，军毯五十条。这些东西拿回国来，就是一笔大财富，在这儿常常可以看到女人们穿了用军毯改制的大衣在街上走来走去，觉得很是时髦，那毯子的价钱，也因为可以改作大衣的缘故而特别的贵，而这在那些“发洋财”的朋友们的成本，不过是两个卢比而已。

在雷多住了一个月，我的任务是为团中领取车辆、给养、装备，常常到一个库房里去。与看管该库房的上士某君颇为熟习了。后来听团里的军需某君的告诉，知道这位上士的故事不少。

这是一个小胖子，面孔红红的。嘴里经常衔了一根雪茄，穿一件短袖的衬衫，坐在仓库门口的椅子上喷烟，样子非常悠闲。他很喜欢说笑话。有一次我去领慰劳品，里边有一种象牙牌肥皂，他就发表了一通关于肥皂的演说，结末说，“这送给缅甸姑娘，是很好的礼物哩。洗得白白的。”

领给养装备的方法是这样的。我带了两部空的大卡车，把它们倒在仓库门口，打开后面的篷布。然后由上士检查栈单，印度苦力们就把物资一包包的扛出来，送到车子里去。平常点数的工作是由军需经手的。我只是与那位上士谈谈天。据说只要拿一张一百卢比的大票向他的手里一塞，他就会笑咪咪地任听印度苦力多扔一包或两包东西到车上了，我们就开走，回去打开来，交易就成功了。这种“发洋财”的方法的确容易，也颇有诙诡之趣，可惜我只顾和他谈天，没有办过这种交涉，不免“可惜”。

在雷多的街上，很容易遇见美国黑人，他们大抵穿了一件并不十分干净的衬衣，初看是什么破绽也看不出来的。如果你的嘴里呼哨一声，眼光一飘，他们就会凑上来，这时你再问他一句：“有什么东西么?”他们就会从衬衫领口内一条一条的拿出四五条香烟来，真有点变戏法的意思。有时也会拿出一个全新的 Ronson 打火机，或是一个军用电筒来。如果他身上的甲克是披着的而不是穿在身上，那就表示“For Sale”（出卖），可以和他谈条件了。他们的要价也不一定，有时很贵，有时却便宜得出奇，那关键全看他是不是亟须几个卢比去喝酒与否。有时手头无货，他就会和你谈论订货的问题，准时钱货两交，双方的信用都是很好的。这些黑人大抵是看守仓库的。有时他会告诉你，仓库里的骆驼、红吉士全光了，现在只剩下“天杀的”吉士和“抛锚牌”（Pall Mall）了。那一个雷多街口，是有名的“国际市场”。中美宪兵来来去去，眼光如炬，然而生意还是照样在进行，大批的货色大抵是在车子上交易的。有时人太多了，他们就会说：“Too Many People，不好!”（人太多，不好!）他们的眼光是很亮的，宪兵的一举一动，早就有了准备。

这情景很可以解释一种事实。中国的驻印军全发英国制服，而每人几乎全是“美国装备”，S. O. S. 的“报销物资”

(Salvaged Equipment)——一切不翼而飞或折耗的东西，全部报销算数——就足够装备了驻印军，真是不说它不“伟大”，不可得也。这又使我想起一位美军官的一句名言：“在战地，无论什么物资都是可以牺牲掉的。”（In the Field, Everything is Expendable）这句话，很可以表现美国少爷们的阔绰，大方。

不但此也，在内地，昆明，贵阳，可以说凡是美国兵所到之处吧，中国的平民几乎部份的“美式装备”了。军人不算了，茶馆老板穿了美国军裤，擦皮鞋的小孩戴了美国军帽，理发师全套呢子制服。有一个时期，几乎如果不穿两件 G. I.，就不足以表现其为四强之一并肩作战的光荣的国民身份，这情景，最初，美国宪兵还来干涉，后来简直无法干涉，于是也就淡然视之。在军队之外，S. O. S. 还装备了中国的平民，这种“伟大”，真是不可想像的。

小兵的“业绩”，略略谈过了，高级的长官呢，据说也各有其办法。不过这大抵“事涉隐秘”，普通人不大容易知道。有一件事，则是很多人都知道的了。在去年，昆明的齐夫斯将军应召返国了。他是 S. O. S. 驻华最高指挥官，官方的情报是回国述职，不过极普通的官场人事更易而已，其实是别有其原因的。

现在只就一件小事说明他的“治绩”之一端。翻译官们的制服，本来是与美军相同的，后来为了区别起见，就把帽子和裤子一律改染“海军蓝”（Navy Blue），这原意是不错的。如果真是“海军蓝”，那颜色倒也漂亮得很，不知如何，经他一染就变成了黑色，而且染得极糟，下水两次，就变成了黑花色，好像是曾经在黄土里打了一个滚的样子。不用说，是很不美观的。同时卡叽的料子也是极坏的。与美军的标准不能相比。那一顶黑色“毗卢帽”，则更是难看了。很少人肯带它，不过用了来擦皮鞋，倒是极好的。

也许洋人到中国日久，就不免学习了中国作风，我不愿意这样说，不过事实往往是如此。听说与他合伙的，就有几个中国的将军们，在技术上，这倒是非借重我们的专才不可的。

S. O. S. 不但负责供应中国军队的物资，而且还参加了中国军运交通的管制，它的贡献也是极大的。听说两年前美国向中国询问现存的汽车总数。中国官方为了装面子就连能跑的，带不能跑的，更加上只剩一个架子留在停车厂里的，商车，一齐计算在内，大概还不到一万五千辆，以为总可以不算难为情，不料这连美国在太平洋一个前进基地所有的车辆的十分之二还不到。可以想见，想要供应如此广大的战场，四五百万大军，却只有这几部车子，而那车子的形态也是极可怜的。尝见有车，水箱盖不翼而飞，引擎部份露出黑色的久历风霜的“凋颜”在喘气，水管电路都用铅丝东拉西扯，其状如蜘蛛网。车身更成了贫民的住宅，大小木板东钉西补。有人咏此种车云：“一去二三里，抛锚四五回，下车六七次，八九十人推。”约略可尽其状。车子虽如此，然而前年打穿中印公路的松山（怒江惠通桥畔）战役，却全仗了一个汽车团和几个七零八落的汽车营在支撑。运用这些破车子，就是

M. T. S.（Motor Transport Section）的功劳。他们的口号，也是唯一的安慰，是中印公路打通以后，大家都有停在印度的几万部新卡车来装备。果然，这目的是达成了。

日本投降以后，最重要的工作是受降，而运输受降部队唯一的办法是空运。当时的起飞基地在湖南芷江，油管却从昆明铺出不远，大概刚刚到了贵阳吧？飞机汽油的供应成了问题。S. O. S. 就马上实行“分档运输制”（Block System），那个运输队叫做 517。起点是昆明边上的霑益，经过盘县安南到贵阳，再到马场坪到芷江。把已经发交各辎汽团的车子重新收回，分段运输，货在霑益上车发后中途不倒车，只换驾驶兵。效率是提高了，车子却很快的坏下去了。

该时不佞正在贵阳，每天到飞机场去检查记录……运输的车辆。每天在夏天的太阳下面，阵阵黄埃和飞机汽油的混合气体之中，工作十小时。有时在抢运时还有夜工。十点钟光景又到飞机场去。老实说，那工作是不大愉快的。每批车子大约是六百部至八百部。我们分工合作检查上面的油桶，有无空桶，有无漏油，车子有无毛病，驾驶兵来报告不能发动，要跳上车去设法给他发动，汽油没了要加油……好繁重零碎的工作，也是好重大庄严的工作。

S. O. S. 是“伟大”的，又造成了空前的奇迹，在短短一个月中运送了十万以上的国军飞到北平，上海，广州……去受降。听说这在战史上是空前的一页，前无古人的。

在我叙述这一段“奇迹”的时候，真也不禁泛起了一点凄凉的骄傲。我们日夜工作着，运送了汽油到芷江去，送走了大批的受降的国军，也送走了不少“五子登科”的好人。而我们自己呢，想回家，想为国家复员尽一份力，事实上却被送回昆明，遣散了，不但飞机，汽车也没有得坐。

光荣地失了业以后，辗转来到了重庆，天天在作“还乡梦”，还不知道这“梦”几时可以实现。在城里遇见朋友，他还穿了在印度领到的卡叽裤子在街上走来走去，被人们看作奇装异服，加以莫名其妙的眼色。也难怪，这里已是冬天，地方也不是印度。相对唏嘘，感慨系之。我们究非晋人，虽然好像是在作“楚囚”，却没有“新亭对泣”的雅兴。“百无一用是书生”的话也不适用了，究竟我们也为国家尽了一份棉薄。然而，事实也毕竟是事实，无法否认，也无法加以反抗也。

小时读《新华春梦记》，有一回目曰：“代表吊夜壶”（指贿选之代表），当时颇觉其处境之可悯，乃今日忽自有代表之感，是诚不及料耳。一向写杂文，不发题外的牢骚，这次野马跑得太远了。然而这是很多人想说的话，现在有机会，说了也罢。费话多费清神，读者谅之。

# 前线景象

美国军队在中国，除了空军以外，可以说是没有直接参加战斗的。他们最主要的任务是教育，即训练中国士兵使用美国武器，训练中国军官熟习美国战略战术。后来觉得只是这样不够，才派了观察组到前方去，他们的任务也是有限制的。只能建议，不能指挥。这与印缅区的不同。在昆明的炮兵学校里则更有另外的一种办法。每一个炮兵营在炮校受训期满，发给装备，即由校内派原任教官随了该营出发去前方作战。这是经常的作法。湘桂之役，因为前线情势已很紧急，所以派了一个“巡回教育组”到前方去，就地训练装备部队。当时负责东南战场的美国是 Z 军（Zebra Force 斑马军），最高指挥官是林赛准将。他的命令是很严的。美军小组派去前线虽然没有指挥权，然而却要与该部队共存亡，始终要留在一起，不论它的命运是怎么样。在这种情状之下，中美的关系是十分密切的。真可以说是在并肩作战，大家都有生死与共的精神。

有一桩很可笑的事，也可以说是很可以表现美国人现实主义的事。因为两年前外事局对于翻译官的待遇还没有十分顾及，每月的薪水大约是两千余元，照该时昆明物价大约可买美国香烟十包。制服也没有规定，所以上课时真是奇装异服，穿西装的，穿衬衫的，穿制服的，各种花样无不齐备。还有一位在联大作助教的诗人某君，每日一袭长衫，进出于炮校，名士风流，传为美谈。所以一上前线则服装就要首先发生问题。那时的办法是派去前线的都各发衣服两套，鞋一双，及钢盔等物。好像是要卖命去了，要比留在训练学校里的优待一点。不用说，那衣服的料子是坏的一种。鞋子也是本地货，踏过两次水，鞋底就要与鞋身脱离关系。这种“优待”，反而使人不大好过。至于一般关系，在前方，因为每天要在一起，所以对翻译官比较客气，或者也比较亲热吧。不像在训练学校那样的面孔板起，除了公事以外老死不相往来的样子。听说有的翻译官一到前线，就好像要一清积愫似的说一声：“现在你知道是怎么一回事了!”（You Know The Situation）据说这句话灵得很，马上美国兵就香烟口香糖送上来，客气万状。不过我想这大概不是真事。

照我的经验，是愈向前走他们对你愈关心。因为那时候翻译官不多，二十人一组的小团体内才轮到四位，所以他们，尤其是小兵们，就要预先订约了，某几人跟定某翻译官。彼此不相侵犯，同时也对你慢慢增加关心，如枪枝擦得干净与否？子弹充足与否？会不会骑马？……我想这一些全是为了万一紧急情况，他们好随了你逃亡的准备。同时对于我的两套从外事局领到的小兵粗布绿制服也发生了兴趣。结果我全部送掉。因为他们对日本人的狙击手颇有点戒心，穿了小兵衣裳，目标就不会显明了罢？

在每一个小组出发之前，管财务的军官一定要带一笔法币。大约准备每人二十万，翻译官也计算在内，这事并不使翻译官知道，大约只是在临时才宣布的。在两年前的桂林，这是一笔很大的数目，我想这也许是预备作“买路钱”用的。同时到了前方，就要带了大批的食品，大约足够两月之需的给养。从干粮到罐头的牛肉、鱼、酸菜、肠子、火腿、梨、杏、番茄汁，到咖啡、可可、白糖、面粉，全是美国运来的。那真是一个吃的季节。在山明水秀的乡村里，每天三顿盛馔。R 上尉所烧的咖啡实在美极了。不但昆明重庆吃不到，即为上海人艳称的 DD'S 也还差得远。牛奶、果酱、牛油、起斯更是应有尽有。唯一取给于当地的是鸡蛋，有时也吃鸡和牛肉。他们吃鸡蛋的本领也不小，我就看到一位一顿吃十六只。外加四个煎饼，还不十分满足的样子。还有一种番茄汁最令我头痛，不过他们是视为美味，而营养又是极为丰富的。红红的汁里还要加上盐屑，每人都要吃一罐。这种吃法自然营养不成问题，假使不骑马跑路的话，肚子大概慢慢要大起来也不一定的。

干粮有 C，K，D……几种。C 型的最常见。是两个铁罐，其一装了满满的一罐肉，另一罐是四片饼干，三块糖，有时也有一盒咖啡精或可可粉。听说必要时，要每天三顿连吃三月。这真使我吃惊。我是第三次吃就要吐出来的了。K 型的比较花样丰富，除去饼干起斯（或肉，鸡蛋）之外还有一片口香糖，四支纸烟，一包火柴，一包柠檬粉（或咖啡粉），几块牛奶糖，一卷大便纸。这就比较有味得多了。尤其是晚餐一顿的一块巧格力，最可欣赏，不过多吃了，也是不成。听朋友说他有一个时期，连吃一星期K式干粮，结果什么都吃不下了，只能吸烟，就用糖和饼干和不吃烟的朋友交换，每日吸烟十二支。由此也可以看出别一种的可怜。

他们是枪不离身的。好像处处会有危险袭来。有一次我和K中校由副团长陪了去看阵地。骑了马，在六月的太阳下面跑着。跑到一个地方马不能走了，就下来步行。那位中校头戴钢盔，身上背了全副武装，大约有二十斤重，汗像雨一样的流下来。他的年纪很老了，副团长有点过意不去，几次请他卸下武装代为拿一下，都为他拒绝了。最后他大怒，说，“你想杀了我是怎么样?”这种地方可以看出他们认真的一面。

另一位中校是西点军校军械科毕业的。身材高大，他一人有三支枪，一支左轮手枪，一支马枪（Carbine），还有一支步枪，他是从远距离中距离到近距离都有了相当的武器了的。他的枪法很好，我看见他用手枪在远处打死一个站在禾穗上的蜻蜓。

小兵每人一支步枪或冲锋枪。我们每人一支马枪。这是一支小巧可爱的枪。可以连发打十八颗（?）子弹。打靶的时候最有趣。先是卧在地上打，后来站起来打，最后冲上去连放。这都由那位中校发口令，他的口令很有趣，如最后他说有一排日本兵，于是连放，打中了，他就说，“全完了!”

我在总部工作，有一件事很使我发生兴趣。我们一共装备了三个营，每一个营都有一个联络组，和总部都有联络。他们时常来报告，或领取物资。他们一被派去，就和营里的中国官长发生了密切的关系，这以后他就全力为本营争取装备了。如总部到了一批器材，大家知道了消息，就都跑了来争多争少，好像小孩子一样。这也难怪，本来是利害相关的。器材充足的自然就会有好的成果。还有时候要实弹射击了，结果讲评的时候大家又都称赞自己的部队好："射击真好呀！"（The Fire is Beautiful）有一次射死了一头牛和打毁了一幢房子，S 上尉还说那该死的牛不该跳进射界里去。如果在公众面前承认了自己的部队的劣点，简直成为莫大的侮辱，是决对不能忍受的。

责任心与名誉心同样重，更重的是事业心。这由一件事使我深深地感到。

W 中校领了一批人到长沙去联络一个炮兵营。这时这个营已经被包围在岳麓山上了。他们只得回来，向我们的总部报到。后来就把他们分发到已成立联络组的三个营去。一个中尉到了第二营，原来负责的 H 上尉冷了面孔问："你希望做点什么工作?"

中尉看情形不对，就马上笑着回答："我并不希求什么工作。" H 上尉冷冷地说，"那很好，这儿已经没有多余的工作，所有的事都有人作了。"

已经进行了一半的训练，H 上尉很不愿意另外的人来加入，分了他的劳绩去。他们的"世故"竟是这么深，也是我从来所不曾料到的。

衡阳围城的时候，我们在桂林。那时派出去的援军很多。很多朋友都上去了，我却留下来。那原因说来是很可笑的。那些日子我们每天要骑马四次到营地去，有一条小路，也有一条铺了石子的街路。平常多半是走小路，因为在街上很容易为人注意，“顶好!”喊得有些讨厌。一天，不知如何，王的心血来潮，非要在大街上跑一下不可，我只能表示同意。不料刚刚下过雨的石子路非常滑，我的本来非常稳健的小灰马忽然来了一个马失前蹄。据善于骑术的人说，这是没有办法的，除非你能一提再将马提起来。那次我就从马头上被扔了出去。伏在石板路上，别的没有什么，眼镜却碎了。

这个“事变”使C上校认为非常严重，前线去不成了。当时记得善作曹孟德式冷笑的R上尉对我这次“事变”说过一句话:“怎么，你是用鎯头给眼镜敲碎了的么?”这使我很不高兴，觉得他这么说不免有点“轻薄”。第二天C上校用小车子送我到城里去配眼镜，两个人一直在城里荡了四小时吃了饭，下午眼镜配好了。完了一桩大事。

这以后大约有一个月，情势逐渐紧张。国军在衡阳外围二塘三塘兜了很久的圈子，却终于不能打进城去。桂林也曾经放了几次爆竹，《大公报》桂版的标题也感情地写过“援军与守军携手，喜极欲泣”的句子，事实上却是一天天的溃败下来了。

事后听几个在李玉堂将军那里联络的朋友说，那真是溃不成军，集团军总司令和部队失去了联络，退却是几十里几百里的。那时他们真是每天都在准备逃，不知道什么时候，敌人就会包围上来。他们已经不能在中国将军那儿取得真确的情报了。只靠一架 V——〇〇式无线电与桂林的总部联络，从出去侦察的飞机得到情报。

派到前方的 S 上尉和他那一组中的两位中尉三个军士逃回来了，真是狼狈得很。他们本来带了两部载械车，充份的汽油和给养，后来因为什么事要回来，却发现路已经被破坏了，结果是车子烧掉，只有空手的人逃回来。

林赛准将对这次事件非常震怒，因为他们没有达成与国军部队共同进退的任务。S 上尉被遣送回国受军法审判了。后来与他们那一组里的一个小兵谈起，知道他们回来的原因是与中国官长的意见不合，中国炮兵营长把全营的炮只带了四门上去，其余的八门就留在后方了。这在当时的情况好像也的确是“不得已”，独立的炮兵营，根本得不到步兵的合作，有时步兵撤退得比敌人的前进还要快，炮兵真要弄得措手不及，只有两条路，不是人炮一起被俘，就是人逃掉而将炮奉送了。而这罪名是要枪毙的。所以他们宁愿只带四门炮上去。

可是这在美国兵看来就不免奇怪了，训练时，演习时都讲述而且证明只有在营射击（即全营十二门炮齐发）时才有效力。同时在战事新闻片上看到美国兵的作战方法，根本就是用了炮火来向敌人头上堆的。在一个太平洋上的小岛的登陆战前，先由飞机与海军炮轰了三天三夜，登陆的时候，发现异常平静，后来一看，所有的日本兵原来都已经在岩洞里烧焦了。

惯于如此作战的兵，如果只让他带了区区一两门山炮，数百发炮弹到前方去，是难免要觉得不够劲的，也许他们觉得这等于是去“送死”。于是就擅自撤回了。那个小兵颇慷慨的说：

“如果美国军队有一个炮兵营在前方，我将勇敢地作战，不过这种打法，实在太那个了。”

我觉得他的话说得是颇诚恳的。这也是当时两个物质条件相差过远的国家的无法协调之处。虽然人谋不臧，也是一个极大的原因，那许多事说起来全是伤心的，空前的一场溃败。

最后我们不能不从李家村搬到城里的红十字会。桂林已经从后方变成了前线，朋友们纷纷地回来了。他们都将飞回昆明。我则被派留守桂林，本来是我给他们饯行，这一回是他们请我吃一顿了。

在环湖路。酒吧间里，暗黑的路上，本来是充满着女人们的，她们表演着肉麻的喜剧，一点也闻不到火药气的刺激。她们本来只作美国兵的生意而对中国军人不睬；现在不同了。美国兵大批的撤回去，炮声也越来越近了。她们的脸也愈来愈愁了。在百乐门饭店里，又遇见了张，我们喝着红葡萄酒，听他说到前线的故事。

他们的一个小组只有一个上尉和一个军士，另外就是他了。从李家坪一直退回来，没有骡马，山炮只能拆下来用人力抬，遇到路好的时候，勉强可以拉了走。他们有一次只差半小时就给敌人包抄了去。本来停在一个庙里，看见有军队在撤退经过门口，去问了以后，才知道是怎么一回事。他的脚因为穿了过大的鞋子走路，已经磨烂了，他是坐了炮车回来的。

我们住在一所桂林最好（?）的洋房——红十字会——里面，我们有一个很好的厨房，派头不小。纯银的刀叉，雪白的桌布，菜烧得也非常讲究，每天三顿，真好像是在赴宴会。还有一个大的休息室，里边有无线电，新书报，乒乓球。除了在外边跑，看阵地之外，在这儿的生活是颇舒服的。然而心总是不能定下来，总想走到街上去看。一出门，就是那座桥，那两天的情形不对了，城防当局在施行澈底疏散，人在桥上面向车站走，惶急的颜色，好像有什么灾难在后面追逐。各种式样的车子，上面杂乱地放满了家具行李，行李上头是妇女和小孩子。这一切是那么忙乱，好像已经是世界的末日，人们失去了信仰，死亡就在目前。

看过《乱世佳人》电影的人大概可以想像当时的景况，就和北军快到之前的阿特冷塔的情景一样。

我们那一组的最高指挥官 K 上校是一个颇严重的人，架子相当大，吃饭时要他坐下以后大家才能开动，开会时他最后到，由某中校喊立正。大家对于这位先生觉得不免有些过于矜持了。一天晚饭后，中校宣布他要有要事宣布，大家就都在休息室里等。一会扶梯上的脚步声响了，慢慢地，转了一个湾，一阵急响，上校从楼梯上失足滚下来了。

中校连忙出去，把他连瘸带拐的扶了进来。他坐在椅子上过了一会，很严重的说了：

“根据十四航空队侦察飞机的报告，日本兵已经在桂林北部某处发现，距离大概是一天的路程（汽车）。我们所接获的命令是帮助中国部队守桂林城。我们的任务是建议而没有指挥的权力。我们衷诚希望没有一个美国军人在这一役里被俘。”他停了一下，又接下去，更沉重了，因为这里是他的命令了：

“全组人员随时准备离开红十字会到Z军总部去。那里我们有充份的车辆，每部车辆都装满汽油，同时带了足够三天行程的油料。军士负责检查车辆，必须随时能够运用。每一部车子上都附有桂林附近详细地图一张。里面明白的指示到贵阳去的路径。”

这一个宣告很使洋兵们的军心震动了，军士们全准备车辆去了。官长们虽然表面上装得镇静，然而也不免有些慌乱。我们倒并无所谓，反正不会与城共存亡的了。

晚上，在桥上和环湖马路散步。桂林的电灯已经没有了。停车场上一片黑，偶尔有几部车子马达发动，头灯开亮。M. P.的白帽子在黑影里动着，手电筒的光时常落在一对对美国小兵和他们的女朋友身上，有的在拥抱，有的在接吻。

“再会!”“明天再来看你!”“好运气!”的声音飘出来。女人的声音是凄苦的。她们不知道她们的朋友什么时候就要离开，只剩下她一个人去逃难。

我重复走上桥去，到百乐门去要了一瓶葡萄酒去喝，酒是甜甜的。一会，我吃了大半瓶，不醉，可不免有点晕晕然。

在门口，有一个蓝色的影子一闪，是一个穿了蓝布旗袍的女人，看样子，是一个中学里的女学生罢？她的双眉颦促着，像有无限的焦急。她向茶房低声地说了几句话，又用眼光在酒吧里寻了一遍，失望了。茶房要她等一下，她就坐在我的桌子边上来。她无心喝水，两只手弄着钱袋。

我沉默地坐着，看着她的焦急的心情，表现在脸上的是一片惶惑，我猜她是在等她的一位朋友，大概是一位美国军人，因为别的人是很少到这地方来吃东西的。

过了一会她向我说话了：

“先生，您知道这两天的情形怎么样？您是不是就要走了？”

我不能说什么。事实上那时桂林已经充满了谣言，“一时怕还不要紧。过两天我们要走的。”

我们之间，又沉默了一会。从她的眉眼间，两只手的举措里，似乎可以看出她的不安，最后，她又嗫嚅着说，

“您们是坐美国军车的罢？”

“唔！”我漫应着。

“能不能想法带一下，我只有一个人。”她很不自然地笑了一笑，看我不说话，她又加上，“车子要是经过桥边，我能在桥上等一下，不费事，我的家就住在××街，离这儿不远。”她的眼色里有着邀请的意思，我没有能够想像在这个时候有带一个女人离开桂林的办法。更觉得不应当使她的美丽的梦做得太长。

“也许我们是坐飞机走的。什么时候离开也说不定。”

她似乎轻微的叹息了一声。这简单的对话停止了。我本

来想问问她是在等什么人，这时也没有勇气再打破这个沉寂了。我喝干了那瓶葡萄酒，付了账，走出酒店。我回头看了看，那个蓝色的影子还留在桌子角上，这点蓝颜色在我的脑子里慢慢变大，成了一片蓝色的海。我晕晕地沿环湖路走回去。夏夜，在十点钟以后，竟有些微微的凉意了。

再过一天，我们离开了 Z 军总部，在夜里三点钟光景坐了汽车到两塘飞机场，在拂晓时起飞。在我们的运输机起飞以前，两架 P－51 在跑道上疾驶上升，在黎明的鱼肚白色的天空里，它的银色的机身在云层里看不清楚了。

在飞机里我想，幸亏没有骗那个女孩子，我的确是坐飞机走了的。这时，也许她遇见了她的朋友，也坐了汽车离开了桂林，也许……

两小时以后，我离开了桂林的盛夏，昆明正落着绵绵的秋雨，冷得很，下飞机时一脚踏进巫家坝飞机场跑道上的泥水潭，灌了一鞋泥浆。

# 咖啡与战斗力

前些日子在报上看到陈诚将军的一段谈话。他说："美国兵没有咖啡吃，就不能作战；我们中国的士兵，是没有咖啡吃的，然而作起战来，照样勇往迈进，所向无敌。"云云。

这是很好的材料，可以看出一般中国军人对美国兵的一种特异的心理。回忆两年以前，我领到外事局发给的唯一的一套草绿争军服开始工作以来，无论晴天、下雨、室内、野外，我总是穿了这唯一的一套军装，后来那服装的颜色渐渐由绿而黄，而黑，又添上了泥土的色泽，很有点天然伪装的功效了。然而我还是穿着它。而一起工作的那位美国少尉则几乎每天换一套行头，深绿色的呢衬衫，粉红色的呢裤子，使我疑心他是在做时装表演。和他站在一起，就颇使我有点"自惭形秽"。此公无论在什么场合，嘴里是总在咀嚼着什么东西的。香烟、雪茄、口香糖、点心和太太从美国寄了来的牛奶太妃……当时我就颇有点反感，觉得这种"少爷兵"如果作起战来，怎么行呢？感慨之余，也不禁有一点"凄凉的骄傲"，觉得作起战来，还是我们的"大刀队"来得有效，草鞋行军，一夜步行一百八十里，吃两个冰冻的馍馍以后，抡起大刀，克敌致果……

老实说来，这是有点近于“酸葡萄”论的。其实谁不愿意穿得漂亮，吃得丰盛呢？无奈我们的国家太“穷”了，官兵就只能在可怜的生活状态下面作战。话也不能说得十分肯定，中国的将军们是并不如此可怜的。他们大都满面红光，穿了什么罗斯福呢的军服，金领章，金马刺，倒也满神气的。不过他们的士兵大抵是面有菜色，衣不蔽体，难怪他们看了也有点难过，发出了与我相同的感慨。

我的迷信大刀胜于坦克，稀饭强似咖啡，一直等到去前线走了一转以后才发生了动摇。前年湘桂之役可以说是这种迷信的一个强烈的讽刺，到底饿了肚皮，是不能作战的。记得白健生将军在视察前方以后上委员长书里有两句警句：“自古未闻有饥寒交迫之兵而能杀敌制胜者也。”果然，日促地百里，屡失名城，弄得国本动摇，陪都震动。美国人大抵以为中国已经失去了战斗力，“雅尔达秘密协定”不久就订定了。这虽然是旧话，然而是血腥的一段历史，值得重复地说一遍的。

至于第二个问题，“少爷兵”作起战来是不是就“不行”呢？在起初我也是以为他们“不行”的。不过后来事实证明了他们并不怎样无用，太平洋上几个战役都是用血拼出来的。西欧战场上的勇敢的事迹也很不少。不过在电影上看到他们的作战方法有点两样，如登陆塞班岛时先用飞机军舰猛轰了三日三夜，等到这排少爷兵上岸一看以后，日本兵都已经变成了焦炭。他们只要搜索残敌，插上国旗就完事了。他们负责的将军曾有一句豪语，“为了减少一个士兵的牺牲，国家就是用去几百千万美金也在所不惜。”上述的作战法就可以算作此种政策的一个例证。然而也不能一概而论，惨重的牺牲也还是有的。不过我没有机会看到，不能空说而已。

除了真正的断杀以外，关于他们工作的情形，却很看了不少。那种认真的情形，很使人感动。这次从中印公路回来，经过缅甸的深山，往往两三小时不见行人，一片荒原，无边无垠的原始森林，悬崖峭壁上面开出来的危险的小路，常常你可以遇见一两个黑人，坐在开山机上，赤了膊满身大汗，在太阳光下面开来开去。一阵急雨，冲坏了一角危崖，公路不通了。他们在几个小时内再开出一片山来。

有时急雨来了，他们没有地方去，就披了一件雨衣立在大雨的下面。有的人藏在水泥制的泄水管里面吃东西，看起来非常可笑。他们在这样荒野的地方工作。每天晚上回到营地里去休息。这营地也是在荒山上搭成的帐篷，与人间隔绝。给养都由远处运来，自然，这是应有尽有的。咖啡也不能例外。在整天工作一身臭汗，遍体疲乏之余，回去洗一个澡，吃一杯浓浓的咖啡，该是多么愉快的事，我真不知道这会给他们带来多少生命力战斗力。

还有一个永远使我不能忘记的人物，S 中尉。战车驾驶的教官。我初去战车学校时，听别人告诉说这位中尉的脾气很不好，所以起初怀有戒心。特别小心应付，不苟言笑，后来我知道这是一个标准的西部人，脾气像火一样的燥，然而人却是极好的。他的一部吉普已经很旧了，在左面车身处有一块凹进去的地方。关于这块痕迹的故事，另一位朋友告诉过我。那是一次队形驾驶，他开了吉普在坦克队前后跑来跑去指正错误，不料有一个新来的学生不听指挥，向他的车子开来，正巧有一棵树，躲避不及，坦克的主动轮的尖齿把吉普弄成一个凹洞，S 中尉被掷下车来，肋骨断了两根。这个故事他从来没有对我讲过。

平常看见他总是非常悠闲的。只有在坦克出了毛病的时候才由他出马。说来有些可笑，学校里的一百多部坦克虽然都是美国造，却是向英国人转租来的。大概无论什么东西，一经过英国人的手，就不会有好东西了。所以这一百多部坦克大多是不大高明的。时常抛锚，有时开到驾驶场去，二十部战车有两三部抛在场上，这时他就带了救急车去把它拖回来。

有时作公路驾驶，坦克开下桥去，或者开入沙滩里面，四脚朝天，无法行动。这时 S 中尉就站在那里指挥大型拖车把它们弄上来。这往往不大容易，需要很长的时间，有时我回去吃饭回来，看见他还是在那里指手划脚的指挥，一身大汗，满身油泥。一定要拖回停车场他才回去吃饭。

战车的加油站是一个特别危险的地方。一个大油罐，两旁伸出油管来，可以供给十部车子同时加油。我永远不会忘记我在兰伽中午十二点到一点钟时在加油站渡过的那些日子。十二点，毒太阳，可以使你的皮肤焦了，坦克的钢皮晒得有一百度左右的温度。在这种情况下面加油，一个火花，引起了爆炸，整个场子会成了粉。我们的四只眼睛要看住了十部坦克，打开来的油罐口上面冒着汽油的蓝色蒸汽，学生拿着灭火机对着罐口，一定要熄火（引擎），不能用铁器敲打车子的任何一部份。那些学生们会站在车上面，一开动要被横着的油管切下头来，他们是那么大意，我们不得不在一百多度的温度下面，冲天的黄埃和浓重的汽油味中，在如雷的坦克引擎声中跑来跑去，用足了气力像唱大面一样的喊。那样的一小时，回去以后就会全身无力，疲倦得动也动不来的。

人不是一架机器，要一直的这样工作下去是不可能的。即使是机器，也要在适当的时期加点润滑油料。军人的生活是干燥的，“润滑剂”的需要是尤其迫切的。这大抵又可以分为精神上与物质上的两种，物质上的享受已经说过一点，而且这也不足为奇，如果有钱就都能办到的。可佩服的是他们军政部设想的周到，能够顾到小兵的心理，运用种种工具给他们精神上的愉快。这里只想谈一件事，就是军邮。

这在美国军队中是被认为最重要的一种机构——军邮局。多少去国离乡的兵士，每天盼望着从迢迢的海的那一面飞过来的飞机，航来的轮船。这里面一包包，一袋袋，全是从父亲母亲，妻子，爱人……那儿来的信件，衣物，烟，糖……当他们接到这些珍异的邮件的时候，他们的脸上浮着多么圣洁的光辉，多么衷诚的愉快。他们读着这些信件的时候的表情是各样的。他们会突然跳起来给你看他的太太和少爷的照片，他的女朋友的照片，他的田庄和他的爱马的照片。

他们为了方便，特置了一种“胜利笺”（V-mail）。这是一张特制的信笺，只要用黑墨水或打字机在指定的地方写好，投到军邮局，他们就为你拍照，寄到对方手里时是一张照片，上面印着你的笔迹。他们会利用种种的方便使邮件传到你的手里，不论你是跑到前线的哪一个角落里面去。前年在前线三月，流动了很多地方，而他们却经常地从军邮局拿到信件，期限没有超过一个星期。有一个上尉他的太太每天从纽约的报上剪下来关于中国的新闻寄给他。我也看到过一些，有许多在我真是新闻，中国报上还没有见——或者永远不会见的——新闻。

每年的圣诞节，前一个月美国的邮局就大批收寄给征人的礼物了。那两天他们最紧张，等着，等着，一包包的礼物。据说这些礼物占去的飞机吨位比供给我们的军火还要多（在一个短时期内）。他们也可以利用军邮寄礼品回家。中国的水烟袋、扇子、寿衣、湘绣、象牙雕品、种种的小玩意都大批的飞回去。

这种情形是使人艳羡的。在印度，我们过着多么枯燥的生活。信件在我们是珍异的。不用提爱人，那是早已送掉的了；盼望寄两本小说，两张报纸来看，也要种种的留难。送检，不准寄，后来就只能看看张恨水先生的名作。写信也要检查，我的那篇《关于翻译官》就是给军邮局（中国的）退回来的。那里面我看不出有什么军事秘密，然而不许寄。他们在看着一本本的精印的《生活》《时代》《星期六晚邮报》……我们却连土纸的杂志也看不到。至于希望朋友寄点大曲之类的土产来更是荒唐的梦了。倒是军邮局的老爷们利用飞机寄了大批的洋货回国，被印度海关查出了，弄得很难为情，以后寄信也就更为困难了。

美国小兵从前线回来，如果高兴就可以到医院里去修养一个时期。据说那是颇不坏的。有看护小姐陪着，吃的是最好的伙食，每天晒晒太阳，听听音乐，一直等到体重增加了若干，为医官下了“逐客令”以后再搬出去。

平常工作了一个相当的时间以后，他们就盼望着可爱的假期了。在假期中，他们有飞机火车汽车的交通工具可以到驻地附近或驻在国的名胜地方去游览。时间或者是一星期，以至一个月。在印度，他们可以到大吉岭去避暑，可以到西朗（女儿国）去玩。那地方是像神话似的一个地方，他们可以在那儿遇到些神奇的遇合，很像走入《天方夜谭》中的画面里去。在中国，他们更可以有专机游览古城如北平杭州……在贵阳的城外，有一个地方——花溪。前主席吴达诠先生很费了些修治的功夫，把那个地方弄成了一个标准的风景区，虽然气魄小一点，然而曲觞流水，悬崖飞瀑，碧绿的溪流，在乌烟瘴气的贵阳的确是了不起的胜地了。在那儿就有一个美军的“修禊中心”（Recreation Center），用竹篱围绕起来，里边是清洁的住所，各种的娱乐设备，在普通人看来，简直是神仙中人了，花溪路上，每天吉普车来往不绝，吴先生有一首诗说：“花溪风景似前溪，颇欲移家老圃畦。忽觉使君身是客，鸟声人语自栖栖。”如果持赠美国小兵倒也是颇合适的。

现在可以说说另一个问题了。中国小兵是不是需要咖啡呢？也许有人说：“他们根本不需要。”我觉得这未必的确。

他们从来不知咖啡为何物，也许这问题问得与晋惠帝有点相仿了。事实上，他们正在吃着掺杂了碎石块稗子的稀粥，喝着白水清汤，上面只浮着一两片菜叶子。在这里我们应当放聪明一点，只吃清汤稀饭的士兵作起战来，才真正的是“怎么行呢”？在抗战的末期，中国在印度有一个训练营，利用飞过驼峰回空的飞机，有许多壮丁被送到那边去受训了。这在他们看来是不可多得的好事。出国，开洋荤，还在其次。主要的是那边有牛肉面包可吃，天气又不冷，有印度卡叽可穿。这在吃怕了清汤稀饭的人真是了不起的好地方。听说有许多壮丁在哭哭啼啼被送进师管区以后，花了钱运动老爷，好给派到印度去。在兰伽，晚上在电影院前面，我们看看排列得整整齐齐的中国小兵，可以作一个很有趣的推测。形销骨立，那是刚到印度的，形色丰腴举止活泼的是已经居留了几个月的了。至于满面紫红，茁壮如牛的大抵是来印两年左右的朋友。这推测终不错，常常与朋友打赌以为笑乐。其实他们吃的也不过是牛肉、羊肉、象肉、那些罐头食品，如果吃了半月，在我就已经倒尽胃口的了。然而他们却还是津津有味的吃着，而且实在的壮实起来了。

我看着那些矮矮胖胖戴了钢盔，佩了美式装备的小兵排着队走到火车站预备上缅甸前线去的时候，常常被激动的哭了。中国的小兵的身体实在并不坏，我想起在国内看到的那一些面有菜色满身疥疮的小兵不禁愤懑。即使中国被封锁了几年物资不足，也何至于把他们弄成那种样子。在印缅战区，指挥官是美国人，参谋长是美国人，管给养装备的也是美国人。虽然中国的军官们是有了不起的手法的，在那儿也就比较的销声敛迹。像公开吃空额扣军饷的事，比较的少些。——我不说绝对没有。——在这种情形之下，驻印军与国内的军队形成了两个不同的集团，很有点像清朝末年吃双饷的御林军。

这些军队留在印度缅甸，是好好的。小兵每日虽然仅能拿到七八个卢比，然而他们可以买两块力士皂一罐美国牙膏，抽几十包英国香烟，事实上他们也多少的“满足”了。有的人还一个不花寄回国来。不过等到中印公路一打通，驻印军要回国了，马上就发生了严重的问题。据我所知，军队里普遍地有着逃亡的现象，官长们大抵做了一笔生意，发了一笔洋财，不要再干了；小兵们吃厌了牛肉，也不愿意换换口味再吃清汤稀饭，所以一例“不辞而别”，各奔前程。可以做为标准的例子的是一个重炮团，那里边的营长，连长，观测员很多是颇熟的朋友，他们一起先后在保山、下关溜掉。有的在当地开了饭店，有的合资买了一部卡车在滇缅路上跑生意。到了昆明，全团的官长只剩下了团长与副团长两人，士兵还剩下不到四分之一，驾驶兵们都很有良心，把车子开到目的地以后才不辞而别去加入别的汽车部队发洋财去了。全团五百部车子竟没有驾驶兵来开动，弄得那个副团长大哭，以为国家非置之重典不可了。不料安然无事。陆军总部马上派了全体官佐来接收了。因为这是美式装备的重炮团，是不可多得的一笔“本钱”。

这一批新来的官佐是根本没有看到过这种美式重炮的，

更不必怎样去用了。可怜在印度兰伽训练了两年，实弹射击了若干次，吃掉多少面包牛肉，训练出来的这一批优良的官佐，射手，驾驶兵一回国就都不翼而飞。那时日本还没有投降，亟须炮兵，而这些新官又使不动这些美式装备。结果还是美国联络官倒楣，重新整训，重新射击……一直忙到原子弹下降，大家才松下一口气来。

难怪有许多美国兵跟我说："印度回来的，顶不好!"事实上我也是印度回来的，心里虽然不痛快，也无法反驳。一位在国内工作的翻译官告诉我一个故事：

有一个驻印军的小兵，从中印公路回国，车至下关，走到茶馆里拍案叫拿咖啡来。么师却不识趣，说只有沱茶并无咖啡，该小兵就皱起眉头，说："老子吃惯了咖啡，你们这鬼地方，连这都没有!"

看了这个故事，我们又能说些什么呢？这实在不下于果戈理的讽刺喜剧，而却实在是一件真事。我觉得这个讽刺的对象不是那个小兵，而是想练几旅御林军，想拿"美式装备"做本钱的人物，如果对照了上面的那一个不愉快的故事一起来看的话。

三月一日晨茶馆中

# 种种惊异

在一册《生活》杂志上曾经有一篇特写，《生活看中国》。在那一期的社评上说，“一般美国人读了这篇文章，或者会要大吃一惊”云云。我觉得这不是假的。美国兵到了中国，真好像刘姥姥进了大观园，大有眼光撩乱口难言的神气，被这童话一般的国土所迷惑了，不免要做出些幼稚的事来，如拉了洋车夫飞跑和穿了寿衣招摇过市之类。很可以供绅士淑女们的笑乐。不过这种情形苦不太多，常常遇到的倒往往是不大愉快的场面，我们不能说这些不是喜剧，不是笑话。然而不巧我们自己就是这喜剧中的人物，或者是被讽笑的对象，于是无论如何也不复更有雅兴觉得有趣。这里不是没有例外，不过我觉得那些人或者神经已经麻木，觉得这些是正常的事情不值得大惊小怪；或者自己以为已是外国人，或至少也是什么“×属臣民”之类的特殊阶级，所以可以站在旁观者的立场，安心冷静地看着这些了。至于我自己，遇到这种场合，往往十分尴尬，有时简直觉得无地自容，惭惶万状，所以印象十分深刻。有些事现在想来也还会像刚发生过的一样。

中国将军们的豪爽好客，宴享嘉宾的情形，我已经在一篇文章里谈了一些，然而中国的小兵呢，那大概是另一种动物——在洋兵看起来。洋兵在酒席筵前与中国将军们见面，也许一星期一两次；然而在操场野外或战场上与中国小兵见面，则是每天都不免的。在昆明的炮校，我的班上的小兵们几乎没有一个人不是生了皮肤病的。两手疥疮一擦就会窸窣地掉下末屑来。穿的衣服是唯一的一套"军常服"，穿了草鞋露在寒风里的脚已经红而肿了。有一位在医院里服务的朋友，他被派每天为那些小兵脱光了衣服涂硫磺膏。这是个颇不愉快的职务。有一次忽然两天不见小兵们来上课，到营房里一问，原来他们的长官进城三天，他们连稀饭都没有吃，饿在床上不能起身。在这些场合，洋兵们都睁大了眼睛问我这是怎么一回事，我没有勇气告诉他们这些事情的内幕。

在桂林，我教一排小兵通讯。不知因为犯了什么小错，连长过来每人给了一拳，打在胸部上。洋兵觉得奇怪了，赶过来劝架。在他们的军队中，巴顿将军因为打了一个小兵的嘴巴，是曾经闹到国会里去过的。那天下午，又来上课，却看见那些小兵已经都坐在树下，不能操作了。连长说是病了。我去问了一下，知道他们都因为那一拳吐了血。我想这些孩子们大概不会活好久了。

生了病就该医治，然而连长又诉说了许多困难。果然，医务处留难不治，说他们不属于干训团。这就又使洋兵始而奇怪继而愤怒了。亲自跑了去交涉，果然，盟友的面子大，收容了。然而如果要用硫化剂是还要呈报，批准，才能动用的。而且为减少耗费起见，应用十颗者改用三颗。听说有的小兵等呈文批准，药剂发下的时候，已经呜呼哀哉了。

小兵们在中国式的训练之下，养成了“绝对服从”的习惯，而且又还保持着一种公式般的反应。如跑了一大段路问他们“累不累?”时，回答一定是“不累!”早春的寒雨，穿了单衣而且都已湿透了，问他们“冷不冷?”回答也一定是“不冷!”最奇怪的是每当讲解无论什么东西时，问他们“懂不懂?”回答一定是“懂!”几十个人同时呐喊，好像是非常肯定的了。然而如果要他做，却一点也不知道。洋兵们奇怪了，问我为什么他们一定要说谎。我告诉他这不是说谎，这是一种军队里边的习惯，如果回答“不懂”时，他会吃长官的“好一顿生活”的。

留在训练地区，生活比较死板，所能看到的花样也只是几种，看惯了也就不以为怪。在昆明的炮校，美国人住在招待所里，那是远在山角的一片洋房，每天到炮校上课办公，一定要经过一个小村庄——阿拉村。那真是一个标准的云南的村庄。石板路、破庙、低洼而污秽的饭馆，一潭潭的垃圾，满是苍蝇的茶馆，和一些褴褛的人民。他们走过村庄时，大抵用了快速度，掩鼻而过，唯恐传染了流行病。在他们看来，那里是充塞了不知多少的细菌的。可是日子一长，也就觉得没有什么，我也看见过有人在茶馆里喝茶了。他们说，“无论如何，开水冲过的东西，总是安全的了。”他们在瓷杯子里看着浮在水面的一朵朵白色的小花，领略东方风味，觉得中国人真是一个奇异的民族，用开水泡了“除虫菊”的花瓣喝下去，而且又喝得那么津津有味。……

一等出发到前线，就更有新花样好看了。前年我们从桂林乘了一节花车到全县去。车子到站，来“欢迎”的是一批贫苦的孩子们。他们全是上小学的，因为听见洋人来了，所以就放假来看。洋人对这一批小天使非常有兴趣，把吃了一半的干粮、饼干、起斯、巧格力之类扔下车去，孩子们抢作一团滚成一堆了。一个小孩子抢罐头盒子，被那边缘割了一个深深的口子，手上流下鲜血来。军医打开了急救箱，给他包扎，老上校下令，空罐子不许乱扔。

S 上士从人群中发现了一个可爱的小女孩子，她大约只有十岁，穿了一件改作的黑色的破绸子衣服，穿了草鞋。浅黄色的头发（营养不足的缘故）分开，用一个白铁夹子夹住，两个大大的黑眼睛，露出生野的笑来。她不好意思跑上来抢东西（上来的全是一批大的野孩子），只站在远远的地方看着。

S 上士说那个女孩子没有能够得到一点东西，跑过去，抱她过来，给了她一包口香糖（我想补充一点，美国军队中好像有一种训令，到前线去要尽量送给当地人民糖果食品之类，不过这大概是机密的，所以不能确说），她很不好意思的拿了。S 上士说，“这是一个多美的女孩子，我想带她回去，送她进学校读书，过几年，该是个漂亮小姐了。”他让李问她，他打算送一点钱给她，买点好衣服穿穿好不好？她非常不好意思的转过头去了。这时旁边突然转出一个二十几岁的流氓似的家伙，自告奋勇说他可以去转告她的父亲——一个车站的司机。“如果想怎样的话，我可以同他商量商量。”他的那一种语气和卑贱的眼色，使我非常愤怒了。这批人，拿美国人看作饿狼（Hungry Wolf），看作财神，多么无耻！那个女孩子的头更转过去了，带着多浓重的羞，我想她不应当这么早就懂这么多的事情，更不应当觉得应该当作商品给她的父亲赢得一笔财富好报答这“养育之恩”。当时我想得很多，也许这些推测太过了，可是我禁止不了如此想，中国这个吃人的宗法社会的一切给我的印象太深了。

在前线，小组的伙食是由团部的副官包办的。每隔两天来结账一次，由美方付给现款。这大概是一笔不坏的生意。那位副官每天跑到我们房里来敷衍，谈天，他的那一脸奸笑，真使我忍耐不住。好在我不会弄穿他的西洋景，揩油由他去揩，可是每天要同他“谈天”倒真是一项苦工。我想，鸡、鸭、肉，大约全是从老百姓那儿征用来的，可是他却要报销比市价高出四五倍的账来。鸡鸭吃得厌了，就把宅子里的几只鹅捉了来，自然也要报账，而且自然比鸡要贵得多。

两个星期之后，忽然发生了意外，小组的人一齐都泻起肚来，老上校责军医上尉负责查办。第一步是把专管烧开水的二等兵克布叫去大骂一顿，说他什么都不会，连水都烧不开。克布气冲冲地赤了膊一天到晚立在炉子前面监督烧开水。可是肚子还是不好。后来军医上尉发现城里买来的白糖不好，不能用（那糖是半黑半黄的）。就停止吃糖，开始喝浓而苦的咖啡，结果肚子还是不行。这就成了一桩“疑案”，军医上尉束手无策了。

最后，一天晚上，另一位卫队排长到我们房里来聊天了。半天之后，他忽然问我说：“你们大家的肚子怎么样?”我很奇怪，他也知道了这个机密，他又悄悄地说：“前两天副官向我要了十加仑柴油去，不知道他要做什么?”当时我恍然大悟，怒不可遏。很想请副官吃一枪，后来想想，这事是“有失国体”的，算了吧！请那位排长警告他不许再弄这套花样了。那位排长第二天就到桂林去了。大概他因为不能再分润到“赢余”，所以才不惜拆穿西洋景的罢！这以后大家的肚子慢慢复了原，军医始终还蒙在鼓里，克布的嘴还是鼓得高高的。

驻印军返国，洋人塞了一脑子美丽的中国的景象，以为中国是多么美的一个古国，红墙黄瓦，古塔连云，到处都是美丽的女孩子。可是一到畹町，看到的全是荒山野地，数十里无人烟，在寒风里赤身露体的大姑娘。他们很不好意思的，背了人说，“Shit!”（粪）走到云南驿，卡车停在飞机场里，要洗脸煮饭了，没有水。一个个乡下女人，缠了比菱角大不多少的小脚担了水来卖，“每担法币三百元也!”天晓得，这是怎样的一种景象。我在那儿吃了最贵的鸡蛋，三百元一枚。(那些小脚伶仃的女同胞们虽然高价也不愿意卖给我，她们希望和洋人交易，每包美国香烟换鸡蛋三枚。)

在这种场合，我没有方法在洋人面前再给祖国吹嘘了，只能露出苦笑，两手一张，彼此黯然。起初洋人还合我发议论，说这样的人民，实在应当站起来了，再不能让那些混蛋剥夺他们了。后来，他们也没有兴致再发这样的议论，我想起一句古语："如入鲍鱼之肆，久而不闻其臭！"

不过运气很好，不久我就有了"扬眉吐气"的机会。那是到了离昆明数十公里的安宁。团长请洋人在温泉吃饭沐浴。我应当补说一下这里的历史，这是距离昆明六十公里的一个地方，明代才子杨升庵曾经称赞做"天下第一汤"的。附近还有摩崖刻石，李根源及民国要人多名都有题名。附近又有难得的昙花，在一所古寺里。

在那里有云南要人多名的温泉别墅，一片小洋房。温泉本身有"温泉宾馆"。其富丽堂皇，即在上海恐怕也是属一属二的。大理石的浴池，碧玉的泉水，高贵的餐厅，美国香烟食品。双宿双飞的才子佳人们。

洋人大为惊奇了，在这儿他们发现了中国之美丽，还有那么许多华贵的仪态万方的名媛，他向我承认他对中国认识之不足与肤浅，同时又声明他更觉得中国是一个"谜"之国，太难以了解了。

三星期的风霜之苦，我叨光乘了公家的吉普去出浴了这"天下第一汤"。浸在碧绿的温水池中，我作着梦，将来可以和 T 到这儿来消磨一个星期什么的。这儿有专车开昆明，每天的宿费当时是我的月薪的两倍。我叨光作了一次"豪客"。

在吉普车中，那个老上校停车不前，赞叹着说："这里的风景正和我的家园一样！"

在这个古国里，他们有无端的惊异，在一个兵工厂里，他看见了全世界的野炮展览，俄式、德式、日本式、捷克式、英国式、法国式。时代是第一次大战以前的，以后的。美国炮是第一次进厂修理，同济毕业的工程师用米达格兰姆作单位，对于呎磅制毫无兴趣。老上校摇头叹息，“中国是一个古国，伟大的古国，谜的古国!”

美国兵对中国小兵有着无限的同情，对于中国将军有着无端的厌恶。

在印度兰伽，有一个时期中国的将校班去受过训练，那是一批将军（中将少将，上将有无不清楚）上校中校少校们。刚到兰伽时，洋人对他们是非常崇敬的，可惜这种情形改变得太快了。

他们每人都带来了大批的法币（我可以想象收复时的情景），走到街上，用着半生不熟的英文喊道：“I am a General, I Have a Lot of Money.”（我是一个将军，我有大批的钱。）他们用官价换卢比，六元法币换一卢比，他们觉得印度的物价太便宜了。万利刀片一买就是两千卢比（天啊，这够他们全族用几百年的，几千年的），手表、呢料……无物不买，印度的合作社一扫而空了，加尔各答震动了。英国的军官合作社宣布以后中国军官不得购物了。他们还对合作社中的英国“外克”发生兴趣，用了看中国女招待的错觉去应付了。

他们获得伟大的成果，满载而归。飞机载运了大批物资回去，昆明市上平添了多少家拍卖行。将军们的面孔更加圆红胖胖而笑容可掬了。不料后来我向美国小兵提到无论某将军时，他们总是一个“Shit”。

在印缅战区的新六军的战绩是辉煌无敌的。史迪威将军源源地给他们供应，大批的服装，军毯，供应，运到前方去。

将军们却把这些物资封存起来，并不发下。前哨推进了，美国兵发现了后方的库房，很明白这是怎样的一回事，于是照了老规矩，“报废物资”一例烧毁。好在这些是已经在租借法案上签了字的了，乐得豪爽一下子。

新六军回国了，美方发给小兵每人两套 O. D. 呢制服。中国将军们却说：“如果发给你们，一穿就全旧了。”他们的办法是“缓发”，等将来有机会再说。小兵们还是穿了英国卡叽的衣服回到祖国来。听说美国人对这事异常愤怒了，提出了抗议，那位将军几乎掉下脑袋。那结果是在京沪，受降典礼的仪仗队中，老百姓看见了勇武的美式装备的国军。

远征军（从云南打出去的国军，与驻印军有别）在滇缅线上苦战半年，最后终于打通了中印公路，和驻印军会了师。这在前年风雨如晦的时候的确是振奋人心的一次大捷。当时有轰轰烈烈的会师典礼，后方人士组织了慰劳团到前方去。现在我想记述一下这中国式的“慰劳”。

慰劳团的领队是天主教的于斌主教。未到之先，长官却已经大事筹备，大排筵宴，洗扫营房，操演仪仗。慰劳团到了以后，先由卫立煌将军设宴款待，小兵们都全副武装从一清早就站在操场上，立正等候。接着当然是于主教以下的讲演，免不了要推崇卫长官的丰功伟烈，勒铭燕山，如何的了不得。讲演答词，弄了大半天，小兵的腿都站酸了，费了大气力整治的营房，弄成豆腐干状的内务，慰劳团的先生们却看也不曾看。

带来的慰劳品毛巾、牙膏和小姐们织成的绒线衫，都不知所终，小兵们是看也不曾看到的。据说长官部花的招待费是要远较带来的慰劳费为多的。

到了晚上，又是宴会，为慰劳团送行，席间到了中美的长官，于主教又大大地称赞卫将军的勋劳，卫长官也大称赞于主教的劳苦。称赞完毕，轮到第七军联络组的赛尔斯（Sells）上校说话了。这位老头子很沉静地说："我觉得这一次打通中印公路的功劳，我们全没有份，完全要感谢那些出生入死受尽苦楚的中国小兵们。他们用血肉拼出了这一条路。他们的生活情况，我是充分的明了的。我曾经和他们在一起生活过多少时光，他们没有这么好的酒菜，只是满了稗子的干饭，可是我也能一顿吃六大碗。……"

这令我想起《大公报》上子冈女士的通讯。他记述调处小组在兖州，也是酒席筵前，雷克上校发的那一套议论：

"你国民党，你共产党，（他指着涂叙五和邝任农的鼻子）为什么不为中国想？要把国家放在第一，把党放在第二，中国才会好起来。你们以为你们自己了不起，但是你们所有的武器我都看过了，我发现一句西谚可以应用，'最安全的地方是对着你们的枪口'，因为你们的枪放射时，子弹可能从后面走火而出，这和我们博物院里的鸟枪一样。"

他捶着桌子，指手划脚的表演，"你们的武器是完全要不得的。只要巴拿马那么小的一个装备好的国家，可以把你们统统解决的。"他几乎要扫荡了桌上的酒杯餐具，"你们自己不解决，自己牺牲自己弟兄的血肉，让老百姓受苦，好，有人会来解决的，杜鲁门总统和马歇尔将军会有办法的。"

子冈女士说她觉得一切全完了，“四强之一”，“东方的明星”。我不能不补充一句说，这种经验在我们是不希奇的。要是没有“勇气”的话，真如某将军所说，“我们早就自杀了。”

雷克上校不过才五十二岁，究竟还免不了血气之勇。马歇尔将军已经六十五岁了，修养自然好得多，说话没有那么使人难为情。这次整军方案签字，我听见他说的那短短的三句话，他说到会有破坏这个协定的顽固份子的时候，那音调虽然已经“炉火纯青”，可是大概也很有人听了不大舒服的。

事实上，我觉得这次马歇尔将军之来华，为中国的民主和平尽“收生婆”与“红媒”之重任，本身就应该是一个绝大的“惊异”。这不但是“前无古人”，而也是“求诸并世而俱无”的。

美国兵在品尝了这些“惊异”以后，有没有得到结论呢？我可以找到一句话，那就是：

“在中国，什么事都会发生的。”（Anything Could be Happened in China.）

三月九日夜

# 军中文化

两年以来，在各地流转，或者在前线，或者在异域的军区中。最难排解的是“无聊”。在这长长的时间内我很少买书，实际上是无书可买，或不准买，也许实在是没有想买的东西，那寂寞是可以想见的。

我深深地羡慕着美国的小兵，他们有不断的从家里、朋友处、爱人处寄来的信可读，有着各种书报杂志可看（这些书报杂志决非过期的。有些杂志是先寄出海外本的，用飞机运到以后，正好是出版的日期），有电影可看，有无线电可听，有百老汇的戏可看……我没有写那些口腹的享受与日用品的丰富，在这里我只想谈谈他们的“视听之娱”。

叨人家的光，我也常常有书报看，虽然不是本国文字所写的，可究竟要比没有强。虽然他们的杂志里，报纸里全是那么一套，大腿，女人，趣味，满溢着暴发户的金元文化味，有时也不免厌倦。然而我终于深深地喜欢这些东西，说实在的，丘八的趣味是不会高的，也不可能太高，除了这些东西他们不能欣赏别的，有许多文学杂志与舞台杂志科学专志在他们的特务部（Special Service）里是不大量分发的，所以我们看到的机会也特别少。

我不能忘记在兰伽的圣诞之夜，我独居一室，灯明人静，燃上一根烟，翻读一册新的《生活画报》，里面的一张广告使我深深地迷惑了。那是一张银器公司的广告，画面是浅蓝色的。一个可爱的年轻的主妇在守着一株小小的圣诞树，静静的望着，下面是一段极美丽的“广告文学”。那一段文字我已经引用在一篇文章里了。可是我仍忍不住要抄两句：

> 不知道在什么地方，你正看着你的表（夜里十二点钟），想着要靠近我，跨过遥远的空间和无边的黑暗，要我帮你的忙吗？爱？……

读着这样的文句，我沉入一个梦境里去了。如果你真有这么一位主妇，这么一个人，当你在万里迢迢的海外，十二点钟，圣诞夜里，你读到了这一篇文字，你的心是温柔的，不是吗？你会想，怎样多买一些胜利公债，怎样好好作战，好帮忙快一点结束这个讨厌的战争，好回到温暖的家里去。

我不再轻蔑金元文化，即使是广告吧，也会给我这么多。

杂志是那么多，如果是一个喜欢看报的小兵，他真是取之不尽用之不竭的。这里让我来数一下，画报有《生活》（Life），是周刊，《展望》（Look），半月刊，Pic；周报有《时代》《克里尔》《星期六晚邮报》《每周新闻》《洋克》（Yank）。还有《自由》（半月刊）《纽约客》（半月刊）。《皇冠》《论坛》《美国水星》《幸福》《共和》《亚洲杂志》《地理旅行杂志》……更大批的有一些电影杂志，大约有七八种，讲打猎骑马的，讲西部故事的，讲侦探故事的，漫画小册，讲摄影的《普通摄影》，高级点的是《美国摄影杂志》……讲无线电的，和专给男人看的《老爷杂志》。

这里我仅就现想起来的写了这么一点，实在的目录恐怕还要多得多。在前线时给养车来了的时候，下完了牛奶罐头咖啡奶油之后，就一大包一大包的书报扔了下来，这足够你欣赏好几天的。在营房里，不管是多么糟的房子，墙上总是贴满了美国东部西部的美人，“Varga 女郎”（这是专门给《老爷》画工笔女郎的有名的画匠，真是曲线毕露，晰晰如生，和我们的月份牌美女的作风差不多）。甚至在咖啡馆里，小茶馆里，甚至妓院的墙上，也无不有她们的芳姿，可以看出金元文化传播之广了。

因为节省纸张，减少飞机载重量，这许多杂志是大抵都印有海外本的。如《时代》等，就有 Pony Edition，减去了广告，用轻磅纸印，内容是并不少的。其他的著名的杂志大抵也都有“海外本”，不过我觉得减去了广告实在是可惜的事，那些广告真是美丽得很，很值得流连的。我曾经计算过，看一本《生活》，看广告要比看本文多费一半时间，而且这并不是苦痛，如翻开一张新闻报以后的情景，而是一个无边的悦乐。

看看《时代周刊》，可以用很短时间知道世界上各战场的战争大势，国内（美国）的新闻。它的编排是新的，好像在读一篇故事，全不是板起面孔来说话的样子。同时又可以知道音乐、无线电、宗教、电影、运动、科学、艺术和新书出版这许多知识。在一个平民，一个小兵，这小册子的给予是无限的。因为你的爱读，你会跟着他的观念走，鲁斯在美国的地位的高，决不是中国的记者所可以想见的。他代表着某一部分美国人，影响着全国的民众，和全国的士兵。

从《星期六晚邮报》，你可以读到关于时事的论评，来自世界各地的报导（来自中国的差不多每期都有的），一些小说，……从《纽约客》上你可以读到幽默的故事，通讯，看到使人"发松"的漫画，那真是一些杰作，讽刺了那么许多社会相，在普通人看来，是平凡无奇的。更如果你觉得不够味，你可以在《老爷》上面看到大腿，鲜丽的肉，奇异的衣装，那里也有漫画，彩色的。

有这么许多东西可看的小兵的精神生活，是多么丰富呢。

如果你想研究高级的学问，或者专门的东西，杂志就又源源而来了。现在只讲关于军队里面的。步兵的有《步兵杂志》（Infantry Journal），炮兵有炮兵杂志，骑兵也有杂志（大抵是说装甲部队的，如坦克车……）工兵也有他们的杂志，专说武器的有 Ordnance Sergent，关于汽车的有《摩托杂志》。空军的更多，普通的有《空军》，Recognition……那一册有名的《洋克》（Yank）周刊，更是人手一编，全世界都有发行，有英国版、欧洲版、印度版、东京版。编辑、投稿、采访、发行，全由士兵一手包办，他们可以说自己的话，可以随便骂骂政府和军队当局，每一期有一张剪贴女郎（Pin Up Girl），有许多人一册到手是先翻这一张的。更有名的是连载的《可怜的塞克》（Sad Sack）漫画，这和叶浅予先生的《王先生》是异曲同工的，用一个二等兵作模特儿，几乎所有的恶运都降临到他的身上，他受尽了特级上士的气，作最苦的差事，访艳碰顶子，退休没有份，受尽了揶揄讥嘲，却赢得了大量的同情。多少小兵的苦闷，都由他的身上发泄出来了。作者成了名，漫画出版了专书，许多有名的杂志也都争相转载了。

此外他们还发行了不知道多少《星条报》，大约在一个战区中心，总有一份的。这些报纸也大抵由小兵主持，言论非常自由，时常批评军官和政府的措置，政府对他们是并不干涉的。

美国的类似我们的“一折八扣”书有《袋鼠丛书》，每部只卖二角二分。在那书封底，有一句话，“看完以后请寄给军队里的孩子们”，这是劝老百姓寄赠的。事实上政府也大量的买来分布到军队里去，这里面包括了文学名著，侦探小说，畅销书，如果是社会风行的作品，就一定收进去了。然而政府还嫌它不够宽广，更有一种丛书，这范围就更大了，凡是一切可以得到的英文著作，小说，戏曲，科学，侦探……都由政府与出版家商订免税印成小册子，有的太长则稍加删节，这种小书携带起来是非常方便的，随便裤子袋中都可以藏起一册，随地可读，真是方便极了。马歇尔将军来渝也大量地携带了这种小书，预备消遣。在昆明市上，这种书满地都是，论斤出售，真不知道它有若干种，我曾经买到过奥尼尔的戏曲集，《惠特曼传》，狄更斯的小说，价钱都只是一二百元，觉得真是便宜。如果想看美国现代的散文，幽默小品，“纽约客派”作家的集子，更是俯拾即是，非常方便的。

更有一个时期，昆明市上充满了许多“兵工署”里的手册，这些大抵都是所谓“机密本”，不过它们也都论斤卖给地摊上了。里边有各种“美式装备”的说明，保养法，零件表，关于武器，无线电器材，汽车，战车，都一概俱全，我因为职业的关系，很收集了一些，到重庆时曾为一位老师的某教授认为极有价值。因为从德国学来的那些汽车学，在现在的中国已经不适用了。在这里，我就更觉出美国是怎样一个伟大的军火厂的这一个事实。

在美国军队中，派到各部门服务的不一定是专家，他们只要拿一册说明书一翻，就可以讲授，使用，毫无困难。自然，主要的负责人必须是专门人材，干部就不一定如此。这事实说明人民智识水准是多么重要的一个条件，中国的小兵，大部来自田间，在教他们使用新器材时，真是有着无比的困难。我曾经费过一个月的时间教他们使用山炮上的瞄准器，结果还是不能满意。过去中国兵以身体茁壮自豪，来自湖湘燕赵的农民大都是壮士，现存则连这样的身体也很难看见了，在兵役的惠政之下，他们有的是还没有到部队就已经病饿而死了，“劫后余生”的一小部份也大都面有菜色，几乎风吹也可以吹倒了的。这样的士兵还谈什么作战，更那里有精神来使用“美式装备”？

在军中，电影也是一件极重要的业务。在中国，各主要根据地不必说了，在前方的流动部队，也都有机会到一个地方去欣赏国内新出厂的电影。如每一个空军根据地都有一个电影场，事实上，他们的银幕和放映机是极简单的，也大量地装备着，随时随地都可以放映。这大都是露天的，有一部电影《Hollywood Canteen》，一开头，就描写在太平洋上某个小岛，一群美国小兵戴了钢盔，穿了雨衣，在热带的急雨中看电影，这在印度，也是极平常的。真可以说是“风雨无阻”，坐在大雨下面看电影也成为我的一种浪漫的享受。这种电影大抵每周有三次，都是新片，有许多在美国国内刚刚作“光荣献映”的片子，我们去年已经在印度看过了。这里面，也经过选择，为了顾及士兵的兴趣，侦探片，歌舞片，和一些描写军队中生活的电影特别多，然而，每星期总可以看到一张高级的文艺片。真是在干燥生活里特异的享受。

电影在晚上八点钟放映，散场往往是十一点多，事实上在正片之前是有着极丰富的短片的。可以经常的在这里看到新闻片（有许多是机密的），全世界各战场的新闻。我看到美军步入阿痕街头，琉璜岛的登陆战，也看到缅甸战区中国小兵的英勇的姿态。最值得忆念的是一些含有教育性的短片。有一位漂亮的女兵在华盛顿陆军部工作，她经常接收海外小兵的请求给他们安慰。如果来自加里佛尼亚的某小兵希望知道他的故乡的情形，他住的那条街的邻居的近况，写信去告诉了那位小姐，一个月后，银幕上出现了。那位小姐先宣读“某某二等兵要想知道他的故乡的情形，好，请看这儿罢(Here We Are)”，接着就出现了他熟习的那一条大街，他工作的那一家公司，他的爱人。……

如果你希望知道故乡的某一种“家乡味”，银幕上就出现了一盘盘的菜蔬肉品，使你馋水直流。你要知道战后复学复业的情形，她就会告诉你学校的情况，工厂的情形，怎样欢迎你解甲归来。这些都由银幕一一告诉。

他们更还有一些有系统的教育性的短片。我想举两个例说明。有一张是说明怎样轰炸德国的飞机工业的。

电影开始是陆军部的情报司，他们根据一些完整的情报，从间谍的报告，从德国战前所出版的工厂说明书，从逃亡来美的德国工人，工程师，知道了德国的飞机工业中的一个极重要的部门——钢珠轴承（Ball Bearing）的制造厂是在德国的某一地区。而且只有这么一个厂，如果加以摧毁，德国的飞机产量就要中断，因为没有了这个，飞机是不可能装配起来的。

他们研究了，详细地计划出飞行路线，先照好了俯视的图相，研究工厂的要害所在，怎样使用战略使德国的防空力量（包括飞机与地面部队）先转移目标到附近的一个城市去。预行练习轰炸的技术（先造成一个相类的模型，加以轰炸）。一切都完毕了，然后才起飞，轰炸，从带回来的照片中知道厂是严重地毁掉了。在几个月里面是修不好的。德国空军的削弱的原因是盟军毁灭了他的轴承厂，这个秘密的故事被全部摄入镜头，看了以后真不禁使人发出一声惊异的喟叹。现代战争的复杂，战术的别致，使用人才的众多，到了怎样一种可惊的程度。德国的被击败不是偶然的。回顾我们胡里胡涂的胜利了，成了“四强之一”的事更不禁觉得凛然。

另一张是给航空员看的。也是一个完整的故事。怎样一个美国轰炸机被迫降落了。飞航军官和士兵被俘。德国人用种种方法使他们说出情报来。他们却只能说出他们的姓名和号码来（Serial Number）。德国军官没有办法了，只好放他们到集中营去，他们过着舒服的生活，忘记了恐怖。然而这些人却各从他们的弱点里泄漏了秘密，从温柔可爱的女看护口中，从一个作了间谍的美国俘虏的酒席前面（他以集中营的老资格出现），甚至集中营里的墙壁上，树里都有着无线电发音机，德国人从一些细小的口实中（他们以为说这么一点点是无妨的）凑成了一个情报，知道美国空军的另一个轰炸任务，预先派了战斗机去等候。果然，无知的美国轰炸机群来了，被容克式打得落花流水，全军覆没。那些留在集中营里的人们不知道在细微的几句闲谈中葬送了多少战友的性命。

故事的效果好极了。使人紧张，愤怒，感叹，深深地留下了记忆。一直到正戏演完散场时，我还听见许多小兵一面走一面重复着电影里的教训——“Don’t talk”……（不要说，不要说……）

他们的小兵，未必都受过严格的军训，然而却都知道怎样保持军人的道德。不能不归功于这些优异的教育片。有一次在保山与一位不相识的小兵谈天，随意问了他一句，“你在那里工作?”他就支吾着不肯回答。我马上明白了，问他，“是不是看过了那一张《Don’t talk》的电影?”他会心地一笑，我发现了这种教育力量的伟大。

去年夏天，从兰伽到雷多，在路上听见柏林陷落的消息，心想德国投降总不会远了。到雷多后就又听到德国投降了。晚上在总指挥部看电影，前面就有一张短片，五彩的，《两个完结，还剩一个》（Two Down And One To Go）。这使我异常惊异，这片子的演出几乎与德国的投降是同时的。即使是使用飞机从美国运送，也没有这么快罢！只有一种可能，那就是片子早已拍好，专候德国的覆败，马上就拿出来演的罢？

片子开头是马歇尔将军，安诺德将军，爱森豪将军……的讲演，后来就是用种种图表、图画的方式说明美国军队将怎样从欧洲战场复员，怎样先使高积点的军人回家，其余的调到太平洋战区去。退伍的军人如何返国，如何领得遣散费，如何就业复学。后面是怎样对付这一个剩下来的日本？

画面是美丽的，说明的语句是感情洋溢的。最重要的是这一些处理是公平的。什么样的人可以回家重享天伦之乐，什么样的人还要等待，还要作战。看了这张片子，可以回家的小兵欢喜欲狂，不能回家的也没有话说，只有努力作战，打倒另一个敌人，好回家去。

美国人的运用科学，运用民主，到了这种地步，在五彩的画面上，我好像是在看一本《乌托邦的游记》或《镜花缘》，如此合理，又如此讲求效率。

从这个事实，我们可以看出一个完整的 Team work 的形象。他们大概真有这么一个作战计划，什么事情，什么步骤都早已决定好了，难得的是这一切不是空中楼阁，都是根据了精确的计划，所以不会成为空头支票或者笑料的罢？

我又想起了一件小事。在去年湘桂失利的时候，陪都震惊，许多人都预备逃难了，许多人意志动摇了。然而报纸上却讨论着战后建都的问题。南京北京西安洛阳济南长春讨论得热闹非凡，出动了所有的名流学者教授官僚。还有大书局把这些名文印为专集。当时我觉得非常奇怪，为什么这些人讨论这些“不急之务”，在那么一个不合宜的时候。后来才知道是为了要转移目标，安定当时已经震动了的人心。

果然不错，看看胜利以后的情形，看看还都的情形，再听听要建都济南，长春的那些高论，大概也真会令人恍然若失的罢。

如果我们作了人家计划战后复员的工作的百分之一，千分之一，胜利后的接收局面，大概不至于弄成现在这样“精彩”。不过这要有一个条件，头脑必须清醒，还要不是“别有用心”，不然，那研究设计出来的结果，只有编入“幽默文选”的资格，与我们老百姓别无好处也。

三月十六日在亲爱社

# 汽车团

两年来工作与汽车结了不解缘。初到兰伽，外事局的主任询问资历，因为我是读机械的，而且是所谓“中国的 M. I. T.”里出来的，被认为不可多得的“人才”，而派往战车学校了。听老前辈告诉，这是最苦的地方，每天工作八小时，要天不亮就起来，坐了吉普到五哩外面的圹场里去。那里黄沙滚滚，汽油气冲天，天晴时要在印度的太阳下面晒着，有时还要坐进所谓“火棺材”的战车里面去。下雨时则泥深三尺，而且那雨又十分可怕，雨衣之类是没有用的。往往弄得混身透湿满是泥浆才能回来。而且那里的“毛子”又是全兰伽最坏的……

上任的那天早晨，A 中校用吉普送我们到战车驾驶场去，在帐篷里，把我们介绍给一位 S 中尉。谈天之顷，S 中尉问 A 中校这倒楣的战车学校几时可以结束，他很想回国去了。A 中校用了颇恶毒的口吻说：“史迪威将军的命令，我们还要训练六千名中国驾驶兵，你还是安心点罢!”不料听了这话，S 中尉把他的“抗日盔”脱下向帐篷顶上一掼，跳起三尺高，同时锐声大叫：“Jesus Christ”（耶稣上帝）！这举动颇使我出惊。A 中校是他的顶头上司，他竟敢如此无礼，不禁又想起老前辈们警告的话来。回头看看 A 中校还是安然地坐在那儿带着像一只老狐狸似的微笑，默默地看着这个“年青人”的情感的发泄。

过了一会，等局势稍为平静下来之后，A 中校又慢慢地说了，“我保证，这几位是好人，你再说他们的坏话，我是不相信的。”这是向 S 中尉说的，同时还特别指我是他的老朋友，在昆明的炮校曾经素识了的。（说老实话，我并不认识他。）接着他就和婉地向我说：“年青人，在这儿的一批美国孩子的脾气是不大好的（他好像意识着刚才发生的事）。如果他们有什么让你过不去的地方，来同我讲，我一定要把事实弄清楚。”

这样，我就开始在战车驾驶场工作了。每天与坦克为伍，在沙漠中转来转去，虽然苦却也颇有兴趣。有一次我开一部轻战车在第三驾驶场（这是困难驾驶的练习场，用人工造出深沟大坑之类的地形来的）走动，加足油门，战车在崎岖的地形里爬来爬去，好像在大海里的船一样，非常有趣。后来听同车的几位讲，有一次他们已经听到命令钻进坦克里面去，以为车子一定要翻了。不料却安然无事。其实那时我正开得高兴，全未想到车子有翻的可能。

晒了三个月太阳，也吃了三个月的灰沙，多了几百个“门墙桃李”（这里面很有些从陆大来的少将上校教官），忽然得到命令，战车学校要结束了。原来那时中印公路已经打通，因为沿路的桥梁载重量不够，连轻战车也不可能运入国内；同时加尔各达又有一万多部租借法案的卡车要运进去。所以兰伽要训练汽车驾驶手了。几个战车营也暂时全部改为汽车营。A中校的话兑了现，我们这批人就都改进了汽车学校，连S中尉也在内。

汽车学校的声势，真是盛极一时。那时整个兰伽，除了炮兵学校还继续以外，其余的大小单位一齐停止，用全力来训练驾驶兵。

在停车场里，有二十排长长的车辆。每一排是二十部卡车，另外还有四分之三吨的车子和吉普。平均每天有两千个驾驶兵在受训。他们分成两班，有的早晨上课，下午驾驶，有的是早上驾驶，下午上课。早晨七点钟时，在我的房子的窗子里就可以看见一个个接连不断的蠕动着的卡车从柏油路上慢慢地驶出去了，他们大约在吃中饭的时候回来。有夜间驾驶的时候，卡车全开了头灯像一个灯阵，慢慢地穿过黑暗，驶进漆黑神秘的印度森林里面去。这实在是十分伟大的景致。我作过一个月的驾驶班工作。我们坐在一部小吉普上在前面领路，后面跟着的是我们的小兵们。用种种手势教他们控制速度，整个的车队像是一个有机体，用同样的快慢在印度的柏油路上前进。印度有那么许多好好的柏油铺成的公路，路边上全是大树，在这样的路上跑着实在是非常愉快的事，浴着暖和的太阳和微风。

和我一起的多贝先生是一个有趣的人物。他的话是多的，几乎从不停口，碰到对面有印度人的车子开来时，他就会骂出一些极其新鲜的字眼来。那些英国兵印度兵都变成了可笑的人物，等他们急驶而过时，往往投掷过来一个奇怪的眼色。

出发时我们都带了干粮，等到中午时我们大抵已经开入一个森林的深处，停下来，睡在高岗上如茵的蔓草上面，看着深谷里面的荆棘溪流，一个个跑进跑出的松鼠，听太阳钻过漫天的森林的密叶，洒一些细碎的金点子在我们身上。一面吃着东西，一面听多贝吹他的永远说不完的笑话。

后来我又在特别班里停留了不少时候。这时工作比较轻松了，每天只讲四课。讲的东西是一些关于行车的常识和保养车辆的方法。我们的小兵大抵是从西北来的学生们，也有昆明西南联大的同学。巧得很，我还遇见了一位中学里的同班，这时他是一个二等兵。

R 上尉是一个老好人，他是一个了不起的教官。枯燥的题材在他的嘴里变成了笑料丰富的讲词。那一套我们几乎已经重复了不知道若干遍，可是我们还极有兴趣的像唱双簧一样的重演着，我们期待着每个即将来临的“噱头”。

每次讲障碍检查（Trouble Shooting）以前，他就把他的吉普的油邦浦弄松，好像演戏一样他把车子开了一短段路以后，抛锚了。他自扮驾驶兵，作出一个发生故障以后慌张的人所可能作出的种种的可笑的情景。最后他毫无办法了。坐在车上装睡，他说：“我正在想那个留在中国的漂亮的姑娘。”

他提醒大家，这是在缅甸的森林里，处处都藏了日本的狙击兵，一个好的驾驶兵是要在无援的情形之下也要想点办法把车子开动的，不应该在那里等日本人给你一枪。

最后，他找一个聪明的小兵来检查车子，在几度按照了系统检查以后，终于发现了毛病的所在，那些有趣的话，我想每一个听过的小兵是不会忘记的。你会清楚地记得车子的构造，油路，电路，生了病时好像一个临床的医生检查他的病人，决不会手足无措，感到毫无办法。

有时我们带了小兵到一个停车场去，那里停着多少出事后的车子的残骸，有的轮盘碰飞了，有的翻过几个筋斗，驾驶室变成可怜的形状。最后他停到一个英国兵使用的美国载械车前面去，这部可怜的车子的引擎室被撞得凹进去，有一半的引擎已经全变了样子，一个全新的备胎也裂了开来。出事时是在夜间，车上五个人没有一个是活着的。他说：

“驾驶着这部车子的英国兵，喝醉了酒，他驾车子的时候睡着了，到现在他还在睡觉……他们的车子和路边的一棵大树接了吻，那棵树还好好的，他们却吃不消了，你们看看那个接吻以后留下来的鲜红的嘴印。”大家都看着那可怜的车子的嘴部，破裂的车胎像是出血以后的牙床。

看了这一幕以后，我想没有一个小兵再想驾车子时睡觉了罢！

我想在这里提一下那两个暂编汽车团，里边的士兵大部来自昆明的西南联大和城固的西北工学院，那是号召青年从军以后组成的，水准相当高。回想当时蒋主席号召智识青年从军，很有些大人物首先签了名，记得的就有罗家伦先生和胡子一把的胡庶华先生等，不知如何这几位先生后来大概并没有真正的从军，还是照样的作他们的官。不过经过他们首先签名以后，青年学生的血也热起来了，觉得“国亡无日”，连党国先进都已经报了名，他们还不应该快点献身吗？

在中国，这也大概是真正破天荒的举动，有这么许多大学生当了兵。来到兰伽以后，他们的团长也觉得似乎应该用另一种方法管理了，过去对待出身农民的小兵的方法不适用了。于是这两个就成了有名的“民主团”，团长把自己的办公费拿出来办合作社（其余部队里官长的办公费是照例放在他们的腰包里的）。由小兵自己组织“宪兵”，检查官兵，遇到官长们的野性发作时就报告团长加以公平的裁判。最标准的一件事是检查行李，查禁私货。那办法是团长检查营长，营长检查连长……一直到小兵又可以检查团长。他们这种“民主”的作风不用说在中国的军队中是破天荒的。也就引起了其余各部队的军官的愤怒和恐惧，我曾经亲自听见许多军官痛斥那个团长的不通，“这样，军队里还有服从吗？再演变下去不是要叛变了吗？”他们认为这些小兵是洪水猛兽，拒绝他们到自己的部队里来看朋友。这虽然只是昙花一现的事，我觉得也是颇有记录的价值的。因为我深感他们的恐惧，恐惧着他们“威权”的动摇，他们的吃空额，揩油的特权与方便的岌岌可危。

何浩若将军以外事局局长的身份到印度来视察了。在兰伽，他在一个广场里对青年军演讲，他的警句是：“过去的兵是不识字的，只能听人摆弄，文人空有满腹牢骚，又没有兵柄。现在你们又是智识分子，手里又有枪杆，那你们愿意怎样做，就可以怎样做了。”后来他又惯例地骂到那些发国难财的人们，“你们要他们拿出钱来，他们敢不拿出来吗?”何将军的演说天才是颇不差的，小兵们也都颇为激动，颇鼓了几次掌。

他们后来都毕业了，每人领到了一张驾驶及格证。（在我签发那些卡片的时候真不知道它们的价值是那么高的，据说在昆明可以以十万一张的价格售出。）开到雷多，领到新车，顺了中印公路开车回国了。我们也因为任务完毕离开了印度回到昆明。我们的命运是差不多的。展开在面前的是另一个童话似的天地。他们预备拿了枪杆照何将军的指示说两句“响话”的愿望当然是落空了的。我不知道他们的生活情况，不过猜想起来大抵不太好；我自己呢，被派到贵阳，进了一个素负盛名的汽车团，在那里，我又增长了不少见识，如果兴致好的话，我想是可以写一点真正有趣味的故事出来的。

在昆明巫家坝的帐篷内，我会见了一位 L 上尉，他是汽车团的总联络官。他先问过我的过去的工作情形，就向我说明他的那个汽车团是一个非常好的部队，绝对不是印度回来的那种汽车部队可比。同时生活环境是怎样的优裕，希望我到贵阳去。这开始颇使我不高兴，因为他讽刺了我的学生们。然而这也是事实，那些小兵开车回国的时候，听说在路上很出了事，可也难怪，他们的练习机会只有一个月，而中印公路又是一条可怕的路。后来我到贵阳去的路上，又遇见了他们的一个营，领了新车开到贵阳去。在那盘县安南附近的山路上，真有不少地方是可畏的。有一个陡坡兼急湾的地方，他们把路塞住了。几乎每一部车子必须倒车一次才可以开上坡，我们停在那儿看他们在那里挣扎了半小时，才找到一个空隙，开过去。

到贵阳时，那个城市正包围在白虎列拉的恐怖中，美国兵已经不准在城里的餐馆里吃东西。然而团里的官长们却在一家豪华的饭店里给我洗尘了。我很荣幸地尝到了贵阳的茅台和娃娃鱼，他们的豪华很使人可惊，用高贵的美国烟招待客人，殷殷劝酒的盛意更令人可感，他们每人有一部漆得全新的吉普，穿得也非常漂亮，离国一年，不料国内的军官已经全不是在湘桂战役中所看见过的那种寒伧相了。

后来我又观察团里的驾驶兵们，他们也全不是那一批穿草鞋面黄肌瘦的朋友。事实上，他们每人都各有一个太太或者是临时太太。在营部附近，茅草房子很快的发展开去，成了一个小市镇，他们的太太们也都漂亮得很，穿着从印度昆明来的时装，在街上走来走去。每当我们的小吉普走过的时候，驾驶兵们就都走出来招呼，从袋里掏出外国香烟来敬客，有时还要拉进他们的住宅里面去吃酒。我们胡里胡涂的应酬着，生活在一个温和的圈子中，处处感到“人情美”的可爱，我知道他们每月的薪饷是九百元法币，那个数目大约只够买半包“骆驼牌”，这些人的特异的生活，在我心里留下了一个谜。自然我也多少有点直觉，知道这是所谓“司机阶层”，不过这观念是笼统的，一直等到与一位同事一次的闲谈里，才得到一个清楚的概念。

他已经在这个团里服务了一年多了。算是老资格。我看他的人非常年青，可是已经露出老成的样子来，神情非常潇洒，他先用慨叹的调子说明在学校里所学的那一套，一到社会上来就全不对了。现在看得多了，自然会慢慢习惯起来。像化鹤归来的丁令威的慨叹于人世的沧桑，可是缺少一份诚恳。后来，他就告诉了我在这个团里进行着的一些已经成为惯例了的行动。因为九百元一月的薪饷实在不能使一个驾驶兵安于他的职位，于是这种举动就变为“不得已”，并且连毛子也是明白而加以同情的了。这在普通的人们说来有两个术语可用。“带黄鱼”和“吃老酒”，前者指驾驶兵私自带几个客人，捞一笔额外的油水，后者则指他们偷取汽油，或者省下汽油卖出去。朋友告诉我，在这一个团里，黄鱼是不带的，因为洋人曾经以为这不太雅观，于是好面子的中国军人慷慨地牺牲了这一个利益。至于“吃老酒”，在他的朋友说来，这简直成为一种义侠的行径，照古老的中国游侠的观念，无论什么财富，凡是用自己的性命拼了出来，而又不是取自孤儿寡妇，照例是容许了的。这里他们的汽油是在怎样的情形下面省出来的呢？在那么多的山岭中间的公路上，常常是有着一个长长的下坡路，有的可以长到几哩以至十数哩。在这种情形下，驾驶兵们就关上了油门，全靠着方向盘的控制滑下来。在那些急湾，陡坡，危桥之间，满载了货物的卡车像是一叶轻舟，不知什么时候就会断送在一个突出的“滩”上，驾驶兵赌着他们的性命，省下来这一滴血的一滴汽油。而这汽油当然不“该”再交回去，“应该”由他们自己处置了。

毛子的小吉普常常在卡车边上走来走去，每逢听见卡车的引擎声音没有了，只剩下车轮的声音时，就要来干涉了。后来他们又学了一个乖，从不再管。据说，这从来不曾出过事，这是他们有着一种非常的骄傲而十分看不起印度回来的那批生手的一个原因。

据非正式统计，同样的一段路程，一个汽车团的驾驶兵所需要的油料不及一个毛子的三分之一。这剩余的汽油，并不是驾驶兵一人独得，排长连长和营长团长也都要孝敬一份的。这种关系使他们变成一个家庭，下面的几乎全是“子弟兵”，没有关系就不可能进入这个团体，一旦加入，则对于官长，好像是看作“衣食父母”，那忠顺的情景是超出于“绝对服从”之外的。我曾亲自看见一次一个排长对于一个驾驶兵发泄他的怒气，拳打足踢，一直继续了五分钟之久，在那个兵的脸上，看不出一点愤恨，一点反抗的意思，因为他觉得他的职位和机会全出诸排长的赐予，当他想到一些别的事时，就觉得这些羞辱是可以忍受的了。

这个团里的官长大部分是湖南人，我的朋友向我极力称赞湘军的优良的传统，这些富有古风的军官们是多么喜欢排场，爱好面子，尤其是在洋人面前作得尤为出色。一次，当他们在昆明保山之间跑时，曾经由毛子那儿有过一个要求，要他们不带私货。据说那个豪爽的营长拍了胸部说，“好办！只要许我们带一个五加仑的机油筒，就一切有办法！”这事得到了毛子的默许，汽车团就在那一个时期之内打定了他们的“基础”。

朋友的话说得很简单，剩下的谜底就要我自己去找了。

从滇西保山那些地方，可以运一种利息极为优厚的货品到昆明去。一种是黑色的，一种是白色的，到昆明都可以有三四倍的利息，黑色的大家都可以猜到，白色的是水银。在滇西，盐是珍品，几乎与那些黑货白货可以用同样的重量来交换。

我的朋友又述说了一件事说明他们的良好的军人的德性。他们肯花掉很大的一笔钱在很短的时间内为他们的车子喷漆一次，所以汽车团的车子排在路边或是行驶的时候，远远就可以认出那干净得发出油绿色的光泽来的车身。他们每逢完成一段旅程，在开入停车场之前一定先把车身通洗一过。这种工作，驾驶兵们往往是要小孩子们担任的，他们会慷慨地摸出一两千元来赏给他们，这些数目是他们月薪的双倍。

在那些破坏的公路上面车轮胎与煞车、齿轮箱这些部份是非常容易损坏的。这些照例都可以由美军的 S. O. S. 中报领的，然而有时坏得太多了，他们就会下令，由驾驶兵自掏腰包在市上配换，常常为这个用去几十万是无所谓的。

彼此谈天时，他们也很慨叹于我们的薪水的数目的“可怜”，这在他们是跑一次的纯利的几十分之一还是几百分之一呢？在这里，很容易看到使人感动的表现，当他让一支名贵的纸烟过来时，他几乎有些不能控制感情了。

“能够我们发财，看你们没有香烟吃吗？”

和这个巧合的有一件故事：有一天修车厂里来了某司令的一部小吉普，照例厂里是不应该收容外面的车子的，不过因为我的交涉而暂时通融，当车子修得差不多时，车上的一位副官说他希望在我的房内休息一下，我让一个小兵引他进去。后来晚上我睡觉时发觉枕头下面有硬硬的东西，翻开来看，是两条 Lucky Strike。

这许多可以解释处在“人与人之间”的这一批翻译官的地位，他们为什么会被中国军官所尊崇优礼。有人说翻译官的身份很像清朝的御史，因为一个上将照样要对你客气，一个准尉也和你亲热得如同自家人一样，只要你能笑靥常开，眼开眼闭，过你的天真的日子，如果你很幸运能够按月拿到微薄的薪饷而还不时有人送点烟来给你的话。

而这种情形在原子弹降落以后一变而为冷淡，阴暗，自然也是应当的事。这时你不应该太天真，应如我那个朋友的看法，或真或假，发一点丁令威式的牢骚，事情也就过去了。

最近我在一个报纸的副刊上看到一个小兵（应该是兰伽的我们学生之一罢?）如何回国以后在汽车团中工作，不能得心应手的发财，而反弄得衣食不周，终于开了小差，跑到重庆，流浪街头，几乎为宪兵当作散兵游勇给捉了去，最后终于作了一个公馆的汽车夫，送少爷上学，接姨奶奶打牌……

虽然在汽车部队混了一年多，我并不不满足于至今连一部汽车都没有得坐，至少我还未“沦落”到为人家去开汽车，同时生活也实在给了我不少，使我永远不能忘记的是那些驾驶兵们浪漫的生活。我没有机会参加他们的盛宴，欣赏他们的临时公馆的风光和临时夫人的美丽，只有一件事，使我印象常新。那是一个雨天，在一部卡车——这就是他们的家——边上一张雨布，下面生着火，在地上掘出来的灶里，一个女人在煮着饭，披着雨衣的男人在洗他的车子，两个人静静地工作着，不大说话，他们好像很安于那种流浪的生活，不觉得有一点不自然。

我静静地看着他们，有好一会。觉得这实在是有类于“浮家泛宅”的湖上生活的另一种浪漫的生活，同样有着东方的情趣。对着这个，怎能不想起已是游浪了三年的游子的自己呢？虽然还不曾有一个那样的“临时太太”，也还没有那么一个可以移动的“家”。

三月廿一日

# 为美国兵活着的人们

明朝的一位散文作者张岱在一篇描写泰山的文章里写了“岱之上下四旁”，为写文章的人开辟了一个新的法则。现在我利用了同样的手法来看看围绕着美国兵四周的人物和一些奇妙的景象，作为我的有些已经过于哓哓的文章的一个结束，或者不失为一个好题目。

我重新记起了那位美国将军的话，他希望中国的民众们感到美国人的来华是一桩值得感谢的事。我想这在许多人是有着同感的，这一批盟友的莅临，的确给这个古国平添了不少“光彩”，在《大公报》上，我读到了一篇子冈女士的北平通讯，她提出了这个小标题——《为美国人活着的人们》，我读了以后马上眼睛一亮，我仿佛又看见那些穿了廉价新装和美国兵并肩而行的女同胞们；那些用老枪的调子喊着“Money Exchange”（换美金）的人物，引起了我的对于上海四马路上卖春宫者的记忆。这些人或用他们的时间或用她们的笑靥，从外国朋友那儿取得“蝇头微利”，以致被许多人称为“掘金者”，给予轻蔑的眼光。我愿意在这里为她们说一句话，请正直的人们不必再为她们用精神用肉体得来的些微的美金而眼红而愤怒罢，我们的外交家不也是以借得“棉麦借款”而得意吗？几乎所有的大官们不是都以从美洲来的金子和物资为光荣的政治资本吗？又有多少绅士，将军在美国兵身上吸收了并不比妓女光荣的钱，他们拿着这样的钱玩着女人，而又骂她们下贱，这就是我想说的一些真实的故事。

战地服务团的“功绩”是美国兵也已经承认了的。这从美国政府送给该团的主持人的勋章上可以看得清清楚楚。这个机关的用款是没有预算的。昆明的物价曾经是全国最高纪录，据说那是给美国兵吃贵了的。然而在美国兵那方面怎样说呢，叫苦连天的一句话大概不是过分的。我的一位中学里的同学作了一个战地服务团的招待所的主任，后来因为贪污被捕了，据说贪污的数目是四五百万（三年前的事了）。这个小故事已经很够了。

那些肥胖谦恭（自然是对毛子）的人物又往往是城里的为美国兵特别预备的餐馆酒吧的主人。使人永远弄不清楚那些牛肉鸡蛋是应该属于餐馆还是招待所，虽然两者的主持人是一个。他们有办法从美军总部那儿弄来一块“准许入内”（In Bonds）的招牌，这就是发财的本钱。招待所里的菜愈坏，咖啡馆里的生意愈好，这个“物质不灭”定律在他们是有着一百分的真实性的。

一位朋友在昆明经营酿酒事业，成为巨富。据他说，他的酒的成本百分之六十在瓶装和印刷十分精致的报纸上，他给它取了一个十分美丽的名字。看外表，使人疑心是滇缅公路封锁以前从越南运进来的真正法国货，事实在他的酿造方法只是用蒸馏水混入橙子汁，再加上百分之五的“威士忌”而已。而且那消耗量是极为可惊的。每天装配若干瓶配给各西菜馆，如果两天卖不掉就会变酸，不能吃了。可是事实上是决不会的，往往当天就销得一干二净。美国兵都伸手大呼顶好，了不起的中国橙汁威士忌。我的朋友成为酿酒专家和老板，他要我为他保守秘密。现在昆明也不复有美国兵存在，所以我在这里揭露一下似乎也没有什么要紧了罢?

还有一个不甚为社会人士所熟悉的组织——“清华服务社”，也是有记述一下的价值的。这个组织是由西南联大里面的教授们组成的，主持的人是联大的几个校务委员——梅贻琦先生蒋梦麟先生等，里边的人材包括了联大的机械土木教授。他们的业务是接收订货和包建房屋。事实上他们并没有一架机器，只是做着掮客的生意。然而这块牌子是响亮的，美国人是以接识社会名流为荣的。何况这又是中国属一属二的学府，这些教授大都来自美国的大学，他们去兜揽生意自然不是一般普通的掮客可以抗手，这样，昆明的美军营房，飞机场地，和一些发电机抽水机之类的小东西都落在他们手中，再由他们转包出去，给几个小厂去承做。那一笔佣资很是可观。一位联大的土木教授，他是教飞机构造学还是什么的已经不清楚了，在几笔生意以后成了学校里的“资产阶级”。我从一个做助教的朋友那里听到这珍奇的故事，他并不曾做过一点事，年终也分到几万元的红利。据他告诉我包建飞机场而又是紧急赶工时的花样，使我极感兴趣。因为紧急赶工是没有测量的详图的，所以当一块荒地用人工铲成平原时就很有花样可做了。本来只有一呎高的土堆可以报成两三呎，在这些“土方”里差不多可以四分之三的虚账可做，同时基地的石块垫层的偷工减料，那是任何人都知道的“秘密”，更不用大惊小怪。这样一来，包工者可以起码有二分之一的利润，美国人又是爽气的，订合同时费用可以一次全付。这样，他们在签订合同时就可以买进全部的材料，剩下来的纯利又可以用来做其他的生意了。

这无怪使他们视美国兵为再好也没有了的主顾，因为这种赚钱的方法实在是太容易了。最近从报上看到大学教授的呼吁，知道我那些位老师现在过的是怎样一种生活时，不禁有些爽然。他们为什么没有到内地来，为什么不利用他们的招牌和知识作一笔美国人的生意？

在联大里，文理法学院的教授们大抵清苦得只能吃稀饭过日子，有的人到重庆来开会还不得不卖去唯一的皮袍当旅费，然而这不是完全真实的。工学院就有很多教授是小阔人，因为他们能“学以致用”，又找到了好户头。

在昆明街上有那么许多专为美国兵设备的店铺，里边陈列着湘绣、象牙玩具、玉器、一些小巧的竹制的雕品、福建的漆器、风景照片，一个美国小兵是会给这些引诱得不能不踏入门去，然而问问价钱又往往不能不使他们咋舌而退。我曾经被邀请陪一位老上校去买纪念品给他的太太，我们走进店去以后，显然他是为这些五光十色的“好东西”所迷惑了。他不停地走来走去，看看摸摸，后来他问我，“你能辨识真的玉石吗?”我还没有机会告诉他我在这方面的知识的空虚，一位美丽的小姐已经从玻璃橱中拿出一对“翡翠”的玉镯来讲演了。她的流利的英文，委婉的声调实在使人入迷，而她对于玉器知识的渊博，更是可异，她告诉老上校，“真的玉石，如果滴上一滴水，那水珠是会像一颗珠一样的停留在镯面上的。”她果然用染了蔻丹的鲜红的指甲弄了一滴水，那水珠也真乖乖地停在镯子上。她为了反证又拿了一对分明是“料货”的镯子，这次水滴马上顺了镯子流下来了。

老上校张了嘴十分惊异了，很有点意思想收留这一对奇异的石头了，真等他问了价钱，才说了声“对不起”。他说他没有兴趣的时候，我看得出他的难为情，损伤了绅士的面子的难为情。

后来他终于选了两张湘绣，在我看那实在是俗不可耐的东西。一块绢块上绣了一只飘在海面上的船，一轮红日，是夕阳呢还是朝暾，我看不出来。他要我解释了上面的“一路顺风”的四个中国字以后，欣然的买下来了。从那位小姐的声调中可以看出这是一桩无足重轻的小生意。

当我们在门外的晚风中走着时，老上校惘然地说，

“如果我有钱，我会把这整个的城市买下来的！”

有一期《生活》杂志，用了四页的篇幅来介绍昆明的G. I. 街。那是在南屏街和晓东街口的地方开始，穿过整个的一条狭狭的“高山铺”街，整个的市场里堆满了小摊子，上面都有一把太阳伞。在这里，你可以买到任何可以在美国军队中的P. X. 里边得到的任何物品。我记得我在南屏街上的美国新闻处里翻读那一册《生活》，门口就是那图画所表现的

真实的景况。《生活》对于这种情景也不客气的承认了是有人在走私而不是中国的莠民所偷出来的。

如果你有钱，你可以在这里获得全部美国装备，全身的呢制服，军用皮鞋，军官的帽子，雨衣，外套。还可以在小巷的一家小店中弄得一只军官用的“左轮”，只还不曾看见有人出卖将军的星徽，否则扮成一个五星元帅也是极容易的事。

你可以买到奶油、起斯、牛奶、罐头，吃得与美国小兵一样的胖，嘴里嚼嚼口香糖，衔一根雪茄。

如果想寻花问柳，从保险套起到防毒的“Pro-Kit”也一应俱全，如果严重了，配尼西林也不缺乏。

这真是一个奇妙的所在，可以在这儿获得“第一流”的享受，地方只不过是半哩长的一条街而已。那些老板娘们用着昆明的声调交易，她们的智识真是渊博得很，她们能分别出一盒干粮里边装得是那些东西，一眼判定一包香烟的是否已经发霉，霎时间成交数十百万，豪爽干净，没有一点妇人气。

在一个书摊子上面满满地放着杂志和小书，那位女主人看样子从乡下出来不久，然而她的智识也是不可菲薄的。一册威尔基的《天下一家》讨价要比同型的别种书贵一倍，一册《老爷》杂志，也会因为里边的彩色图片的完整与否而讨价各各不同，在这些地方，这女人实在不下于一个图书馆员的“横通”，虽然她不识字。

写到这里，似乎应该提一下“翻译官”们了，这似乎是真正的“靠美国兵吃饭”的一个阶层，如一般社会上的人士所说，不过我在这一方面的知识过于偏枯，似乎还应该多请教一些朋友才能加以论列。而且也已经写过一篇《关于翻译官》的文章，发过了一些牢骚，所以现在也没有什么多余的废话好说。

看一看上面的这些记述，虽然不过是一年不到的事，可是大半已经成为“陈迹”了。回忆在贵阳时，每天吃完晚饭去到茶馆里吃茶。必然遇到一位流浪的上海人，他自称是新世界的演员，逃难来筑成了难民，每天唱唱莲花落，讨几个赏钱。他的确是一位卫道的人物，对于街上与美国兵相与的小姐们时致不满，常常加以讽刺。记得他常唱的一句是“美国兵走了没有人要！”至于他的理由，这里可以不必申述了。看看上面所写的那些人物，岂不是同样的“美国兵走了没有人要”的物事么？又岂独是走“国际路线”的女人而已！

三月廿二日晚

# 关于“翻译官”

溯自征调令下，走出学校大门以来，已经快一年了。十月以来，使我感觉到这真是一种特殊的行业，值得为它写一本详细的书，加以记载，表扬。其在国史上的地位，也必不下于《史记》中的《游侠列传》《货殖列传》……而应该有《翻译官列传》一章的存在。不过这任务也真过于艰巨，即使想冒然从事，目前也还缺乏这样的安静和时间。我想这事该从写“长编”入手，无论是写事实或作考据。流转之际，稍得闲静，一灯夜坐，往往有些零碎的感想，听其散逸也颇觉可惜。海外绝少书看，凡所征引，多凭臆断，希望将来能有补写的机缘。

首先，我想先正一下名。“翻译官”三字，其实是并不可靠的。在外事局的公文书上是照例写作“×级译员”的，然而人家却多半以此相称，即美国陆军部所发的关于中国的手册中，于英文之后，也注了“翻译官”三个字。那英文原名是“Interpreter”。不知如何，我对于这个字感到非常的厌恶，下意识的感觉凡是尾巴上拖了一个 er，而使动词变为名词的，往往是颇下流的类型。因此，此间公文书上往往用

“Interpreting Officer”一词，这算是美国人对我们的“尊重”，不过我要声明，这是只限于远征军的，在国内却并不如此。

“翻译官”的历史，照常识推测，应该是从有史以来就已经有了的。远古时代，民族的关系，就颇复杂，古器物上的铭文，有“夷司王臣”的名目，据郭沫若先生的解释，这即是“专管夷仆的娃子”，其所管的人则是“征服殷室后新归附的夷人”。这种官，我想非有通晓夷人方言的能力不可。古时少有文字，所以在口译一点讲来，这种“翻译官”的历史当更为久远。“东面而征西夷怨，南面而征北狄怨”，随了“王师”东征西讨，这种人物的任务大抵是颇为神气的。

秦朝曾经修筑长城，其目的在防北边的狄。汉朝更是武功鼎盛，班超的征西域，幕府中一定也有此项人才。不过记忆里却想不起有什么有名的故事。

去年春天在重庆看故宫书画展览，有李龙眠的一幅《免胄图》，画的是颇为生动的。他所根据的是“郭子仪单骑见回纥”一句话，不过我想这大概是描写的夸誉之词，当时应当至少还有几个随从，其中也应当有“翻译官”，除非郭汾阳会讲回纥文。

最使我觉得光荣的，是《今古奇观》里的《李青莲醉草和蛮书》。据说当时蛮人弄了一张“蛮表”跑到唐朝政府里来朝见，以为一定没有人能看得懂了，不料却为青莲居士当场写了回书，大概还用了流利的蛮话训诫了那使臣一下，难怪要使他惊服了。这虽然说是出于明朝的平话，我觉得却颇有点可信，李白传里似乎就有家本陇西的话，数年前还有几位学者辩论着李白是否外国人的问题，执反对论者大抵颇有点不肯放弃这位大诗人的国籍的动机。其实如果用现在的观点来看，是颇为简单的；李白是一位华侨，后来回国来做学士，遇巧当了一次“翻译官”。

在我的贫薄的知识中，所可以想起来的历史上光荣的“翻译官”，大抵止于此了。“翻译官”的命运，似乎颇有点与国家共荣辱之势，随了国势的凌弱，他们就成了堕入悲惨命运的人物。姑举一例，在北齐颜之推的《家训》中《教子》篇末有这样的一段：

“齐朝有一士大夫，尝谓吾曰：我有一儿，年已十七，颇晓书疏，教其鲜卑语，及弹瑟琶，稍欲通解，以此服事公卿，无不宠爱，亦要事也。吾时俛而不答，异哉此人之教子也。若由此业自致卿相，亦不愿汝曹为之。”

这是千年以前的古书，今日读之却有昨今之感。颜君生当六朝的离乱之世，国家之痛至深，其自叙传《观我生赋》中有云：“予一生而三化，备荼苦而蓼辛。”自注：“在扬都，值侯景杀简文而篡位，于江陵，逢孝元覆灭，至此而三为亡国之人。”文章行文极为悲苦，其思想为儒家，《家训》中所言亦不外教子孙以“苟全乱世”之方，然而仔细读他那一段话，却又不尽然。很清楚的，这种职业，已极下贱，他为保持家门的清白起见，绝对不许儿孙去做这样的“官”。这使我想起一桩事情，当征调之初，有一位家长，写信给他的儿子，说是情愿牺牲文凭也不愿他去做译员，我相信这位老先生一定也是有着颜之推的感慨的。

宋金之际，更完全是一片屈辱的局面，如果翻翻《三朝北盟会编》之类的书，一定也会发现“舌人”“通事”的踪迹。而且也一定是极惨戚的踪迹。“翻译官”的地位大概至此而每况愈下，也许有些人在实际上倒还是颇得意的。元朝的历史我不大知道，据说当时在最高的统制者之下，有几种阶级存在：僧侣，北人，最后是南人，因为南人是最末投降的。在这“第二流”的奴才中，我想一定有大批的“通解鲜卑语”的人们在得意着，虽然他们在人民的心目中，就更变得卑下了。

我想这是直至现在还有人看不起这行职业的一大原因。

明末清初，这种历史又重演了一回。据说摄政王多尔衮颇娴中文。不过我疑心他写给史可法的信，一定有人代笔，文章写得的确是不错，然而这却比起“服事”来更为卑鄙了。

当时出入于洪承畴之门的人物，其中也一定有颇善满语的人材，不过后代的史家大概认为并无足观，所以并不录其人，这就使我们现在缺乏参考的材料，实在是非常可惜的事。不过只要一翻那大部头的《清实录》就可以知道当日从事于这种编纂工作的人，数目当极为可观，我相信如果在故宫的档案中勤加搜寻的话，一定可以有收获。因为直至现在止，清初史料还是一个待发掘的宝库。

到了清朝中叶，外人势力从东西面不断的侵来，他们活动的范围就更大大的增加了。这大抵以商人为最多，原来是只想和外国人通商，或者泛海漂洋，去贩卖外国货，或者就埠作庄，接收洋商的洋货。

前者的源流可以远推到明代三宝太监的下南洋，明代小说中如李汝珍的《镜花缘》，里边多少有些踪迹可寻，《今古奇观》中的《转运汉巧遇洞庭红》，也述说着类似的故事。这些人材大抵多产生自沿海一带，如广东、福建，其中自然不少发了洋财的大班，不过吃洋饭的人既多，流品自然有点复杂，其末流就变成“西崽”，这就使我想起一桩颇有纪念价值的回忆来。

去年七月间，长沙不守，我们一个巡回教育组（包括美方上校一人，中校四人，以下官长士兵约共三十人，还有四位翻译官）从前方调回桂林，在一天深夜抵达桂林北站，匆匆赶回东南干训团的招待所。那时原来的美方人员都已经撤退了，房子也都已封锁，现在要重新开开来。当时有几位战地服务团的工役负责招待，美方人员都舒服的洗了热水澡，吃饭，睡觉了。每人借了枕头，被单褥子等，我们向他们借卧具，那几位工役就用了颇为奇怪的眼色和举动加以拒绝，最初还说是不够分配，不过马上就发现了他房间中是堆满了大批的被单被面的。这时他就说恐怕再有洋人来，无法供应，其实这时已经是早晨两点了，决无再有什么人来的可能。末尾终于露出了本来的面目，“你们也配吗!”交涉结果终于失败，那天晚上是在棕棚上胡乱睡了一夜。

第二天又发生了吃饭问题，原来那堂皇富丽的餐厅也是不招待中国人的，虽然经过几度交涉也是枉然，最后那位满头白发的老上校让步说：“我们带着有干粮，请你们预备一点茶。”这也被那位獐头鼠目的“招待股主任”所拒绝。他说：

“这是主任（招待所主任）的吩咐，不关小的事，小的不过是一个小小的仆欧。这点得请您原谅。不然您可以去见主任去问一下。”这下将老头子气坏了，嚷了起来：“我是一只美国鹰，只有让他来见我，没有让我见他的道理。”（按美国陆军上校的肩章是一只银鹰。）

我实在佩服那位“招待股主任”的毅力，我们终于跑到二里外的永安街上才吃到了中饭，那次使我深深明了了桂林夏天的太阳的热，也深深明了了主任的阴冷。

我始终不能忘记主任的面孔，他能在一分钟内变出三种不同的面孔来。对美国人的笑脸，对仆欧的严肃的脸和对我们的形容不出的脸。他称呼我们一个奇怪的名字：“传话”，我初听时真不禁有“何其太雅?”之感，后来听见广东朋友告诉，才知道这原来是粤语，其意义自明，这使我很感激，除了增加了一个新头衔之外，还明白了许多事情，明白了我们这些人在一般国人目中的看法，此外也明白了在奴才的眼里又是什么！

自经过这一次教训以后，才恍然于“翻译官”称呼之不可靠，闭门思过，究竟为什么是如此不齿于国人并不齿于奴才？后来发现这大概与“二毛子”有关。“二毛子”者，在清末大抵用以称呼“教民”，他们可以享受“治外法权”的庇护，可以为非做恶而不必有所顾虑，大概看过《官场现形记》和《二十年目睹之怪现状》的人都可以知道他们威风之大，与地位之特殊了。一般国人是因恨而生惧，倡义和拳以杀之，杀之不可，变成了“敢怒而不敢言”的情形，就想出了一个名字送给他们而暗暗地骂之。并推而广之，在社会上稍沾洋气者也一齐算进去，如郭嵩涛，曾纪泽，刘铁云等一例看待，必要时并得号为“汉奸”焉。

这里我想举出一个奇怪的人物来，算是当时“汉奸”之一例。

事出曾朴的《孽海花》，清名士龚定庵传因与清朝贵妇太清春暧昧的恋爱事为仇家所鸩，他的儿子龚孝拱为父报仇，于英法联军之役导英人焚毁圆明园。龚孝拱就是一位精通英文的人材。

这事的可靠与否，不能断定，不过《孽海花》是当时的一部有名的小说，其记录当时一般知识分子对这类人物的观点是值得参考的。

虽然一般的印象不好，然而事实总是事实，这类通晓夷语的人材的需要是愈来愈广了，当然要从事制造，制造是双方都着手了的。当时政府设同文馆，造就洋务人材，以应付紧逼而来的洋人；而洋人方面也从事生产自用的伏帖的华员，开设了“皇家书院”之类的学校。前者的历史很短，造就出来的一些外交界的人材也差不多死光了，后者则一直发展到现在，使我们在社会上不时可以遇见摇摇摆摆像那位招待股主任之类的人物。

照以上的分析，“翻译官”的事业虽然有相当的重要性，然而事实上得不到什么“光宠”的一点，是十分明了的了。我常听朋友慨叹自己地位之尴尬，大有“姨太太”之感，真是慨乎言之，在前线时每当中美双方将领之间举行宴会，照例“翻译官”每桌平均分配，夹在主宾之间，可以算做最现实的形象。至于折冲樽俎之间，如果有什么功绩，当然是双方长官的勋劳，“翻译官”着勿庸议；不过一旦出了枝节，往往就会埋葬在互相推诿之下。同时在隶属上也大有问题，管理起来往往会出来七八个主管机关，中美双方都有；可是一旦发生问题，寻求帮助时则几乎没有一个人肯揽在身上。举例来说，不佞派去湘桂前方的三月中间，承现在监押中的戴主任昭然的德政，没有拿到一块钱的薪水，奔驰数月，几乎连理发都发生了问题。向美方交涉，说是薪水不由他们负责；向昆明外事局函电交驰的求救，置之不理；向桂林外事局求援，则以并无名册之故，碍难通融。其他的部队或军事机关之有关涉者又都“爱莫能助”。真的若非是走得快，如何得了！即使将来承恩将该款在戴主任的存折中领回，并予发还，我想大概也只够买一瓶墨水的了。还是算了罢。人间也往往会有许多不得已的“慷慨”，这大概就是一种。

关于“姨太太”的一点，使我联想起女性同志们的业绩来。在这方面，我们真也不缺乏“光荣”的人物。极易想起的有两位，为了节省篇幅起见，我只谈谈已是古人了的一位。这就是鼎鼎大名的赛金花。

关于赛二爷的勋绩，已经有人作过本事，写过小说，编成剧本，谱为歌辞，我这里也不必琐琐。她曾经为当时入据北京的联军解决了粮食供应的问题，阻止了奸杀淫掠的暴行，并且在议和时劝解克林德夫人尽了外交官的义务。这在当时，实在是颇了不得的人物，关于这件事，想发几句议论颇不容易，当然不必捧之为“九天护国娘娘”，似乎也不必“仪鸾殿阙，铜雀台荒”的加以痛骂。中国政治家的喜欢用女人作外交工具，何代蔑有，其差别也不过过去用的是公主而赛则是作了状元夫人而重落风尘的一个要不得的婊子而已。

我检讨“翻译官”的历史。到这里可以暂时告一段落。大概可以很清楚的看出来，伊们的地位是一直向下降的，一直到了翻译之外的兼行“妾妇之道”的一步算是最下了。现在我想看看政府对于这批人的现行政策是怎么样的。在我们征调出来的时候，当时教育部次长顾毓琇博士曾经训过一番话，他的着重点是“翻译官”末了的一个“官”字。记得他曾由两方面立论，从武的一方面说，我们现在是少校，将来中校、上校、少将……一直升上去，可以做到集团军总司令；在文的一方面呢，少校是简任几级（恕我不是读政治系的，对此未能深知），将来由铨叙部一转起码就是一个×长。当时听了顾次长的训话以后，除了认清我们负有沟通中西文化的重大使命以外，是还做了官。

可惜我们的官运不大亨通，分发以来，就走着飘摇的命运。在国内的不必说了，在此间，过去美军是一概以 Major（少校）相称的（一级的是 Lt. Col.），一向倒也相安无事。不过中国的指挥部则不准我们挂阶级的符号。万一有违，着由宪兵取缔，于是我们这批人就变成了“自由职业”。如果在军区中走路，遇见没有阶级标帜的军人，除了二等兵外，即是“翻译官”。至于外事局，过去曾规定是用少校，上尉……后来改为×任×级之类的办法，现在索性一概取消，连×级都没有了。

查军中文官，并非仅有翻译官一种，如医官，军法官，文书等，都准予佩带阶级徽号。美国军队中许多工厂经理以及专家之类征调入伍，也都佩带将官的星徽。即在医院中服务的看护小姐也都照样，佩带少尉、中尉……的徽帜，并不以其为女性而稍加歧视。只有中国的“翻译官”是一种特殊阶级，昨日尚是少校，今日已成 Mr.，在美军中除准尉称 Mr. 外，二等兵一律称 Mr.，共计降了十余级，所以事实上我们现在已经不是“官”了。

在“无官一身轻”的状态之下，倒也心安理得。揣测当局的苦心，觉得这种举措实在也不无道理。翻译人员的地位之低，上面已经讲得不少。何况现在的译员的流品也实在不齐，鱼龙混杂，只要会说洋文，不管以前是黄包车夫抑或仆欧，一律收容，如果这班人都成了“官”，岂非失尽了国家的体面？不如一律降为 Mr.，听其自生自灭的好些。不过我想，这虽然保持了“官”的尊严，国家的体面恐怕不见得安全，而有愈加沦胥之惧。试想这批人如果都成了 Boy，是否还能在训练工作中担任助教，在一般私生活中保持国家的体面？

居“官”一载，归田有期，聊写小文，稍记感想，未敢以比汪龙庄之《佐治药言》《学治臆说》（?）也。

一九四五年春一月末，兰伽。

附记：这篇东西，系在印度兰伽所写。该时做“翻译官”已经一年，平时感慨很多，久已蓄意写这么一篇文章，所以写起来很快，只是书半本也无，有许多有趣的材料，都不可能加进去。现在又回到“老家”，灯明人静，虫声唧唧，重读这篇文章，又不免有点感慨。事过境迁，好像在读历史一样的了。想起在贵阳时，与一位军官闲谈，他说：“你们干的真是三百六十行外的一行。”言外有同情之意，令我感动，觉得似乎比了单独的讽刺或什么的要好得多。

苏东坡诗，“事如春梦了无痕。”真的，过去了也就算了。现在却还留下这么些废话，好像春梦婆在说开天遗事，不免无聊。然而留下来也好，虽然文章里说得那么火气，像煞有介事，自己也觉得不满。

本来么，人生数十寒暑，又真有几秒钟过得是有聊的？现在索性连废话都没有兴致说了。觉得“沉默”的有道理，辛稼轩说“却道天凉好个秋”。陈白露说“这么美，这么年青……”（臆写）毕竟多事。佛家说偈，无论说得如何澈底，也还是不澈底；拈花微笑，毕竟尚有容颜，俱胝和尚惟竖一指，其实又何必。这文章虽然“五指俱伸”，落文字障，也不过百步与五十步耳，因此也还不太觉得十分难为情。

闲话愈说愈远，不过意在表示我现在稍有进步，不想把话再说得那么废而已。

十一月在九龙坡

**图书在版编目（CIP）数据**

锦帆集　锦帆集外　关于美国兵/黄裳著．-- 济南：山东人民出版社，2020.9

（黄裳集．创作卷．Ⅰ）

ISBN 978-7-209-12056-2

Ⅰ．①锦…　Ⅱ．①黄…　Ⅲ．①中国文学—当代文学—作品综合集　Ⅳ．①I217.2

中国版本图书馆 CIP 数据核字（2019）第 106213 号

**锦帆集　锦帆集外　关于美国兵**

JINFANJI　JINFANJIWAI　GUANYUMEIGUOBING

黄　裳　著

主管单位　山东出版传媒股份有限公司
出版发行　山东人民出版社
出 版 人　胡长青
社　　址　济南市英雄山路 165 号
邮　　编　250002
电　　话　总编室（0531）82098914
　　　　　市场部（0531）82098027
网　　址　http://www.sd-book.com.cn
印　　装　北京图文天地制版印刷有限公司
经　　销　新华书店

规　　格　16 开（160mm×230mm）
印　　张　25
字　　数　280 千字
版　　次　2020 年 9 月第 1 版
印　　次　2020 年 9 月第 1 次
ISBN 978-7-209-12056-2
定　　价　70.00 元